Herbert W. Franke

Der Atem der Sonne

Science-fiction-Erzählungen

Phantastische Bibliothek
Band 174

Suhrkamp

Redaktion und Beratung: Franz Rottensteiner
Umschlagzeichnung von Tom Breuer

suhrkamp taschenbuch 1265
Erste Auflage 1986

Satz: Gutfreund, Darmstadt
Druck: Ebner Ulm · Printed in Germany
Umschlag nach Entwürfen von
Willy Fleckhaus und Rolf Staudt

1 2 3 4 5 6 – 91 90 89 88 87 86

Inhalt

Der Atem der Sonne

Ein Meer aus leuchtendem Rot, bedrohlich, schwindelerregend: ein Abgrund! Rote Glut, langsame Strömung unter silbernen Lichtschleiern. Andere Teile blendend klar – treibende Schlacken? Inseln? Gebirgszüge? Menschliche Maßstäbe reichen nicht zur Beschreibung.

Ein Ball aus Hitze und Licht, unverrückbar in den Raum gesetzt, Bezugspunkt eines kleinen Universums, lebensvermittelnd und tödlich zugleich. Die Ruhe nur scheinbar: Rotation, Verschiebungen, gerade in ihrer Langsamkeit überwältigend. Und doch: ein Chaos aus elementaren Prozessen, Anfang und Ende der Welt. Was unter der brennenden Flüssigkeit geschieht? Wechselspiel aus Aufbau und Vernichtung, gezähmt lediglich durch die eigene Kraft, Lichtdruck, Gravitation, die in der komprimierten Materie des Inneren zu Naturgewalten werden.

Die Bewegung ruhig, die Strömung langsam. Stille. Doch der Frieden ist nicht ungeteilt. Da und dort ein Ausbruch, Eruptionen, Fackeln, Fontänen aus überhitzten Gasen, Stoff im Urzustand, leuchtende Perlenschnüre, im Sonnenwind wie Seile aufgespannt. Schwankungen der Helligkeit, Abglanz der gespannten Chromosphäre, kosmische Gewitter: Warnsignale für Katastrophen, bei denen Kontinente vernichtet und neu geboren werden.

Es gibt nichts in unserer Welt, das diesem Anblick gleichkäme.

Noch vor wenigen Wochen hätte es sich keiner von ihnen träumen lassen, der Sonne so nahe zu kommen. Gewiß erscheint sie auch vom Merkur aus höchst eindrucksvoll, und das hatte die Trans-All-Touristik AG ja schließlich dazu bewogen, Abenteueraufenthalte auf diesem Planeten anzubieten. Die Hotelanlage allerdings lag aus Sicherheitsgründen auf der der Sonne abgewandten Seite; und so konnten sie das große Schauspiel nur während jener kurzen Fahrten genießen, die sie um die Lichtgrenze herumbrachten – aus dem Bereich lebloser Erstarrung in eine andere, ebenso lebensfeindliche Zone, die von den vielfachen Strahlungsarten des Zentralgestirns erfüllt war.

Was hatte sie dazu bewogen, die Bequemlichkeit des Erholungszentrums mit einem risikoreichen Aufenthalt im ungedämpften Sonnenwind zu vertauschen? Vielleicht war es die Langeweile, enttäuschte Erwartung, von den Managern von All-Tourist in unerreichbare Höhen geschraubt. Nur wenige Tage, in denen sich das Interesse aufrechterhalten ließ, das Bewußtsein, sich weitab der Erde in kaum bekannten Regionen zu befinden. Einmal nicht Mond oder Mars, Saturn oder Jupiter, hinaus in die leeren und einsamen Weiten des Weltalls, sondern nach innen der Sonne entgegen... Schließlich die Enttäuschung: Von hier aus sah das Zentralgestirn, von dem ihnen so viel vorgeschwärmt worden war, auch nicht anders aus als durch ein gutes Teleskop. 58 Millionen Kilometer Entfernung von der Sonne – das bedeutet, daß sich ihre lichterfüllte Fläche um mehr als das Vierfache vergrößert hatte: eine Erkenntnis, die Begeisterung kaum lange aufrecht zu erhalten vermag. Bald war das interessanteste Ereignis des Tages die Veröffentlichung des Speisezettels über die interne Videoanlage. Sie begannen die Tage bis zur Rückfahrt zu zählen.

Und dann die aufregende Entdeckung des zweiten Piloten, des blonden Ungarn Teo Holasz. Er hatte, durch dicke Filterschichten hindurch, jenen Punkt gefunden, der sie alle so sehr in Aufregung versetzte. Ein dunkler Punkt vor der gleißenden Sonnenscheibe, der sich nur unter extremer Vergrößerung als winziges, unregelmäßig begrenztes Scheibchen entpuppte. Er wanderte langsam dahin, auf einer elliptischen Bahn, die gegen die Ekliptik weitaus stärker geneigt war als die Umlaufbahn des Merkur. Ein unbekannter Himmelskörper? Ein neuer Planet? Höchstens ein Asteroid, denn wie Teo nach kurzen Berechnungen bekanntgab, hatte das Ding nicht viel mehr als fünfzehn Meter Durchmesser. Es konnte sich also auch um ein technisches Gebilde handeln; aber war es damals, in der Blütezeit der wissenschaftlichen Raumfahrt, schon möglich gewesen, so tief in den strahlenerfüllten Raum hineinzutauchen? Sie ließen sich die Daten von der Erde geben, erhielten aber keinen Aufschluß: Der Größe nach hätte es eine Station sein können, die seit mehr als 300 Jahren als verschollen galt, doch die Angaben über die Umlaufbahn sprachen dagegen – die alte Station hatte sich in weitaus größerer Entfernung über der Sonnenoberfläche befunden, und offensichtlich war es damals auch gar nicht möglich gewesen, so nahe heranzukommen.

Die Debatten über die Entdeckung waren eine willkommene Unterbrechung des gleichförmigen Tagesablaufs, und bald wurde die Frage laut, ob es mit der Fähre möglich sein könnte, der Sache auf den Grund zu gehen. Der Cheftechniker der Station wie auch die beiden Piloten waren sich einig, daß der Strahlenschutz genügen müßte. Immerhin verfügten sie über gammastrahlenabsorbierende Schwerelement-Abschirmungen und über magnetische Schutzfelder gegenüber allen Arten elektrischer Ladungen. Schließlich war es der Starreporter Mark Ballardi – der eigentlich Max Ballauschek hieß –, von dem der entscheidende Anstoß kam. Wenngleich er den Angehörigen der Reisegesellschaft ebenso wie der Besatzung durch anmaßendes Benehmen unangenehm aufgefallen war, so schien er doch Mut und Einsatzfreude zu besitzen; die Gefahren, die eine weitere Annäherung an die Sonne mit sich bringen mußte, schienen ihn nicht zu schrecken.

Es war auch Ballardis Wunsch, daß sich Eva Zoerner an dieser Expedition beteiligte. Offenbar bewunderte sie ihn, fühlte sich aber andererseits – wie sie den Reisegenossen gegenüber offen zugab – auch von ihm abgestoßen. Vermutlich nahm der Reporter den Abstecher in den sonnennahen Raum als gute Gelegenheit, alle Zweifel zu beseitigen, die Eva noch an seiner Persönlichkeit haben mochte.

Fünfte Teilnehmerin der Expedition war Petra Dorstig, von der man eigentlich nur wußte, daß sie in einer Handelsorganisation eine leitende Funktion hatte. Offenbar hatte es genügt, daß sie gegenüber der Reiseleitung ihren Wunsch zur Teilnahme bekundet hatte –, ohne großes Aufheben schlug sie einige Konkurrenten aus dem Feld, die ganz gern mitgekommen wären. Wahrscheinlich ging es ihnen nur darum, die Zeit bis zur Rückreise in den Heimathafen zu verkürzen, und so war ihr Protest gegen die Bevorzugung von Petra Dorstig nur verhalten.

Selbst aus einer Entfernung von vielen Millionen Kilometern von der Sonne ist der Eindruck des Riesenhaften überwältigend. Im Gegensatz zu anderen Himmelskörpern, die zu schweben scheinen, durch Trägheit und Gravitation in Bewegung gehalten, erscheint die Sonne absolut unbeweglich, in einem festen Punkt des Raums verankert. Trotz vielfacher Unregelmäßigkeiten, Hell-Dunkel-Schichten, ringförmig um die Drehachse angeordnet, Nebelwolken strahlender oder lichtbrechender Teilchen und vielen anderen Details einer komplizierten träge bewegten Struktur ist ihr eine eigenartige, makellose Schönheit zu eigen, das geometrische Ebenmaß der Kugel, aus einer unvorstellbar großen Ansammlung von Materie gebildet. Und dieser Feuerball, eingebettet in einen Abgrund von Schwarz, das in der Umgebung – wahrscheinlich nur eine optische Täuschung – von Sternen frei zu sein schien. Diese Begrenzung, mit all ihrer geometrischen Perfektion, befindet sich dennoch in ständiger Bewegung – ein Wellenschlag, der sich weniger in einem schwankenden Auf und Ab äußert als in einer seltsamen Lichterscheinung, einem ständig veränderten Glimmen und Weben, dessen Abglanz weit in die Umgebung hinein reicht. Die Aura der Sonne, ein unbeschreiblich weicher Übergang von blendender Helle in absolute Dunkelheit, Materie, aus dem feurigflüssigen Verband ausgedampft, ein heißer, elektrisch gespannter Dunst, der selbst zu leuchten scheint. Da und dort aber auch Fontänen, die sich weit über den Horizont erheben, manchmal nur ein dünner Strang, der sich von der Oberfläche löst und erst irgendwo in unermeßlichen Höhen in Äste zerstiebt, ein Glutregen, der in langen Fäden wieder abwärts fällt, wie eingesogen vom Kraftfeld, dessen Existenz fast körperhaft zu empfinden ist.

Es war kein Asteroid, kein natürliches Gebilde, vom Schwerefeld der Sonne eingefangen, sondern eine Station, ein Observatorium, und es mußte aus jener Zeit vor 300 Jahren stammen, als die Erlangung wissenschaftlicher Daten noch als kultureller Auftrag galt. Inzwischen interessierte sich niemand mehr dafür, Kultur spielte sich in einem geistigen Bereich ab, jede Anlehnung an materielle Dinge galt als Rückgriff auf eine archaische Zeit, als sich der Mensch noch durch die Mächte der Natur oder einer aus den Fugen geratenen Technik bedroht gefühlt hatte. Aus diesen Tagen stammte die Kenntnis, wie man die Systeme in Gang hielt, was glücklicherweise vor allem mit Hilfe von Automaten möglich war.

Natürlich war es ein leichtes, die Daten über die frühen Unternehmungen der Weltraumfahrt von der Erde abzurufen, und das hatten sie auch getan. Dort hatte man es aber, wie es schien, nicht besonders eilig gehabt, und so waren sie ohne diese Informationen gestartet; man könnte sie ja immer noch übermitteln. Wie sich herausstellte, war die Funkverbindung aber stark gestört, sobald sie aus der Schattenzone kamen, und so begnügten sie sich mit einigen routinehaften Meldungen. Sie machten sich auch keine besonderen Gedanken, als die Verständigung schon kurz darauf abbrach. Wenn das kleine Raumboot, das sonst nur Besichtigungszwecken diente, auch nicht gerade bequem ausgestattet war, so genügte es doch allen Geboten der Sicherheit. Ja, noch mehr: Energieversorgung, Lebenserhaltungssysteme, Strahlungsschutz und noch vieles andere waren auf jene nahezu völlige Risikolosigkeit angelegt, wie sie für Touristikunternehmen vorgeschrieben war.

Durch die dicken Filterscheiben hindurch, deren Absorptionswert automatisch auf die Empfindlichkeit des menschlichen Auges eingeregelt wurde, beobachteten sie die Sonne, und schon nach zwanzig Stunden, kurz nach der Nachtruhe, auf deren Einhaltung Kapitän Gray bestanden hatte, konnten sie den dunklen Körper ihres Ziels mit freiem Auge erkennen. Aber natürlich hatten sie sich schon vorher der an Bord befindlichen Teleskope bedient und das Objekt bildfüllend auf die angeschlossenen Monitore gebracht. So konnten sie bald die typische Form altertümlicher Raumstationen erkennen, einen unregelmäßig gekanteten Körper mit vielerlei Streben und Auswüchsen, dazu mehrere nach allen Seiten abstehende Antennensysteme und die weit ausladenden Sonnensegel, damals – im Zeitalter vor der Kernfusion – die beste Möglichkeit, Satelliten und Raumlaboratorien mit Energie zu versorgen.

Für einige Stunden beschleunigten sie auf 60 Prozent der Lichtgeschwindigkeit, durch ihre Gravitonenspulen vor dem Andruck geschützt. Es dauerte keine dreißig Stunden, bis sie in unmittelbarer Nähe der Station lagen. Jetzt endlich hatte sie dreidimensionale Form angenommen, sie wirkte primitiv und urwüchsig, ihr fehlten die meisten jener schon selbstverständlich gewordenen Ausstattungen der modernen Weltraumfahrt – der vom Hauptsystem abgesetzte Reaktorteil, die Antigravspulen, die Feldinjektoren für die Kollisionsschutzsphäre –, dafür wies es einige altertümliche Teile auf, deren Bedeutung längst vergessen war. Die Metallhülle blinkte nur matt, sie schien aufgerauht, verrostet – Spuren der Jahrhunderte hindurch aufprallenden Materieteilchen. Die Station wirkte wie ein totes Insekt, die Flügel in der Erstarrung ausgebreitet, die Beine im Krampf ausgestreckt, der Sonne den Rücken zugewandt. Sie sahen, daß sie es mit einem Wrack, mit einer Ruine zu tun hatten, Erscheinungsbild der Vergänglichkeit angesichts der Allgewalt der Sonne. Zum ersten Mal spürten sie so etwas wie einen Schauder, erfaßten das Ausmaß der Einsamkeit, in der sich der Mensch in dieser Region befindet.

»Und was jetzt?« Es war Petra, die die Frage stellte. Mit den andern stand sie am großen Besichtigungsfenster, eigens für Sonnenbeobachtungen durch Touristen eingerichtet. Ihre Hände lagen auf der Lehne ihres Schalensitzes, ein wenig fester als gewöhnlich.

Nur langsam schüttelten sie die besondere Stimmung dieses Augenblicks ab, versuchten die Situation – wie es ihre Art war – zu überspielen.

»Wir gehen hinüber«, sagte Ballardi, als ob das die einfachste Sache der Welt wäre. Natürlich hatten sie von vornherein vorgehabt, die alte Station zu besichtigen, dieser Besuch, sicher ein Nervenkitzel besonderer Art, war ja ihr Ziel. Bisher hatte sich allerdings keiner der Touristen den Kopf darüber zerbrochen, wie das technisch zu bewerkstelligen sei, und so wandten sie sich an Kapitän Gray, der nun ein wenig spöttisch lächelte.

»Es gibt doch die Möglichkeit hinüberzukommen – oder?« Fast hatte es den Anschein, als läge Petra Dorstig von ihnen allen am meisten daran, die Station zu besichtigen.

»Normalerweise würden wir unsere Raumanzüge benutzen«, erklärte Gray, »doch das wäre wohl ein wenig unbequem. Und abgesehen davon – dazu bedarf es auch einiger Übung.«

»Nehmen wir das Notsystem?« fragte Teo Holasz.

Gray stimmte ihm zu. »Für den Fall einer Notlandung auf einem Planeten oder einem Mond haben wir die Möglichkeit, eine Schaumstoffverbindung zu legen. Sie paßt sich jeder Umgebung an und schließt druckfest ab. Es ist zwar gegen die Vorschrift, aber was soll's – ich werde das Ganze als Übungstest eintragen.«

Mit Teo verließ er die Aussichtskanzel, während die drei Touristen zurückblieben. Eva, die sich zusammen mit Teo ein wenig um die Versorgung gekümmert hatte, holte Becher mit schäumendem Astro-Cola. Aus dem Lautsprecher klang leise Musik – wahrscheinlich durch die Automatik eingeschaltet, die aus dem Sprachklang auf die Stimmungslage schloß.

Von ihren gepolsterten Sitzen aus beobachteten sie, wie sich von ihrem Schiff aus ein gelblicher Klumpen Schaum ausbreitete, zuerst, ohne die zerrenden Kräfte der Gravitation, in Form einer Halbkugel. Dann eine kurze Pause in der aufblähenden Bewegung... eine neue, kleinere Kugel, wie ein Auswuchs an der ersten, wuchs wie diese zu einem Durchmesser von rund drei Metern, dann die nächste angesetzte Kugel... schließlich, nachdem sich das Ganze etwa vierzigmal wiederholt hatte, erreichte der Schaum die Wand der Station. Der Kapitän hatte mit Vorbedacht darauf verzichtet, eine Luke oder Tür anzuvisieren, deren Funktion wahrscheinlich längst erloschen war. Es erschien ihm sicherer, sich durch die Wand hindurchzubrennen. Eine kurze Wartezeit, vielleicht zehn Minuten, während der der Schaum zu einer flexiblen, doch außerordentlich konsistenten Masse erstarrte. Kurz vor der endgültigen Verfestigung schmolz Teo, der zweite Pilot, einen zylindrischen Hohlraum durch die Verbindung, der auf diese Weise durch eine zusätzliche Kunststoffschicht isoliert war.

Die Reisenden hielt es nicht in der Kanzel, sie traten in die Schleusenkammer, die bereits geöffnet war – der Hohlraum, die Verbindung zur alten Station, war von atembarer Luft erfüllt, doch Gray wies sie an, sich noch etwas zu gedulden; er hatte nicht die Absicht, sich eine Unvorsichtigkeit zuschulden kommen zu lassen. Erst trieb er einen Hohlbohrer durch die Wand, prüfte Luftzusammensetzung und Druck des Innenraums. Er hatte nicht erwartet, daß dort noch der menschlichen Existenz angepaßte Verhältnisse herrschen würden, und selbst als er sich davon überzeugt hatte, tauschte er die Luft doch lieber aus, bevor er mit dem Handlaser eine fenstergroße Platte aus der Metallwand brannte. Nun erst war der Einstieg frei.

Der Augenblick, als die Scheibe zu Boden kippte – langsam, denn das künstliche Gravitationsfeld reichte nur noch schwach hierher – war sicher der entscheidende während dieses Unternehmens. Darauf hatten sie sich gefreut, und nun waren sie ungeduldig, ließen sich nicht mehr zurückhalten. Mit ungeschickten Bewegungen unter den ungewohnten Gravitationsverhältnissen stemmten sie sich vorwärts, drangen durch die scharfkantig begrenzte Öffnung, verharrten kurz... einige waren so schlau gewesen, sich mit Taschenlampen zu versorgen, und so tasteten sich nun Lichtkegel in die schon Jahrhunderte hindurch ungestörte Dunkelheit.

Viel war allerdings nicht zu erkennen: einige Metallstreben, Röhren, mehrere Schränke, alles eng verschachtelt, wie es eben den Beschränkungen der veralteten Technologie entsprach. Teo war, die Hände rechts und links an die Wände gestützt, einige unsichere Schritte vorgegangen – trotz der überholten Konstruktion folgte sie derselben Logik, und so fand er ohne viel Mühe die Schalter... ein Griff, und der Raum war von mattem Licht erfüllt. Das Energiesystem schien also noch zu arbeiten, die Sonnensegel waren noch intakt. Dieses lautlose Einsetzen eines technischen

Prozesses, die Selbstverständlichkeit, mit der es geschah – nach einer jahrhundertelangen Pause – wirkte geradezu absurd. Es deutete an, daß es eben doch mehr als leblose Reste, Ruinen einer vergangenen Zeit, waren, was sie zu besichtigen sich anschickten, daß etwas Lebendiges erhalten geblieben war, zu Aktionen und Reaktionen fähig.

Plötzlich schob sich die Frage, die sie bisher verdrängt hatten, wieder in den Vordergrund: Wo war die Besatzung geblieben? Würden sie auf mumifizierte Leichen stoßen? Lauerte dort, hinter der nackten Wellblechwand, das Grauen?

Es war so, als ob sie eine unbestimmte Furcht zusammenhielt – keiner entfernte sich, keiner ging auf einen eigenen Entdeckungsgang. Schließlich war es der Kapitän, der sich entschloß und durch die Luke trat, hinter der sich der einzige größere Raum verbergen mußte. Unwillkürlich dachte er an die Grabkammer einer Pyramide.

Im zentralen Raum der Station befand sich nichts Schreckenerregendes, nichts, das ehedem lebendig gewesen sein könnte. Dicht gedrängt – eine Folge des Platzmangels – technische Instrumente, Tastaturen, Schaltbretter, Regale mit abgestellten Bändern und Disketten. Der Sonne zugewandt das gewölbte Fenster aus dunklem Bleiglas. Aber immer noch hell genug breitete sich davor die Hitzewelt der Sonne aus, im beengten Gesichtsfeld geradezu greifbar nahe.

Die Bewegungen sind langsam, kaum merklich, aber was bedeutet das schon? Was aus der Distanz wie Ruhe aussieht, ist in Wirklichkeit unbändige Bewegung. Aus dem orange strahlenden Glutmeer stechen immer wieder die weißen Blitze von Nadeln empor, nur einige Sekunden lang, und wieder, an anderer Stelle ... Manchmal erheben sich ganze Schollen aus zerbröckelnder Glut, braune Abgründe in den offenen Schründen, Pfeiler aus leuchtendem Gas, aus dem Inneren ausgestoßen. Dazu die Fackeln mit ihren dunklen Herden, Eruptionen elektromagnetischer Stoßwellen und Kaskaden kosmischer Strahlung ... Über allem aber, majestätisch, der große Strom. Man muß lange hinsehen, ehe man ihn als Veränderung erkennt. Wandernde Sonnenflecken, von chromosphärischen Wirbeln begleitet ... weit auslaufende, granulierte Flammenbögen, von eingefrorenen Magnetfeldern gefangen.

Aber das alles geschieht äußerlich, ist sekundär. Eine dünne

Haut, die Äonen jungfräulicher Sternmaterie umschließt, durch Kernprozesse aneinander gebunden und abgestoßen zugleich. Wer will behaupten, daß diese Massen tot sind? Vielleicht – an den kleinlichen menschlichen Dimensionen gemessen... Vielleicht ist es das eigentliche Leben, das dort lodert – von dem das unsere nur schwacher Abglanz ist. Wer will behaupten, daß Höchsttemperaturen Leben verhindern? Ist es nicht vielmehr so, daß es sich, getrieben von elementarem Energieumsatz, weitaus stärker äußern kann, sich viel variabler strukturiert, zu einer Vollkommenheit findet, die für menschliches Begreifen unzugänglich ist?

Von diesem Ball aus Licht und Feuer geht eine ungeheure Anziehungskraft aus! Er ist der Lebensspender, allein von dem, was als Nebenergebnis der eigentlichen Umsetzungen abfällt, existiert das ganze Planetensystem dieser einsamen Sonne. Kann es ein Verstehen geben? Man müßte mehr wissen... mehr wissen...

Keiner konnte sich diesem Schauspiel entziehen, und doch wirkte es auf jeden anders. Mark Ballardi registrierte es mit Genugtuung – als wäre er der Urheber und die anderen hätten es ihm zu verdanken. Eva Zoerner betrachtete das Spiel des weißen und orangefarbenen Lichts wie ein wirkungsvoll inszeniertes Feuerwerk. Petra Dorstig bemühte sich um Distanz, und obwohl sie äußerlich ruhig schien, bewegte es sie mehr, als sie sich selbst eingestehen wollte. Kapitän Gray versuchte die Erinnerungen an das zu aktivieren, was er – im Zusammenhang mit Sicherheitsvorschriften und Rettungsübungen – einst über das Zentralgestirn gelernt hatte; und er runzelte die Stirn, weil der Zusammenhang mit dem, was er vor sich sah, kaum herzustellen war. Teo Holasz war gefangen, er vergaß alles andere um sich herum, wußte zuletzt nicht einmal mehr, was es eigentlich war, dem er sich hier mit der ganzen Intensität seiner Empfindungen widmete.

»Wollen wir uns ein wenig umsehen?« Es war der Kapitän, der die von zwiespältigen Gefühlen erfüllte Stille unterbrach. Wie aus einem Traum gerissen, wandten sie sich ihm zu – außer Teo, der noch immer regungslos unter dem Bleiglasfenster saß.

Gray drehte sich zu Teo herum, faßte ihn an der Schulter und schob ihn vom Ausguck weg. »Laß es gut sein!« sagte er gutmütig.

»Wir sollten uns umsehen«, schlug Eva vor. »Ich wüßte zu gerne, was hier geschehen ist...«

»Na, was schon«, unterbrach sie Mark. »Von hier aus haben sie ihre Meßdaten gesammelt, und nach Beendigung ihrer Arbeit hat man sie abgeholt und zurück zur Erde gebracht. Wenn man es sachlich sieht – nichts als Routine.«

»Vielleicht doch ein bißchen mehr«, widersprach Petra. »Ihr habt doch gehört: Es ist nichts von einer Station bekannt, die so nahe an die Sonne herangekommen wäre. Wie lang konnten sie es mit ihren primitiven Schutzmaßnahmen hier überhaupt aushalten? Es wäre durchaus möglich, daß hier ein Unglück geschehen ist.«

Ihre Worte schwebten im Raum, vielleicht hatte der eine oder andere etwas Ähnliches gedacht, aber Petra hatte es als erste ausgesprochen.

»Ich schlage vor, wir sehen uns systematisch um«, sagte Gray. Er blätterte einen Stoß Disketten durch, die auf dem Tisch gestapelt lagen, versuchte, aus den Aufschriften klug zu werden. Dann steckte er eine in den Schlitz des Laufwerks. Ein in der Wand eingelassener Monitor wurde hell, nach kurzem Flackern erschienen darauf lange Reihen von Zahlen.

»Ach, ich dachte schon...« Eva konnte ihre Enttäuschung nicht verbergen.

»Du wirst doch nicht gedacht haben, er hätte uns eine Nachricht hinterlassen!« Mark demonstrierte wieder seine Überlegenheit, doch Eva warf ihm einen zornigen Blick zu, und er verstummte.

»In zwei Stunden beginnt die Ruhezeit – ich bestehe darauf, daß sie eingehalten wird«, sagte Gray. »Ich werde mir die Disketten durchsehen, vielleicht finde ich etwas, was uns Aufschluß gibt. Ich vermute, daß sich irgendwo auch Privatsachen befinden – schließlich waren es lebendige Menschen, die sich hier befanden.«

Petra blickte sich suchend um, trat dann auf einen in Deckennähe montierten Wandschrank zu. Der Deckel ließ sich mühelos heben, einige Kleidungsstücke kamen zum Vorschein. Petra holte sie mit zwei Fingern heraus, entfaltete sie – eine Jacke, eine Hose, einige Hemden, alles grob und einfach geschnitten – Gebrauchswäsche. Die andern hatten ihr gespannt zugesehen, nun wandten sie sich ein wenig enttäuscht ab, suchten selbst eine Ecke, in der sie kramen konnten.

Die Unterhaltung verstummte, nur gelegentlich machte einer die andern auf etwas aufmerksam, was er gefunden hatte: einen Zettel mit unleserlichen Aufzeichnungen, ein Abzeichen mit der Aufschrift AERO-SPACE, ein verblichenes Foto mit der Ansicht einer Stadt. In einer Nische fand Eva Reste einer Mahlzeit, in Plastikgeschirr eingetrocknet; als sie einen Teller vom Bord nahm, entstand eine Staubwolke. Teo machte Gray auf lose an der Decke befestigte Metallplatten aufmerksam, und nach einiger Diskussion einigten sie sich darauf, daß die Besatzung vermutlich versucht hatte, nach der Sonnenseite hin eine zusätzliche Strahlenschutzverkleidung anzubringen. Petra hatte sich an ein Bandgerät gesetzt. »Daten der Sonnenforschung«, erklärte sie. »Der Mitschnitt eines Vortrags... vielleicht erfahren wir etwas über diese Station...« Eine in der Lautstärke mehrfach schwankende Stimme zählte historische Daten auf – 1958, Beobachtungen von Sonnenflares von einem Ballon aus, 1972, Satellit OSO-7, ein Ausbruch von Radiostrahlung, 1973, Start von Sky Lab, drei Besatzungsmitglieder, 1980 abgestürzt... Sie ließen das Band weiterlaufen, übersprangen die darauffolgenden Ereignisse, um schließlich festzustellen, daß der Vortrag mit einer etwas ausführlicheren Beschreibung des Solaris-Flugs – der erste Vorstoß über die Merkurbahn hinaus – schloß. Die erwähnten Ereignisse sagten ihnen nichts, sie konnten sich nicht recht vorstellen, um was es den Forschern damals gegangen war, und blieben weiterhin auf Vermutungen angewiesen.

Den ersten echten Fortschritt erzielte Kapitän Gray an seinem Computerterminal. »Ich glaube, ich habe das elektronische Bordbuch gefunden, da haben wir auch zum ersten Mal Jahreszahlen: 2042, das stimmt mit unseren Annahmen überein. Leider sind riesige Mengen von Daten dazwischengeschoben, es wird lange dauern, ehe ich alles rekonstruieren kann. Ich werde das System mit unserem Bordcomputer verbinden und die Nacht benutzen, um die Daten zu überspielen. Und nun wird es allmählich Zeit...«

Von den ungewohnten Anstrengungen und der uneingestandenen Aufregung ermüdet, folgten sie der Anweisung. Und wenn auch einige von ihnen keinen rechten Schlaf fanden, so blieben sie doch ruhig in ihren Kojen liegen und vermochten es nicht – weder im Wachen noch im Träumen –, sich von den Ereignissen der letzten Stunden zu lösen.

Nach etwa fünf Stunden kam es zu einer unerwarteten Unterbrechung ihrer Ruhezeit. Es war ein aufgeregt piepsendes Signal, das über die Lautsprecher in ihre Kabinen drang, und dann setzte eine unbekannte Stimme ein: »Eruption in Sektor 73 Berta. Alle auf Station! Fortsetzung der Meßreihen 17, 206, 218. Datenaufnahme im ultravioletten, Radiowellen- und Röntgenbereich. Achtung, alle auf Station!«

Sie waren noch im Schlaf verfangen, doch keiner konnte die Aufforderung der unbekannten Stimme einfach übergehen. Sie sammelten sich im Kanzelraum, noch etwas übernächtigt, ungekämmt und steif, nur der Kapitän hatte seine Uniform korrekt zugeknöpft, die Mütze auf dem Kopf.

»Woher kam das?« Sie blickten sich um, als könnten sie die Ursache auf diese Weise ausfindig machen.

Gray schien ein wenig beunruhigt, man sah es ihm an, obwohl er sich zu beherrschen versuchte. »Einen Moment, ich will mich nur vergewissern...« Eilig verließ er den Raum.

Als er nach zwei Minuten zurückkam, schien er ein wenig entspannt, doch ein letzter Rest Unruhe schwang immer noch in seiner Stimme. »Wie ich vermutet hatte...« – er holte tief Atem – »... es kam vom Computer der Station – ihr erinnert euch, ich habe ihn mit unserer Automatik verbunden. Es muß sich um die Reaktion einer automatischen Kontrolleinrichtung handeln. Wieso die Meldung allerdings in unser Kommunikationsnetz kommen konnte, ist mir schleierhaft.«

Mark Ballardi meldete sich mit einem Handzeichen zu Wort – ganz im Gegensatz zu seinem gewohnten selbstbewußten Verhalten. »Eine Eruption... was bedeutet das? Ultraviolett, Röntgenstrahlung... vielleicht handelt es sich um einen Alarm!«

»Ja, vielleicht befinden wir uns in Gefahr?«

Der Kapitän versuchte sich im Stimmengewirr Gehör zu verschaffen. »Doch nicht für uns! Ich versichere euch: Hier sind wir völlig vor Strahlung geschützt. Immerhin haben sich die Zeiten geändert – heute verfügen wir über Sicherheitsanlagen, von denen die damals nur träumen konnten.« Sie glaubten ihm nur allzu gern, doch wieder hatte sich ein Anflug von Unruhe ausgebreitet, brachte etwas zum Schwingen – eine urtümliche Bereitschaft zur Angst –, was sie längst in sich erloschen glaubten.

»Schauen wir uns doch diese Eruption einmal an!« forderte Mark, der seine Fassung rasch wiedergewonnen hatte. Der Kapitän löste die Sperre der Filterautomatik – in den Ruhezeiten waren sie stets voll eingeschaltet. Langsam wurde das Glas durchsichtig, aus dem diffusen Grau heraus kristallisierte der gleißende, die lebensbedrohende Strahlung aussendende Ball.

Zentrum der Strahlung, Zentrum des Lichts, Zentrum der Felder, die weit in den Raum der einsam kreisenden Planeten hineinreichen. Folgen kernphysikalischer Prozesse, oder vielleicht etwas ganz anderes: eine Botschaft! Was dort unten geschieht – was es auch immer ist, ob wir es Leben nennen oder nicht: Es ist das wichtigste Geschehen in diesem Winkel des Weltalls, das einzig Wesentliche, was sich begibt. Wer es verstehen will, darf keine Angst haben, darf nicht zögern... Die Figuren dort unten... Ausbrüche von Feuer, sich aneinander reibende Walzen aus Glut, Spalten in aufsteigenden Magmamassen, die Bögen der leuchtenden Gasfontänen... Wir haben alles völlig falsch gesehen. Erklärungen nach Zahlen und Formeln... lächerlich, das Geheimnis auf diese Weise entschlüsseln zu wollen! Vielleicht etwas ganz anderes, in den Bergen aus Licht nur schwer erkennbar... Vielleicht ausgestreckte Hände, ein Gesicht? Man müßte den Ausdruck erkennen... die Gedanken, die dahinterstecken. Nur der kann sie erkennen, der keine Angst davor hat. Näher... immer näher...

Sie versammelten sich vor dem Teleskop, im Zentrum des Blickfelds die angekündigte Eruption.

»Immerhin – es war keine Falschmeldung!« versuchte Mark zu scherzen. Doch das, was sie sahen, ließ sie nicht mehr so unberührt wie noch vor einigen Tagen, als sie das Raumboot für einen Abstecher aus dem Merkurschatten heraus benutzt hatten. Es war nicht mehr der physikalische Prozeß, nicht mehr das Spiel des Lichts, was ihre Augen und ihr Verstand erfaßte, zum ersten Mal begriffen sie, daß Erscheinungen mehr sein konnten als dem Menschen auf irgendeine Weise dienliche Belanglosigkeiten: zur Beschaffung von Nahrung und Energie, zur Sicherung von Leben und Gesundheit oder auch nur zur Unterhaltung und Bewunderung. Nein, das, was dort aus einem riesigen, kesselartigen Krater emporstieg, war die elementarste Gewalt selbst, ein kosmisches Gewitter, eine nukleare Explosion. Gegenüber diesen Ausbrüchen ist der Mensch ein Nichts! Aber selbst damit war das Eigentliche nicht erfaßt, die Erkenntnis, die – auf bewußtem oder unbewußtem Weg – in ihnen Fuß faßte: Die dicken Scheiben, die aufgebauten Felder, die gestapelten Absorptionsplatten... das alles war lächerlich im Vergleich zu dem, was dort – in unermeßlicher Weite oder in unmittelbarer Nähe? – frei wurde. Dieses

Eigentliche reichte durch Potentialwälle und Filter hindurch, erreichte sie unmittelbar. Es war nichts Physikalisches, sondern etwas ganz anderes, was sie noch nie verstanden hatten und auch jetzt nur ahnten.

Der Kapitän hatte sich als erster dem Einfluß des Spektakels entzogen. Obwohl seine Aufgabe die der Dienstleistung war, zum Gefallen der die Erde verlassenden Reisenden, so war er doch am stärksten der Technik verhaftet, und so drängte es ihn auch nachhaltig dazu, für das seltsame Geschehen der Nacht Erklärungen zu finden.

Sie hatten nicht bemerkt, daß er sich zurückgezogen hatte, und waren nun geradezu erstaunt, als er an der Tür erschien. »Kommt mit, ich habe etwas gefunden... ein Videoband...« Sie folgten ihm hinüber in die Station, stellten oder setzten sich vor den Monitor, den er ihnen wies. Er schaltete die Wiedergabe ein, auf dem Bildschirm erschien der Kopf eines Mannes. Er war verschwommen, man konnte gerade noch ahnen, daß er weder besonders alt noch besonders jung war, ein Gesicht ohne besondere Merkmale. Dann erklang die Stimme, die sie schon einmal gehört hatten: »Heute ist der 12. November 2051. Heute habe ich einen schwerwiegenden Entschluß gefaßt: Ich habe die Station um 20 Millionen Kilometer näher an die Sonne gebracht. Hier ist die Strahlung dichter, doch für einige Wochen läßt es sich aushalten. Ich hätte es nicht getan, wenn es nicht notwendig gewesen wäre. Aus der Ferne ist alles viel zu undeutlich, viel zu vage. Man muß näher heran, um die wesentliche Information aus dem Untergrund der Störungen zu lösen. Ich bin allein an Bord, für niemand anderen verantwortlich. Solange ich mich hier befinde, werde ich keine Minute ruhen, um das Rätsel zu lösen. Ich habe die Zentraleinheit so programmiert, daß sie fast ebenso gezielt arbeiten kann wie ich selbst. Diesem Ziel ist alles unterzuordnen, selbst für den Fall, daß mir etwas passieren sollte...«

Während seiner Worte, die hin und wieder von längeren Pausen unterbrochen waren, hatte er den Kopf kaum bewegt – er war so undeutlich geblieben wie von Anfang an, und ebenso undeutlich blieben die Vorstellungen und Ziele dieses Mannes.

Es war 300 Jahre her... Was auch immer geschehen war, dieser Mann konnte nicht mehr am Leben sein. Und trotzdem waren sein Wille, sein Durchsetzungsvermögen immer noch unglaublich stark. War nicht er es gewesen, der sie dazu gebracht hatte, ihren sicheren Standort zu verlassen und sich in die weiten Felder des Sonnenwinds hinauszuwagen? Ging es nicht auf ihn zurück, daß sie jetzt, während der Ruhepause, in der Station zusammengekommen waren, seiner Aufforderung Folge leistend? War nicht er es, der – wenn auch über eine technische Anlage – über Raum und Zeit hinweg zu ihnen sprach?

Auf einmal waren sie dieses Abenteuers überdrüssig. Alle Erwartungen, alles Interesse waren plötzlich verflogen. Was, beim Himmel, hatte sie dazu getrieben? Sollte die Station doch noch Tausende von Jahren um die Sonne kreisen, bevor sie endgültig hineinstürzte, um atomar zu verglühen! Was ging es sie an? Diese verlassenen Räume, die peinlich gepflegten, immer noch funktionsfähigen Meßanlagen... nichts anderes als Relikte einer irregeleiteten Vergangenheit. Es war das beste, sie wieder der Zeitlosigkeit zu überantworten, sie zurückzulassen, nutzlos, wie sie es immer gewesen waren, und zurückzukehren in die eigene Welt, in der es wahrlich Besseres zu tun gab, als sich mit Gammastrahlenausbrüchen und Eruptionen herumzuschlagen.

Sie brauchten sich nicht lange zu verständigen. »Gehen wir, brechen wir auf!«

Fünf Minuten später teilte ihnen Guido Gray schreckensbleich mit, daß sich ihr Raumboot nicht starten ließ. Und, als hätte sie auf den Einsatz gewartet, ertönte neuerlich die Stimme: »Sonnenflekken in Sektor 07, Paula, starker Radiowellenausbruch. Aufgabe: spektrale Untersuchung. Achtung, Messungen unverzögert aufnehmen!«

»Ich glaube, wir sind in Schwierigkeiten«, stellte Petra unnatürlich ruhig fest.

»Schwierigkeiten, daß ich nicht lache!« Im Gegensatz zu Petra hatte der Journalist seine Gefühle nicht in der Gewalt, und er hatte auch gar nicht die Absicht, sich darum zu bemühen. Er ging auf Gray zu, hob den Arm, als wolle er zuschlagen. »Was soll das heißen: ... läßt sich nicht starten! Dann tu eben was, um das verdammte Ding in Fahrt zu bringen!«

Während Gray unwillkürlich einige Schritte zurückwich und nach Worten suchte, sagte Petra kalt: »Mark, benimm dich!« Obwohl sie ganz leise gesprochen hatte und auch keinerlei Drohung in ihrer Stimme lag, folgte der Reporter unverzüglich. Es sah aus, als hätte er seine Aufregung innerhalb einer Sekunde abgeschüttelt, wiewohl die Angst offensichtlich geblieben war.

»In dieser Situation sollten wir vor allem Ruhe bewahren«, erklärte Petra. »Setzt euch!« Obwohl es ihnen widerstrebte, folgten sie ihr, und sie merkten, daß ihnen dieser erste Schritt zur Selbstbeherrschung guttat.

»Also, Guido, nun berichte! Warum ließ sich das Schiff nicht starten?«

»Keine Reaktion... keine Zündung... ich verstehe es einfach nicht!« Er furchte die Stirn, auf der Schweißperlen standen.

Petra beobachtete ihn aufmerksam. »War das alles?« fragte sie.

Gray sah einen Moment lang erstaunt auf, dann senkte er wieder den Kopf. »Nein... nicht alles. Es war unerklärlich...«

Die andern sahen ihn irritiert an, und es schien, als würde er im Kreuzfeuer der Blicke in sich zusammensinken.

»Also!« forderte Petra unerbittlich.

»Eine Stimme... ich habe mit dem Computer gesprochen.« Wieder zögerte er. Er merkte, daß ihm die anderen keine Ausflucht ließen. So unwahrscheinlich es war, so unglaubhaft... »Der Computer gab den Befehl, die Daten aufzunehmen. Eher gibt er uns keine Starterlaubnis.«

Mark beugte sich vor, verlagerte das Gewicht auf die Beine, als wollte er aufspringen. »Du bist verrückt!« Eva, die neben ihm saß, hielt ihn am Arm fest. Der leise Druck genügte, um ihn wieder zur Besinnung zu bringen.

»Wer hat das noch gehört – diese Unterhaltung mit dem Computer?« Petra blickte in die Runde... niemand antwortete.

»Ich allein«, bestätigte Gray.

»Ist so etwas technisch möglich? Andernfalls müßte es sich um eine Halluzination handeln. Könnte im Notfall Teo das Boot starten?«

»Gewiß, unter normalen Umständen...« Es schien, als sei Teo aus tiefen Gedanken erwacht.

»Dann versuche dein Glück!« forderte ihn Petra auf. »Doch nun zu meiner Frage: Ist es möglich, daß uns der Computer zurückhält?«

Der Kapitän tupfte sich mit einem Taschentuch über die Stirn, er schien sich beruhigt zu haben. »Aber gewiß«, antwortete er. »Voraussetzung ist allerdings, daß jemand so etwas programmiert. Normalerweise kann ich mir nicht denken... aber hier...« Er führte seine Vermutung nicht weiter aus.

»Verstehe ich richtig«, fragte Eva, »dieser unbekannte Mann, den wir auf dem Bildschirm gesehen haben... Er hat es so eingerichtet...? Aber er konnte doch nicht wissen – es war reiner Zufall, daß wir hierher kamen!«

»Vielleicht hat er jemand ganz anderen erwartet«, vermutete Gray. »Vielleicht die Besatzung eines Raumschiffs, die ihn abholen wollte, vielleicht eine Rettungsmannschaft, die ihn aus der gefährlichen, sonnennahen Zone bringen sollte – denn für damalige Verhältnisse war es Wahnsinn, ein solches Risiko einzugehen.«

Wahnsinn – nun war das Wort gefallen. Waren sie tatsächlich in der Hand eines Wahnsinnigen, der, auf ungeklärte Weise verschollen und längst tot, seinen unheilvollen Einfluß aufrechterhalten hatte?

»Wo ist er geblieben?« Eva sprach es aus, woran nun alle dachten. Wo war er geblieben? Das Schiff war noch betriebsbereit, das System funktionstüchtig, der Computer intakt – in der langen Zeit, die seit den unerklärlichen Entscheidungen dieses Mannes vergangen waren, war niemand hier gewesen. Die Station kreiste um die Sonne, 300 Jahre lang, von Strahlung durchsetzt, einem Bombardement unzähliger atomarer Geschosse ausgesetzt, und doch beständig genug, um auch noch danach ihre Wirkung zu entfalten. Und der Initiator aller dieser Ereignisse – verschwunden...

In diesem Moment kam Teo zurück. »Es stimmt, wir sitzen fest!« Er schwieg kurz, dann setzte er leiser hinzu: »Auch ich habe die Stimme gehört, wir müssen die Arbeit fortsetzen, es bleibt gar nichts anderes übrig. Er hat sein Leben geopfert, um mehr zu erfahren als je ein Mensch zuvor.«

Eigentlich war keiner unter ihnen, der erwartet hatte, daß Teo das Schiff starten würde. Jetzt blickten sie sich wortlos an, zuckten die Achseln.

»Und wenn wir uns weigern?«

»Sollen wir es darauf ankommen lassen?«

Ihre Stimmen klangen durcheinander.

»Können wir uns denn nicht wehren?« fragte Eva kläglich. »Müssen wir tun, was uns da gesagt wird?«

Und nochmal die Frage: »Und wenn wir uns wehren?«

Plötzlich blickten sie alle auf Petra, als wären sie sich einig darüber, daß sie zu entscheiden hatte.

»Die Daten aufnehmen, die Meßgeräte bedienen... können wir das überhaupt?« Sie wandte sich an Gray. Dieser überlegte kurz.

»Es dürfte nicht schwer sein. Die Messungen selbst führt die Automatik aus, offenbar geht es nur darum, die Geräte einzustellen, den Datenfluß zu dokumentieren. Aber ja, das sollte möglich sein. Aber wollen wir wirklich?«

»Wir dürfen nicht vergessen«, sagte Petra entschieden, »daß wir es nicht mit einem menschlichen Gegner zu tun haben. Wenn es auch ein Mensch war, der das System programmiert hat, so können wir nicht voraussehen, wie es sich verhält. Es hat das Lebenssystem in der Hand – keiner von uns hat Kenntnisse genug, um manuell einzugreifen. Und wir dürfen nicht unbedingt ein Wechselspiel von Drohungen, Demonstrationen der Macht und fein säuberlich dosierte Konsequenzen erwarten. Vielleicht passiert nichts, wenn wir uns weigern. Aber sicherer ist es, dem Befehl zu folgen. Es wird niemand von uns schaden, wenn wir uns mit den Meßgeräten beschäftigen. Klar, daß wir unseren klaren Verstand erhalten und jede Gelegenheit wahrnehmen, die uns Hoffnung gibt.«

Es war eine geradezu feierlich wirkende Rede gewesen. Niemand widersprach. Da die alte Verbindung zur Station nicht mehr bestand – der Kapitän hatte sie vor dem geplanten Start gekappt –, errichtete er nun eine neue. Zwanzig Minuten später befanden sie sich in der Station, saßen vor den Meßgeräten – interessiert, lustlos oder verwirrt, jeder auf seine Art. Sie hielten die Köpfe gebeugt, als getrauten sie sich nicht aufzuschauen. Ihnen war, als würden sie beobachtet.

Datenprotokolle, Zahlenreihen auf Endlosformular, piepsende Geräusche aus Miniaturlautsprechern, blinkende Leuchtdioden, zuckende Zeiger... Sie verstanden nicht, was dahintersteckte, und hatten kein Bedürfnis danach, es zu erfahren. Nur widerwillig beschäftigten sie sich mit den Anlagen, hatten keine Ahnung, ob es richtig war, wie sie es machten, und es war ihnen auch gleichgültig. Schon nach einer halben Stunde schob Kapitän Gray ein Handbuch zurück, in dem er vergeblich nach Anweisungen gesucht hatte. Eine Weile saß er bewegungslos vor dem Bandgerät, starrte auf den leeren Bildschirm. Nach und nach gaben auch die anderen auf.

»Das ist doch völlig sinnlos«, murmelte Gray.

»Es ist schwieriger, als ich es mir vorgestellt hatte.« Teo sah etwas verstört aus, sein Haar war zerrauft, als hätte er darin gewühlt. »Die Bedeutung, die dahintersteckt... man müßte viel mehr wissen – über die Funktion der Systeme, über die physikalischen Größen, die dahinterstecken...«

»Ich pfeife auf die physikalischen Größen!« rief Mark. Man sah ihm an, daß er Mühe hatte, seine Beherrschung zu behalten. »Wollen Sie sich wirklich so mir nichts, dir nichts unterwerfen, Gray? Schließlich sind Sie der Kapitän!«

Ehe Gray antworten konnte, warf Petra ein: »Solange wir nichts anderes zu tun haben, können wir uns auch mit den Daten beschäftigen...«

»Können wir wirklich nichts tun?« Mark sprang auf, und infolge der geringen Schwerkraft prallte er heftig an der Decke an, was ihn ein wenig zu beruhigen schien. Er angelte nach der Lehne des Sessels, zog sich vorsichtig hinunter.

»Mark hat recht«, meinte Eva, »das kann doch nicht so weitergehen! Ich möchte endlich zur Station zurück...« Ihre Stimme erstickte, sie holte ein Taschentuch hervor, hielt es vors Gesicht.

»Die Frage ist gar nicht so dumm: Wie lange halten wir es hier aus?« Petra sah Gray an, dann Teo. »Wie lange reicht die Energie? Die Nahrung? Haben wir genug Wasser? Reicht die Luft?«

»Alles kein Problem«, erklärte der Kapitän. »Die Energie, die wir verbrauchen, fällt nicht ins Gewicht, Wasser wird im Recycling zurückgewonnen, zum Teil gilt das auch für die Nahrung, und schließlich haben wir Konzentrate, mit denen wir sogar ein Jahr lang auskämen.«

»Und wie sieht es mit dem Strahlenschutz aus?« warf Petra ein.

Gray zuckte die Schultern. »Schwer abzuschätzen. Bis jetzt ist die Situation sicher nicht bedenklich... andererseits... der Schutz ist nicht absolut, ein gewisser Teil der harten Gammastrahlung kommt zweifellos durch. Ein paar Tage, eine Woche, das ist sicher ungefährlich. Aber unbestimmte Zeit?« Er schwieg, als sei er schon durch die Erörterung der Frage angewidert.

»Können wir denn nicht um Hilfe rufen?« fragte Eva.

Gray winkte ab. »Wir befinden uns in der Region des Sonnenwinds – geladene Teilchen, Ionen, in relativ hoher Dichte. Gewiß, wir haben einen starken Sender, bei höchster Leistung mag er auch eine Million Kilometer weit reichen, aber das genügt eben nicht – wir haben uns um ein Vielfaches dieser Strecke vom Merkur entfernt.«

»Aber es muß denen doch auffallen, daß wir nicht zurückkommen... Eine Rettungsmannschaft? Wenn wir zu lange ausbleiben, müssen sie uns suchen – ist das nicht logisch?« Für einen Moment sah Eva geradezu hoffnungsvoll aus, doch Gray schüttelte den Kopf.

»Eine Rettungsexpedition? Das kann lange dauern. Im Moment steht kein Schiff zur Verfügung, mit dem man hierher kommen könnte. Die beiden Fähren sind nur für den Transport zwischen der Station und einem Raumschiff im Orbit gedacht. Unser Boot ist das einzige, das genügend für Aufenthalte in der strahlenerfüllten Zone ausgerüstet ist. Nein, nein – ich glaube, wir sollten uns keinen Illusionen hingeben.«

»Aber was sollen wir tun?« Die Frage stand im Raum, ausgesprochen oder unausgesprochen.

»Ich muß es jedem selbst überlassen, wie er sich verhalten will.« Der Kapitän machte nun einen gefaßten Eindruck, als hätte er sich mit der Situation abgefunden. »Solange die Sicherheit nicht gefährdet wird, ist jeder in seinen Entscheidungen frei. Jedenfalls besteht vorderhand keine Gefahr. Als Vorsichtsmaßnahme werde ich Tabletten ausgeben, die gegen Strahlenschäden helfen.« Er verließ die Kabine, kehrte dann mit einem Schächtelchen zurück. »Jeden Tag zwei davon – das unterstützt die Abwehr des Körpers.« Während sie die braunen Pillen schluckten, dachten sie daran, daß sie in jeder Sekunde von Gammastrahlen getroffen wurden, die ganze Bündel ihrer Zellen töteten.

Einige setzten die Arbeit an den Meßanlagen fort oder versuchten es zumindest, andere gingen in das Boot zurück, das größere Bequemlichkeit bot. Eva Zoerner war Mark Ballardi in eine Ecke in der Aussichtskanzel gefolgt, die zugleich Speise- und Aufenthaltsraum war. Über ihren Köpfen, durch das Filterglas gedämpft, hing der glühende Ball der Sonne. Mit einer angewiderten Bewegung schaltete Mark die Filter auf volle Absorption.

Eva rückte an ihn heran, als wolle sie Schutz suchen, doch Mark blieb steif sitzen, tat so, als hätte er es nicht bemerkt.

»Meinst du...« Eva zögerte, als wehrte sich etwas in ihr, das Unheil auszumalen. Sie setzte noch einmal an. »Meinst du, daß wir heil zurückkommen?« Sie wartete, doch Mark gab keine Antwort. Er starrte auf das Filterglas, als könnte er hindurchblicken.

»Ach Mark! Warum mußten wir uns auf dieses Abenteuer einlassen? Wenn ich mir vorstelle – geradesogut könnten wir irgendwo am Meer sein, oder auf den Bergen, im Schnee! Glaubst du, wir erleben das noch einmal?« Sie versuchte, einen Arm um seine Schultern zu legen, doch dann merkte sie die Abwehr, die sich in seiner starren Haltung ausdrückte, und ließ sich mit einem Gefühl grenzenloser Enttäuschung in die Tiefe des Stuhls zurücksinken. Noch vor einigen Tagen hatte er offenes Interesse für sie gezeigt, hatte sie umworben. Einige Sekunden lang dachte sie nicht mehr an die Besonderheit dieses Aufenthalts in einem lebensfeindlichen Strahlungsfeld. Ein wenig ernüchtert blickte sie ihn an. Noch immer starrte er auf das Glas, das Gesicht im Schatten. Plötzlich merkte sie, daß der Körper des Mannes zitterte und daß seine Augen voll Tränen waren.

Nur Petra und Teo waren in der Forschungsstation zurückgeblieben. Der zweite Pilot war wieder konzentriert mit den Systemen beschäftigt. Von seiner Ausbildung her hatte er wohl oder übel eine Menge über technische Dinge gelernt, und so war er vor den Meßapparaten nicht so hilflos wie die Touristen. In einigen Punkten hatte er sichtbaren Erfolg: Ein Tintenstift zeichnete eine Wellenlinie auf eine Papierrolle, auf einem Bildschirm zitterte eine Kurve, aus der von Zeit zu Zeit Spitzen herauswuchsen, die für Sekunden auf und ab liefen, um dann wieder in sich zusammenzusinken. Der Schnelldrucker warf Zahlen auf Papier – und Teo glaubte den Zusammenhang zwischen dem Meßvorgang und den Daten zu erkennen...

Petra saß bewegungslos, die Hände im Schoß. Die Anlage, der sie sich einige Zeit gewidmet hatte, hatte sie abgeschaltet, der Monitor war dunkel. Sie beobachtete Teo.

»Frequenzen im Röntgen- und Gammabereich... diese Geräusche... einige Pulse, überlagert...«

»Was hörst du?« erkundigte sich Petra.

Ohne den Kopf zu wenden, antwortete Teo: »Es ist nicht das gleichmäßige Geräusch eines Strahlenuntergrunds, da dringt etwas anderes durch. Hörst du?« Er war still, regelte einen Lautsprecher höher. Das Geräusch, das bisher leise und kaum merklich im Raum gelegen war, wurde lauter. Teo hatte recht – es war keineswegs gleichmäßig... Manchmal waren es nur einzelne Impulse knackender Geräusche, dann erklang ein Knattern wie Maschinengewehrsalven, und gelegentlich kam es zu Turbulenzen – ganze Tonkaskaden perlten auf, überschlugen sich. »Hörst du? Es klingt fast wie Sprache, wenn man sich konzentriert, dann kann man sogar einzelne Worte verstehen... Worte einer fremden Sprache...«

»Wer sollte zu uns sprechen?« fragte Petra ruhig, geradezu unbeteiligt, als wolle sie Teo um keinen Preis in seiner Konzentration stören.

»Ich weiß es noch nicht.« Teo sprach leise, geradezu flüsternd. »Die Sonne... der energiereichste Platz weit und breit! Könnte sie nicht auch ein Zentrum von Intelligenz sein?... einer nicht menschlichen Intelligenz?« Er seufzte tief auf, drehte sich zu Petra herum. Erst jetzt merkte er, daß sie sich allein im Raum befanden. »Wo sind die andern?«

»Sie meinen, es wäre sinnlos«, erklärte Petra.

»Aber es ist doch unsere Aufgabe... wir müssen...« Teo schien nicht zu verstehen.

Petra stand auf, trat zu ihm, legte ihm die Hand kurz auf das krause Haar. Sie hätte seine Mutter sein können. »Es muß jeder selbst entscheiden.« Sie nickte ihm zu, ging hinaus.

Eine Stunde später forderte Gray die andern über die Sprechanlage auf, in die Steuerkanzel zu kommen. Dort war es eng, und sie mußten sich zusammendrängen.

Der Kapitän wirkte niedergeschlagen, er saß vor dem Videorekorder und wartete, bis alle angekommen waren. Dann sagte er: »Ich fürchte, was wir hier erleben, ist tatsächlich einem kranken Gehirn entsprungen. Hört euch das an!«

Er ließ das Band anlaufen. Wieder erschien das undeutlich verschwommene Gesicht auf dem Schirm, die Gesichtszüge kaum erkennbar. Nur aus einer gewissen Übereinstimmung der Bewegungen mit dem Tonfall der Worte war zu entnehmen, daß es der Mann war, der sprach.

Ich werde nie wieder zur Erde zurückkehren. Was soll ich dort? Wer die Pracht der Sonne einmal aus der Nähe gesehen hat, kann sich nie mehr von ihr lösen.

Sie haben nicht gewußt, wie raffiniert ihr Plan in Wirklichkeit war, wie gut er gelungen ist. Sie haben mir die Strafe erlassen – mit der Großzügigkeit einer Institution, für die die Spielregeln nicht gelten. Sie hatten die Absicht, mich zu täuschen, aber es gelang ihnen nicht. Ich habe ihre Beweggründe durchschaut.

Ich habe mich freiwillig gemeldet. Früher gab es viele, die bereit waren, das größte Wagnis einzugehen – ohne recht zu wissen, wofür. Ich gehöre nicht zu jenen Abenteurern. Und es war auch kein freier Wille, eher ein Reflex. Damit haben sie gerechnet.

Ich habe das Feuer im Theater gelegt. Sie brauchten mich nicht zu verhören – ich habe gestanden. Allen Sicherungseinrichtungen zum Trotz: Es war nicht schwer, sie zu überwinden. Ich habe das Wasserleitungsnetz benutzt, um das Kerosin einzuleiten. Aus den Hähnen, aus der Sprinkleranlage, aus den geplatzten Leitungen kam das Feuer.

Was gibt es Lebendigeres als die Glut? Materie in einem höheren Zustand der Existenz!

Wie weit hinter mir liegen nun die Demütigungen und Intrigen! Unglaublich, daß sie mir schließlich die Erfüllung gebracht haben. Was könnte höheres Glück bedeuten, als eins zu werden mit dem ewigen Feuer, einzutauchen in die Helligkeit...

Das Unbehagen wuchs von Stunde zu Stunde. Immer deutlicher wurde ihnen, daß sie sich in einem Gefängnis befanden. Es kam zu erregten Auseinandersetzungen, Mark beschuldigte den Kapitän, die beiden Bordcomputer verbunden zu haben... »Nur so konnte sich das Programm auch auf das Raumboot auswirken – es war das entscheidende Ereignis, eine bodenlose Dummheit für einen Techniker!« Er beschuldigte die Reiseleitung ebenso wie die Trans-All AG, selbst die Raumfahrtbehörde machte er für mangelhafte Sicherungsvorkehrungen verantwortlich. Als ihn Petra zu beruhigen versuchte, fuhr er sie grob an und zog sich schließlich trotzig in seine Kabine zurück.

Nach solchen Ausbrüchen gingen sie einander betroffen aus dem Weg, versuchten mit der Ratlosigkeit und Angst fertig zu werden und fanden schließlich doch wieder zusammen – wie eine Herde vor dem drohenden Gewitter. Niemand kümmerte sich noch um die Fiktion von Tag und Nacht, man wartete, bis einen die Müdigkeit überfiel und versuchte dann vergeblich einzuschlafen.

Keiner hatte den Wunsch, sich mit der Sonne zu beschäftigen, Daten aufzunehmen, sie zu beobachten. Die Scheibe der Aussichtskanzel blieb undurchsichtig, dunkel. Und doch spürten sie immer deutlicher die Nähe ihres unheilvollen Einflusses. Sie spürten die Trockenheit und die Hitze, fühlten sich durstig, ausgedörrt...

»Es wird immer heißer, spürt ihr es nicht?« fragte Eva, als sie wieder einmal mürrisch beisammensaßen.

»Das bildest du dir ein – kein Wunder unter diesen Umständen!« Immer wieder war es Petra, die zu beschwichtigen versuchte. Und trotzdem rückten sie unbehaglich hin und her. War die Temperatur nicht tatsächlich gestiegen? – die Luft so trocken wie nie zuvor?

Plötzlich sprang Gray auf, lief in die Steuerzentrale. Von dort hörten sie einen Ruf, folgten ihm... Er deutete auf das Thermometer. »Eva hat sich nicht getäuscht«, stammelte Gray. »Die Temperatur liegt 2,5 Grad über dem Sollwert. Die Regelung gehorcht nicht mehr!« Nervös tippte er einige Befehle ein, las die Antworten vom Monitor ab, verglich sie mit den Einstellungen der Meßanzeigen...

»Und was ist die Ursache?« erkundigte sich Petra beherrscht. Gray starrte sie an, als wäre er über ihre Frage erstaunt. Dann wandte er sich wieder seinen Daten zu, stutzte, starrte auf ein Anzeigenfeld, in dem die Ziffern in rascher Folge wechselten.

Unversehens war eine nervenaufreibende Stille eingetreten – sie konnten die böse Nachricht geradezu ahnen.

Schließlich war es Gray, der sich zusammennahm. Die Worte entrangen sich ihm nur gepreßt: »Wir verlieren an Höhe... wir stürzen in die Sonne!«

Wieder reagierten sie unterschiedlich, einige schrien, andere standen wie gelähmt... Sie brauchten lang, um die Fassung – wenn auch nur notdürftig – wiederzugewinnen.

»Wir befinden uns in seiner Gewalt!« rief Eva in einer letzten Regung von Auflehnung. »Wir werden umkommen!«

Petra überlegte, ob sie etwas zu Evas Beruhigung sagen könnte, zog aber dann resigniert die Schultern hoch. Sie wandte sich an Gray: »Vielleicht hast du dich geirrt. Besteht wirklich kein Zweifel?«

Der Kapitän schüttelte den Kopf, ohne sie anzublicken.

Petra fuhr fort: »Eine Veränderung der Position, Verlust an Höhe – das sind doch physikalische Erscheinungen. Ich meine... da muß es auch physikalische Ursachen geben...«

Eva fuhr aus ihrer Lethargie auf. »Du kannst dir deine überlegenen Gesten sparen! Das hilft uns gar nichts. Es ist der Wahnsinnige, der dahintersteckt... Ich sagte ja: Wir befinden uns in seiner Gewalt. Er hat uns einen Befehl gegeben, und wir haben ihn ignoriert. Das ist die Strafe! Wir sollten hinübergehen, zu den Instrumenten...«

»Ich weigere mich!« Mark schrie sie wütend an. »Ich lasse mich

doch nicht nötigen! Wir müssen uns zur Wehr setzen! Daß keiner von euch hinübergeht! Ich sage euch: keiner von euch!«
»Jetzt bist du aber unlogisch«, stellte Petra fest. »Gestern noch hast du...« Mark ließ sie nicht ausreden. »Mach dich nicht lächerlich mit deiner Logik! Dann bin ich eben unlogisch!« Abrupt wandte er sich um, verließ den Raum – die letzten Worte waren in einen schluchzenden Laut übergegangen.

Wortlos waren sie auseinandergegangen, einige warfen sich in ihre Kojen, andere irrten in den Räumen des Raumschiffs und der Sonnenstation herum – ziellos. Schließlich rief sie ein Alarmsignal wieder zusammen: der Sirenenton höchster Gefährdungsstufe: Feuer!

War es schon soweit? Hatte sich das Raumschiff bereits bis zum Flammpunkt aufgeheizt, waren die Wände aufgeschmolzen? Es roch brenzlig, Schwaden von beißendem Qualm zogen sich die Decke entlang. Sie waren der Panik nahe, wußten nicht, ob sie hinzueilen oder fliehen sollten.

Ein Zischen – die automatische Löschanlage hatte eingesetzt.

Eine dumpfe Stimme aus der Richtung der Schlafräume: »Ein Brand in Marks Kabine!«

Obwohl die Information erschreckend genug war, wirkte sie andererseits aber auch wieder beruhigend... Also noch eine Galgenfrist.

Das Zischen verstummte, die beizenden Wolken wurden abgesaugt, machten der sterilen Luft aus der Umwälzanlage Platz.

Marks Kabinentür stand offen, sie standen davor und starrten hinein: Auf der Koje lag sein schwarz verbrannter Körper. Mark war tot.

Dem Ziel schon so nah, so nah! Doch immer noch: die schreckliche Ungewißheit, der Mangel an Einsicht. Es sind die Fesseln, die einem so gebrechlichen Wesen wie dem Menschen auferlegt sind, einem Wesen, das dem Zwischenreich angehört: nicht heiß, nicht kalt, nicht hell, nicht dunkel, nicht flüssig, nicht fest... Die andere Existenzform, die Möglichkeit zur Verwandlung. Nur lächerliche Furcht, der Ballast des lose gefügten Körpers, des erdbezogenen Geists!

Doch die Materie ist wandlungsfähig, die Erlösung nah... nicht mit dem Wasser: Mit dem Feuer wird die Taufe erfolgen. Nur das Feuer ist stark genug, um die entscheidende Wandlung zu vollziehen...

Eva saß vor den Instrumenten der Sonnenstation, allein. Ihre Finger glitten über die Tastaturen, über die Potentiometerrädchen... Was sie tat, war sinnlos, und sie wußte es. Ihr Dilemma war unlösbar: Sie war bereit, sich zu unterwerfen, doch ihre Kenntnisse reichten nicht...

Teo hatte ihr eine Weile zugesehen, dann war er aus dem Raum gegangen...

Petra Dorstig und Guido Gray saßen in der Steuerkabine des Raumboots.

»Wir haben die Möglichkeit noch nicht erörtert«, sagte Petra, »und das hatte seinen Grund. Ich hatte gehofft...«

»Und nun bist du sicher?«

»Ja. Marks Tod hat die Entscheidung gebracht. Ich habe nie an den Geist des Sonnenforschers geglaubt. Ein Programm, das die Macht an sich reißt, Menschen gefährdet... Ich verstehe nicht allzuviel davon, doch für mich besteht kein Zweifel daran, daß Sicherungen dagegen vorgesehen sind. Die ganze Erde wird schließlich von Prozeßrechnern gesteuert, doch habe ich noch nie gehört, daß es Schwierigkeiten gegeben hätte. Und außerdem«, fügte sie hinzu, »ist der Computer der Forschungsstation über 300 Jahre alt!«

Kapitän Gray versuchte unbewußt, dem raschen Wechsel der Höhenanzeige zu folgen, doch die niedrigen Stellen verschmolzen zu einem hastigen Flimmern.

»Warum hast du vorher nichts darüber gesagt? – uns sogar darin bestärkt, dem Befehl zu folgen?«

Petra lächelte kurz und keineswegs fröhlich. »Bedenk doch: Ich mußte den Verdacht für mich behalten. Ich wußte ja nicht, wer es war. Vielleicht Mark, vielleicht Teo...«

»Vielleicht ich«, fuhr Gray fort.

»Vielleicht du«, bestätigte Petra. »Eva konnte ich bald ausschließen, sie handelt so vordergründig, versteht zu wenig von technischen Dingen.«

»Also Teo...«

»Ja, Teo. Als zweiter Pilot besaß er die Kenntnisse, vor allem aber war er sensibel genug, um sich von der besonderen Situation beeinflussen zu lassen.«

»Ist er krank? Vielleicht pyromanisch veranlagt – wie der Unbekannte?«

»Vielleicht etwas labil, sonst aber gesund. Ich bin davon überzeugt, daß es Situationen gibt, die einen normalen Menschen überfordern. Dann wird das Unlogische logisch, das Absurde wahr... Was wir an Verhaltensregeln gelernt haben, ist nicht mehr anwendbar. Anpassung an das Andersartige – vielleicht liegt darin die Erklärung.«

Der Kapitän blickte von seinen Instrumenten auf, musterte Petra, als wollte er in ihrem Gesichtsausdruck etwas lesen, ließ den Kopf dann wieder sinken. »Und warum nicht wir?« Entschlossen drehte er sich nun herum, als müsse er sich von den flackernden Lichtspielen mit Gewalt lösen.

»Eine rhetorische Frage? Ehrlich, ich bin nicht sicher, ob wir normal sind – ob uns nicht etwas abhanden gekommen ist, was man eigentlich besitzen sollte. Denk an Mark: ein Mann, völlig in die eigene Eitelkeit verstrickt, dem jede Situation, jede menschliche Begegnung nur Bestärkung seiner Egozentrik bedeutet. Und Eva... Ein Wesen, das unserer Maschinenwelt angepaßt ist, unserem System eines leeren Reiz-Reaktionsverhaltens, eines trostlosen Überlebens. Ihr fehlte die Vorstellungsgabe, die Fähigkeit, über den engen Horizont hinaus zu denken. Eine Reise zum Merkur, ein Ausflug auf eine sonnennahe Station – für sie war es Zeitvertreib, nicht mehr.«

»Aber ich hätte in Frage kommen können«, meinte der Kapitän.

»Wirklich?« fragte Petra zurück. »Ich habe dich beobachtet. Du bist verschlossen, läßt nichts von deinen eigentlichen Gedanken und Empfindungen ahnen. Ich kenne dich aber besser als du denkst: Ich glaube, in Wirklichkeit bist du von Trauer erfüllt. Vielleicht wärst du einmal dazu fähig gewesen: damals, als du dich – ungewöhnlich genug – zum Piloten eines Raumschiffs hast ausbilden lassen. Daß deine Erwartungen enttäuscht wurden – es konnte nicht ausbleiben. Aber was rede ich da – du mußt es doch selbst am besten wissen!«

Gray nickte, überlegte, nickte noch einmal. »Es ist wahr. Die Raumfahrt! Als Junge las ich jene Bücher, in denen die unglaublichsten Abenteuer beschrieben waren. Ja, ich bin enttäuscht. Pendelverkehr zwischen Heimathafen und Planetenstationen – technische Routine, zur Dienstleistung entartet. Schrecklich, dieser Akt der Anpassung, diese Empfindungslosigkeit! Es ist doch ein Wunder, daß wir uns hier befinden, ein Abenteuer! – und ich habe nichts davon bemerkt.«

»Teo wäre es nicht anders ergangen – ohne diesen Zwischenfall.«

»Und was ist mit dir?« Es schien, als hätte Gray die prekäre Lage vergessen, so sehr war er auf Petras Analyse fixiert.

»Ich nehme mich selbst nicht aus – halte mich nicht für normal. Der Beruf, den ich habe, meine Position... Ich konnte es nur so weit bringen, weil ich es verstand, meine Gefühle zu unterdrücken. Aus meiner Sicht heraus ist die Welt ein System von aufeinander bezogenen Wechselwirkungen, gewiß kompliziert, doch stets durchschaubar. Und was über diese Ebene des intellektuellen Zugriffs hinausgeht, liegt jenseits meines Horizonts. Sicher: Ich war fasziniert vom Ungewöhnlichen unseres Vorstoßes, aber ich sah ihn eben auch nur als die Möglichkeit einer Sicht aus anderen Perspektiven. Doch vielleicht ist es Vorteil und Nachteil aller Beschränkten: die Größe nicht zu erkennen, um nicht von ihr erdrückt zu werden.«

»Eigentlich paradox – unsere ganze Gruppe, mit Ausnahme von Teo: lauter Menschen, die vom üblichen Standard abweichen.«

Petra beugte sich vor, als hörte sie ein Geräusch in der Ferne. Doch sie sprach im gleichen Tonfall wie bisher weiter: »Gar nicht so seltsam, wie es scheinen mag. Ein doppelter Ausleseprozeß: schon das Reiseziel Merkur, ein neues Angebot im Katalog der Erholungszentren. Und dann noch die Herausforderung der unerwarteten Entdeckung: die Sonnenstation – unbekannt, geheimnisvoll... Wer sich hierzu meldet...« Sie führte den Satz nicht zu Ende, schien sich auf etwas zu konzentrieren, das außerhalb des Blickfelds lag.

»Na schön«, sagte der Kapitän. Er atmete tief auf, als hätte er eine Anstrengung hinter sich. »Jetzt sind wir informiert, haben unsere Erklärung. Nichts Ungewöhnliches, nur ein Defekt im System: ein Mensch, der empfindlich auf Einflüsse von außen reagiert. Nützt uns dieses Wissen? Löst es unser Problem?« Er stand auf, lehnte sich an einen schmalen Streifen glatter Metallwand neben der Tür.

»Vielleicht ist es schon gelöst«, sagte Petra. Sie deutete auf die Meßanzeige des Höhenmeters: Die laufenden Ziffern waren zur Ruhe gekommen, es mußte eben erst geschehen sein. Und jetzt lief ein Zittern durch das Schiff.

»Mir war schon vorher, als hätte ich etwas gehört... Vielleicht war es auch nur eine Erschütterung, eine Vibration«, sagte Petra. »Im übrigen: Ist dir aufgefallen, daß das Bordmikrofon eingeschaltet war?«

Der Kapitän hatte sich wieder vor die Anzeigetafel gesetzt, hob nun die Hand zur Sprechtaste, doch Petra legte ihm die Hand auf den Arm, hielt ihn zurück.

Im Lautsprecher ein Knacken und dann eine Stimme. Sie kannten sie, hatten sie schon gehört, damals, als ihnen der beunruhigende Befehl gegeben worden war. Sie war verfremdet und auch wieder bekannt. Nun, da sie wußten, wer dahintersteckte, schien die Identität klar. »Ich habe getötet«, sagte die Stimme. »Mark hat es verdient, doch es war Unrecht. Das weiß ich jetzt.«

»Du hast zugehört«, konstatierte Petra.

»Ja. Ich habe verstanden, was du gesagt hast... Daß du zu mir gesprochen hast. Jetzt habe ich die Erklärung für meine Empfindungen, für mein Handeln – ich konnte nicht anders. Und trotzdem: Ich empfinde noch immer so. Ich glaube noch immer daran, daß dort irgendwo unten eine Grenze liegt, die man überschreiten muß. Bald werde ich wissen, was dahinter liegt.« Die Stimme war ein wenig leiser geworden, und jetzt klang ein Rauschen auf. »Hört ihr die Geräusche, die von der Sonne kommen? Ihr müßt euch voll konzentrieren... der Ton, der dahinter liegt... Ich höre ihn immer deutlicher... Die Botschaft... Ich werde sie verstehen, bald...«

Aus dem Lautsprecher nur noch das Knacken.

»Hat er noch eine Chance?« fragte Petra.

»Keine«, antwortete Gray; er beobachtete die Instrumente. »Er spricht über Kanal 7 – aus der Rettungsboje. Er hat sie losgekoppelt, läßt sich mit ihr fallen... doch für diese Strahlenintensität ist sie nicht eingerichtet. Er hat den Schutzschild unseres Magnetfelds verlassen und ist auch der Gammastrahlung voll ausgesetzt. Es ist fraglich, ob er überhaupt noch lebt.«

Sie lauschten... Der Raum war nun vom Rauschen erfüllt. Manchmal klang es höher, manchmal tiefer, manchmal schwankte auch die Lautstärke – sie lauschten, und eine Weile war ihnen, als könnten sie hinter dem Untergrund der Störungen einen fremdartigen Gesang erkennen.

»Ist damit unser Problem gelöst?« fragte Petra.

Der Kapitän wischte sich über die Augen, als müßte er ein störendes Traumbild verscheuchen. Einige Griffe an der Tastatur, einige Sekunden des Wartens, dann ging eine Erschütterung durch das Schiff... Auf den Anzeigetafeln leuchteten Zahlen auf, ein tiefes, beruhigendes Summen lag in der Luft, übertönte das

Rauschen aus dem Lautsprecher. Das System war betriebsbereit, sie konnten starten.

Mit Höchstgeschwindigkeit bewegten sie sich auf den Rand des Merkur zu. Die Signale, die die Antenne immer noch auffing, wurden rasch leiser und verstummten dann für immer.

Planet Epsilon

»Warum habe ich mich zu dieser Mission gemeldet?«

»Willst du ein Psychogramm? Eine Analyse?«

»Unsinn! Ich will nur deine Meinung.«

»– weil du es in Wirklichkeit gar nicht wissen willst.«

»Weil ich es nicht wissen will... Vielleicht hast du recht.«

Doug lehnte sich im pneumatischen Stuhl zurück, ließ ihn langsam um seine Achse kreisen. Wollte er es wirklich nicht wissen?

»Warum denkst du immer wieder darüber nach? Du hast dich freiwillig gemeldet. Man hat dich mit dieser Aufgabe betraut – mit einer ehrenvollen Aufgabe! Warum grübelst du? Warum bist du unzufrieden?«

»Ich bin nicht unzufrieden«, sagte Doug und schaltete den Computer aus. Manchmal gingen ihm die weisen Sprüche von D2 auf die Nerven. Im Grunde genommen hatte D2 recht – er war unruhig, war unzufrieden. Vielleicht lag es an dieser Umgebung, in der alles einzig und allein auf sein Wohlergehen abgestimmt war. Wäre nur jemand da gewesen, mit dem er sich hätte auseinandersetzen können! Mit D2 konnte er sich nicht auseinandersetzen. Es war seine Idee gewesen, seinen eigenen Charakter im Computer zu speichern, daher der Name D2 – Douglas Coerner II. Offensichtlich eine idiotische Idee... Hatte er an sich selbst nicht genug?

Mit einem energischen Ruck stieß er sich aus dem Sessel, verließ den Ruheraum. Er hielt sich viel zu lange hier auf. Die holografisch projizierten Phantasiewelten, die Computersimulationen ausgewählter Kontaktpersonen... führte ihn all das, was die Psychologen zur Stabilisierung seines Seelenzustands vorgesehen hatten, nicht allzu weit von seiner Aufgabe ab? Manchmal spürte er so etwas wie eine Versuchung, sich den Illusionen hinzugeben, sich treiben zu lassen – und seine Aufgabe zu vergessen. Vielleicht lag die Erklärung seiner widersprüchlichen Stimmung gerade darin: daß ihn all das von der Wirklichkeit ablenken sollte. Dabei war doch die Wirklichkeit, seine durchaus reale Aufgabe, der einzige Antrieb gewesen. Ein Problem, ein Ziel, eine jener wenigen Missionen, die sich nicht durch Roboter und Sonden durchführen ließen, für die man noch einen Menschen brauchte. Das Bewußtsein des Besonderen hatte ihm Kraft gegeben, und manchmal wünschte er, er könnte auf psychologisch begründeten elektronischen Firlefanz verzichten: ein Vorstoß ins Unbekannte, ein Mann, auf sich allein gestellt, eine einmalige Tat, den Heldentaten der Geschichte ebenbürtig. Manchmal träumte er davon, ein solcher Held zu sein, doch meist wurde er sich seiner Situation rasch wieder bewußt, und dann schlich er reumütig zurück in den Ruheraum, schaltete die Projektion ein, gab sich einer im Grunde genommen sinnlosen, nur durch das Aktivitätsbedürfnis des Menschen begründeten Beschäftigung hin.

Er stand in der Steuerkanzel des Raumschiffs, der Zentrale Bildschirm gestattete ihm den Blick hinaus in den fernen Winkel des Weltraums, den vor ihm nur ein Mann gesehen hatte: Patrick O. Elwenstrass. In Wirklichkeit befand er sich noch weit von jenem fremden Sonnensystem entfernt, das das Interesse der Wissenschaftler auf der Erde in den letzten Jahren voll in Anspruch genommen hatte – so weit, daß mit optischen Mitteln nur ein paar helle Punkte zu sehen gewesen wären. Das Datenverarbeitungssystem allerdings veränderte Größenverhältnisse, glich Kontraste aus, unterdrückte Nebensächliches und präparierte Wichtiges heraus, und so konnte er jeden einzelnen der Planeten sehen, kleine, in matten Farben schimmernde Bälle, die um die zentrale Kugel kreisten, eine Sonne, ähnlich jener der Erde, imposant anzusehen, dunkle Flecken, wie Schollen auf der helleren Oberfläche treibend, der Rand durch die Auswüchse von Eruptionen und Flairs ausgezackt. Was in Wirklichkeit ein brodelnder Hexenkessel ungezähmter Energien war, wurde durch den Computer zu einem von innen her erleuchteten Globus, zweifellos im Sinn optimaler Bildgüte dargestellt, aber eben doch bis zum Kindermärchen verfremdet, zurückgeholt in menschliche Größenordnungen – und das verleitete dazu, das liebliche Bild der schwebenden Kugeln für wahr zu nehmen. Perfekter Bühnenzauber, Illusionstheater.

Doug schloß die Augen, und einige Sekunden lang tauchte in seiner Vorstellung das wahre Bild auf: der gleißende Ball aus strahlender Materie, Energiequelle für eine Insel im All, und darum herum, schon fast im Nichts verloren, winzige Brocken aus Gestein und Verwitterungsrückständen, da und dort vielleicht sogar ein Hauch von Leben... Dieses Bild war vage und blaß, schwer zu fassen und nicht zu beschreiben, und doch schien es der Wirklichkeit besser zu entsprechen.

Endlich spürte Doug wieder etwas von jener Faszination, die ihn zu Hause, auf der Erde, überwältigt hatte, so oft von diesem Sonnensystem die Rede gewesen war. Nur wenige hatten den Hyperdrive bisher benutzen können, die ersten Versuche hatten lediglich den Zweck gehabt, die Theorie zu bestätigen, den Nachweis zu bringen, daß Materie in jenem Zustand zwischen hier und dort – eigentlich ein Zustand der Nichtexistenz! – ihre strukturellen Eigenschaften bewahrte, daß die Übergänge der Konsistenz nicht schadeten. Kaum zu glauben: Auch er hatte sich in jenem Zustand der Nichtexistenz befunden! War aufgelöst gewesen in ein Bündel von Informationen, war wieder zusammengesetzt worden. War er noch derselbe wie früher?

Doug ließ eine Faust auf die Platte der Konsole fallen, er schlug absichtlich hart und fest zu, um einen Schmerz zu spüren, die Tatsache zu bestätigen, daß er existierte. Schon wieder verlor er sich in Grübeleien – zum Teufel damit!

Er setzte sich an den DP-Arbeitsplatz, aktivierte ein Programm, wartete ohne Ungeduld. Er hatte Zeit, und er sagte es mehrfach leise vor sich hin. »Ich habe Zeit, viel Zeit.« Im Inneren jedoch spürte er eine unbezähmbare Ungeduld.

Auf dem Bildschirm erschienen die Daten der Sonne Elwenstrass – es war fast selbstverständlich gewesen, daß man sie nach jenem Pionier der Raumfahrt benannt hatte. Gegenüber von dem, was auf der Erde bekannt gewesen war, stand hier eine Fülle von Meßergebnissen zur Verfügung, aktuelle Daten, die die Sensoren des Schiffs eingeholt hatten und immer noch einholten. Er ließ sie der Reihe nach über den Schirm laufen, allgemeine physikalische Kenngrößen über Strahlung, Licht und Wärme, spezielle Angaben über das Zentralgestirn, und lange Listen zur Spezifikation der Planeten. Alpha, Beta, Gamma... auf der Erde waren fünf bekannt gewesen, und hier zählte er schon bis 17. Vielleicht würde die Abtastung aber noch einige weitere im leeren Raum schwebende Pünktchen identifizieren, deren Eigenschaften und Bewegungsgrößen sie als Planeten, dem System zugehörig, auswiesen.

Alle Daten, die hoch entwickelte physikalische Geräte nur aufnehmen konnten, und doch keine Information darüber, wo Patrick O. Elwenstrass nun wirklich zu finden war. Darum ging es, daran bestand gar kein Zweifel, wenn er die letzte Order dafür auch noch nicht bekommen hatte. Natürlich kein Brief, unter bestimmten Bedingungen zu öffnen, sondern eine im Datenspeicher hinterlegte Nachricht, die zum richtigen Zeitpunkt automatisch freigegeben werden würde. Aber dieser Anweisung bedurfte es eigentlich nicht, die Aufgabe schien hinreichend klar. Obgleich bisher noch nicht von einer Rettungsaktion die Rede war, so stand doch fest, daß er den Verschollenen suchen mußte.

Die letzten Daten waren über die dunkelblau beleuchtete Scheibe gelaufen... Antwort auf seine Fragen hatten sie nicht erbracht.

Eigentlich verständlich! Die Antwort lag nicht in der Physik oder in der Chemie, nicht in Reflexionsgraden oder Spektrallinien. Sie lag im menschlichen Bereich, und das war schließlich der Grund dafür, daß man einen Menschen mit ihr betraut hatte.

Es war die Ausgangssituation, die zu seiner Mission geführt hatte, zugleich aber auch sein Dilemma. Ausgebildet war er als Astronaut, als Ingenieur, als Physiker und Chemiker, selbst mit extraterristischer Biochemie hatte er sich beschäftigt. Aber all das nutzte nichts, denn es ging darum, ein Problem zu lösen, für das es keine Daten gab. Das Volumen eines Sonnensystems, ein darin verloren gegangener Mensch! Eine winzige Einheit miteinander verbundener lebender Zellen nach dem Muster der Evolution, wie sie sich auf der Erde vollzogen hatte. Im Grunde genommen die Feststellung einer Position, einige Angaben in cartesischen oder Polarkoordinaten, darum ging es, das würde die Antwort sein. Aber es war eben mehr, als sich mit Hilfe von Telesensoren feststellen ließ. Der Lösungsweg ging ganz anders: Es war nötig, sich in das Denken und Handeln eines Mannes zu versetzen, der als erster Mensch ein fremdes Sonnensystem erreicht hatte. Das war der sensationelle Inhalt der Meldung, die klar und deutlich auf der Erde angekommen war, dazu noch einige wenige Daten, wie sie die Astronautenroutine fordert, und dann Funkstille. War es ein Unfall gewesen? Kommt von einem Schiff keine Meldung mehr, dann nimmt man normalerweise eine Havarie an, und das galt für die alten Dampfschiffe ebenso wie für die moderne Raumfahrt. Wieso war man so sicher gewesen, daß Elwenstrass keinem Unfall zum Opfer gefallen war, daß er zumindest noch einige Zeit zielbewußt handeln konnte und dabei Dinge entdeckt hatte, die eine erneute Mission rechtfertigten?

Widerwillig, doch sich dem Unvermeidlichen beugend, aktivierte Doug das System E2. Irgend etwas am Geschehenen blieb unklar, vielleicht hatte man ihm einiges verschwiegen, wer weiß warum. Die angekündigte endgültige Order deutete darauf hin, und Doug hatte schon daran gedacht, an das Problem mit altehrwürdigen

Hackermethoden heranzugehen, sich aber schließlich doch eines Besseren besonnen. Unter Umständen hätte er damit das Betriebssystem lahmlegen können. So konzentrierte er sich auf das Nächstliegende: Er mußte versuchen, sich so gut wie möglich in Patrick O. Elwenstrass hineinzudenken, um dessen Weg nachzuvollziehen.

Auf dem Monitor blinkte ein Lichtzeichen, das Programm war bereit.

»Ich habe eine Neuigkeit«, sagte Doug. »Wir haben schon 17 Planeten registriert, und es könnten noch mehr werden.«

»Das ist interessant; ich gratuliere.«

»Es gibt auch schon eine Menge Daten: Zwei oder drei der Planeten könnten Leben enthalten. Sie erfüllen alle Voraussetzungen.«

»Was wissen wir vom Leben? Vielleicht gibt es ganz andere Formen, als wir uns vorstellen können. Vielleicht entwickelt es sich auch unter anderen Bedingungen, als wir es erwarten.«

»Man müßte sich einen dieser Himmelskörper näher ansehen, eine Landung versuchen. Welchen würdest du dazu aussuchen?«

»Jenen, der die meisten Informationen erwarten läßt. Oder, richtiger gesagt: die wesentlichen Informationen, darauf kommt es an.«

»Nach welchem Grundsatz würdest du handeln?«

»Keinen Grundsatz! Sich vom unmittelbaren Eindruck leiten lassen, auch einmal einen spontanen Entschluß fassen.«

Doug versuchte es immer wieder, von verschiedenen Seiten her. Brachte es ihm eine neue Einsicht? Das wäre wohl zuviel verlangt. Der Charakter von Patrick O. Elwenstrass hatte sich nur fragmentarisch erfassen lassen, durch Analyse seiner Publikationen, der Mitschnitte seiner Vorträge, der Notizen von Experimenten, der Tagebücher von Raumfahrtunternehmungen. Eigentlich genügte das nicht, und alle waren sich dessen bewußt gewesen. Andererseits wollte man nicht die geringste Chance vernachlässigen, und so hatte man den Versuch gemacht. Konnte dabei mehr herauskommen als bei den historischen Gesprächen mit Weizenbaums Programm ELIZA? Immerhin – ein wenig von der Denkweise und der Motivation von Elwenstrass sollte im Programm doch dokumentiert sein, und so konnte es zumindest zur Anregung dienen...

Jedenfalls dürfte es keinen Menschen geben, der sich so eingehend mit Patrick O. Elwenstrass beschäftigt hatte, wie Doug

Coerner. Ob es nun das Charakterprogramm war oder nicht – in der Datenbank war alles gespeichert, was sein großes Vorbild, Wissenschaftler und Astronaut zugleich, je geschrieben oder in der Öffentlichkeit gesagt hatte, und dazu kamen noch Schriften und Äußerungen über ihn, von Verwandten, Freunden, Kollegen und eifrigen, die Gegenwart in ihre Arbeit einbeziehenden Wissenschaftshistorikern. Sie alle verhehlten die Bewunderung dieser einzigartigen Persönlichkeit gegenüber nicht. Und Doug, der Elwenstrass nie persönlich gesehen hatte, war wahrscheinlich jener von allen, der ihn am meisten bewunderte.

***

Eine Woche später oder auch zwei – was bedeutete die herkömmliche Zeiteinteilung schon an einem fernen Ort des Weltraums, im Angesicht der fremden Sonne?...

Es soll Astronauten gegeben haben, die sich an ein strenges Reglement hielten, nach dem Wecker aufstanden, der Tag eingeteilt in Arbeit und Freizeit, die abendliche Filmvorführung, die Schachpartie mit dem Computer eingeplant. Doug hielt sich nicht an diese Vorbilder. Diese Raumfahrer früher Tage waren Bürokraten. Er fühlte sich eher als Wissenschaftler, vielleicht sogar als Entdecker. Etwas Neues sehen, etwas nie Gedachtes erkennen... daraus war das Band gewoben, was kreative Geister umschloß, Forscher ebenso wie Künstler.

Wie hatte doch die Chefpsychologin gesagt, deren Studium und Vorsorge er das raffiniert ausgeklügelte computergesteuerte Betreuungsprogramm verdankte? »*Die Ära der weltraumfahrenden Technokraten ist vorbei, der strikt nach Anweisung funktionierende Mensch kann genausogut durch Automaten ersetzt werden. Die neue Generation von Astronauten setzt sich aus sensiblen Naturen zusammen, Menschen, die ein Gespür für das Ungewöhnliche haben, mit dem sie konfrontiert werden, und beim Anblick eines fremden Sternes an etwas anderes denken als an thermonukleare Prozesse und Hertzsprung-Russell-Diagramme. Gerade diese Sensibilität läßt solche Charaktere aber auch als besonders gefährdet erscheinen, unter dem Einfluß der Extremsituation, dem Abgeschnittensein von der menschlichen Gemeinschaft, könnte sie ihre Phantasie zu Visionen verleiten, die ein Abgleiten in düstere Abgründe der Irrealität bewirken.*«

Pathetisch und lächerlich zugleich! Doug lachte auf, doch insgeheim mußte er sich eingestehen, daß er sich damit Mut machen wollte, sich vor der Erkenntnis abschirmen, es könnte etwas Wahres an dieser Hypothese sein. Er konnte an sich selbst beobachten, daß ihn jene psychotherapeutischen Hilfen magisch anzogen. Benötigte er sie wirklich, oder war es nur eine Konsequenz der Langeweile?

»Laß dir doch von dieser närrischen Seelendoktorin keine Angst machen! Die will sich doch bloß habilitieren.«

»Manchmal denke ich das auch – eine Frau, und eine Psychologin dazu – was weiß die schon davon, wie ein Mann empfindet!«

»Recht hast du! Die Weiber haben es nie verstehen können, daß man die Pantoffeln auszog und sich in irgendeinem Abenteuer verlor... das haben sie aber alle getan, Kolumbus, Marco Polo, Amundsen. Und jetzt, nach einer so langen Pause, gibt es wieder unbekanntes Land zu erobern!«

»Archie, du bist ein Romantiker! Und du weißt genau, daß du dabei eine Saite in mir zum Schwingen bringst!«

»Laß sie schwingen! Wissenschaftliche Untersuchungen, der Vollzug von Anweisungen... Das mag für andere Bedeutung haben, für dich nicht. Du bist hier, um etwas Einmaliges zu erleben. So, wie es aussieht, hast du jede Chance dafür. Diese Gelegenheit mußt du nützen!«

A2, das Charakterprogramm seines Freundes Archie, war weitaus lebensnäher als jenes von Elwenstrass, ja sogar jenes von ihm selbst. Archie hatte sich ebenso wie Mia für diese Sicherheitsvorkehrung zur Verfügung gestellt, hatte Monate hindurch langwierige Sitzungen ertragen, bei denen man ihn mit Testfragen bombardiert hatte, sein gesamtes Wissen ausgeforscht, seine Art und Weise, sich mit Menschen und mit Douglas im Speziellen zu unterhalten. Wie die Psychologen angedeutet hatten, waren dabei Charakterzüge zum Vorschein gekommen, von denen selbst Archie keine Ahnung gehabt hatte; man hatte sie ihm auch nicht verraten. Nach eingehenden Diskussionen hatte man sich darauf geeinigt, auch jene Verhaltensmuster mit einzubringen, die sich unter Umständen auf Doug negativ auswirken konnten. Welche Wesenszüge mochten das sein? Vielleicht Archies Leichtfertigkeit, seine Attitüde, Konfliktsituationen auszuweichen, sich um die Lösung zu drücken? Ohne diese Leichtfertigkeit wäre aber Archie nicht Archie gewesen, sondern nur ein fragmentarisches Kunstwesen des Freundes, und so war er eben im Computer gespeichert, mit all seinen guten und schlechten Eigenschaften.

»Jetzt ist es bald soweit – ich muß eine Entscheidung treffen. Wir befinden uns schon im Gürtel der inneren Planeten, jener, die auch Elwenstrass kannte. Ich bin fest überzeugt, daß er auf einem davon gelandet ist. Aber auf welchem?«

»Da hast du völlig recht: Er hat sich nicht damit begnügt, die Planeten aus der Ferne zu betrachten .«

»Ich muß dieselbe Entscheidung treffen wie er. Ist es jener Planet, der der Erde am ähnlichsten ist? Ist jener in größerer Nähe der Sonne mit seiner CO_2- und Methanatmosphäre? Oder ist es jener mit seinen Gletschern aus Kohlendioxid und seinen Ozeanen aus Ammoniak?«

»Weshalb zerbrichst du dir den Kopf? Wie hat er doch gesagt... Man muß auch einmal einem spontanen Entschluß folgen! Siehst du, das ist die Lösung: Du faßt einen spontanen Entschluß!«

»Der spontane Entschluß, mein Freund, ist der, dich abzuschalten!«

Doug drückte den Knopf auf dem Kästchen der Fernbedienung, und das holografische Bild, vor die dunkle Projektionswand geblendet, wurde blaß und verschwand. Ein sinnloses Spielchen, das ich da treibe, dachte Doug. Ich unterhalte mich mit einem Phantom, rufe vorgespeicherte Daten auf, die mir sowieso bekannt sind, aktiviere ein Schema F, das mir menschliche Anteilnahme vorgaukelt, in Wirklichkeit aber Schwindel ist. *»Der Mensch ist ein kommunikatives Wesen, ohne den Gedankenaustausch mit anderen verkümmern wesentliche Fähigkeiten; die ausschließliche Bezogenheit auf das eigene Ego führt zum Verlust aller mit sozialen Erscheinungen verhafteten Emotionen und läßt ein geistiges Wrack zurück, dessen Lebensfähigkeit fraglich ist.«* Schon mehrfach hatte sich Doug an diese Worte der Chefpsychologin erinnert und sich die Frage gestellt, ob diese menschliche Ansprache tatsächlich durch den Computer ersetzt werden konnte. Hatten seine Auftraggeber und Betreuer daran geglaubt? War er vielleicht dazu verurteilt, seine Lebensfähigkeit einzubüßen – wobei jene im Computer verankerten Phantommenschen allenfalls aufschiebende Wirkung hätten? Plötzlich fühlte er etwas, was er so deutlich, so stark, noch nie empfunden hatte: Einsamkeit, Heimweh...

Ohne lang zu überlegen, schaltete er eine Holoszene ein. Früher hatte er Gefallen daran gefunden, sich durch die Rundumprojektion auf eine Südseeinsel zu versetzen, Meeresstrand, Palmen und braune Mädchen, später war sein Geschmack anspruchsvoller geworden, er ließ die Eislandschaft des Südpols entstehen, die Felswildnis der Kordilleren, manchmal auch die blaugrüne Welt der Tiefsee. Schließlich aber hatte er sich als Künstler und Designer seiner eigenen Wunschwelt betätigt, hatte mit geologischen Test- und Unterrichtsprogrammen phantastische Felsformationen generiert, eine kahle Hochebene, majestätisch in ihrer Einsamkeit und Kühle, darin tief eingeschnittene Schluchten, an deren Sohlen Flüsse rauschten, und sie alle vereinigten sich in einem weiten, grünen Tal, speisten das blaue Auge eines Sees...

Diesmal verfehlte die Inszenierung ihren Effekt. Doug konnte sich seinen Träumereien nicht hingeben, den Abenteuern, die er sich nicht nur ausmalte, sondern auch bildlich darstellen ließ, er konnte sich nicht konzentrieren, seine Gedanken schweiften immer wieder ab. Enttäuscht löschte er die Projektion.

Sollte er ein erotisches Gespräch mit Mia führen? Er war nie eine feste Bindung eingegangen, Mia war nur eine Freundin unter vielen gewesen, nach langem Überlegen – gemeinsam mit den Psychologen – hatte er sich aber schließlich für sie entschieden. Als man es ihr mitteilte – man hatte sie erst suchen müssen –, war sie gern einverstanden, sie war gutmütig und hilfsbereit und hatte Doug wirklich gern gehabt.

Lebensecht saß das Mädchen vor ihm, in dem altmodischen blauen Kleid, das er zur Programmierung ausgewählt hatte.

»Du siehst reizend aus, Mia!«

»Und du siehst traurig aus, mein Liebling. Warum?«

»Nichts Bestimmtes! Eigentlich geht es mir gut, aber ich fühle mich nicht danach...«

»Du fühlst dich nicht wohl?«

»Es liegt ja nahe – diese ungewöhnliche Situation! Man hat mir gesagt, daß sie schwer zu ertragen sein würde.«

»Ist sie schwer zu ertragen?«

»Die Einsamkeit... Sie macht mir nichts aus. Weit weniger schlimm, als ich mir vorgestellt habe. Und sonst? Es fehlt mir an nichts.«

»Was ist es dann? Willst du es mir sagen? Es wird dir guttun, über deine Probleme zu sprechen. Du kannst mir alles sagen.«

»Wenn ich es nur selbst wüßte... Ich fühle mich irgendwie leer.

Zuerst, auf der Erde – ich war so stolz auf diese Aufgabe. Eine Rettungsaktion in einem fremden Sonnensystem... ein Zusammentreffen mit Elwenstrass... Das erschien mir das Größte.«

»Und jetzt nicht mehr?«

»Jetzt nicht mehr? Wenn ich darüber nachdenke... vielleicht ist es das: Es erscheint mir plötzlich nicht mehr so wichtig.«

»Was erscheint dir wichtig?«

»Genaugenommen nichts. Liegt es an der Entfernung von der Erde? Hat sie Einfluß auf die Bedeutung dessen, was wir tun?«

»Mein armer Liebling, du denkst zuviel nach. Was sollte die Entfernung von der Erde für einen Einfluß auf die Bedeutung deiner Aufgabe haben? Du wirst sie durchführen, dann kehrst du zur Erde zurück.«

»Will ich überhaupt zur Erde zurück? Diese lange Zeit! Alle meine alten Freunde werden dann tot sein.«

»Was sind das für Gedanken! Es gibt keinen Grund, den Kopf hängen zu lassen. Für dich ist bestens gesorgt, und schließlich bist du nicht allein – ich bin bei dir. Möchtest du dich entspannen? Soll ich dir eine Geschichte erzählen?«

»Jetzt nicht.«

Doug drückte einen Knopf der Fernbedienung, und Mias Bild erstarrte zu einer Statue. Doug hatte es immer genossen, sie plastisch vor sich zu sehen, sich mit ihr zu unterhalten, sich mit ihr zu amüsieren, doch jetzt bereitete es ihm Genuß, mit seinen Gewohnheiten zu brechen, sich selbst zu beweisen, daß alles so laufen mußte, wie er es bestimmte.

***

Doug hatte sich für den Planeten Epsilon entschieden. Es war nicht jener, der die größte Ähnlichkeit mit der Erde aufwies, er befand sich ein ganzes Stück außerhalb jener Zone, die als optimal für Leben galt, und eigentlich gab es keinen Grund dafür, gerade ihn auszuwählen. Es war ein spontaner Entschluß gewesen... Elwenstrass selbst hatte an die Gültigkeit spontaner Entschlüsse geglaubt, es war also in seinem Sinn geschehen. Hatte Doug richtig gewählt? Er wußte es nicht. Noch immer hatten jene Sensoren, die auf alle möglichen Strahlungsarten ansprachen, keinerlei Anzeichen gefunden, die auf einen Menschen, auf Aktivitäten menschlicher Technik hindeuten könnten.

Unter diesen Daten war einiges, was für die Wissenschaft interessant gewesen wäre, und eigentlich hätte sich auch Doug damit beschäftigen sollen. Die Schwerkraft, das Magnetfeld, die Zusammensetzung der Atmosphäre...

Bei den ersten von Menschen entdeckten fremden Planeten mochte all dies noch aufregend gewesen sein, doch jetzt konnte man sich fragen, ob es die Mühe lohnte.

Vielleicht hätte sich Doug aus ganz anderen Gründen für die Meßergebnisse interessieren sollen – weil sie etwas über die Lebensbedingungen auf diesem fremden Himmelskörper aussagten, über die Frage, welcher Vorkehrungen es bedurfte, um dort unten zu landen, sich einen Stützpunkt zu bauen, zu leben... Aber wirklich entscheidend waren selbst diese Erkenntnisse nicht – denn der Mensch war fähig, sich auch dort zu behaupten, wo es keine lebensspendende Wärme, keine Luft zum Atmen gab.

Warum hatte er nicht jenen grünschimmernden Planeten gewählt, dessen Eigenschaften die Existenz von Leben verhießen? War sein Entschluß auch spontan gewesen, so gab es doch Gründe dafür. Einerseits erschien es weitaus spannender, sich mit Lebensformen zu beschäftigen, die den irdischen nicht glichen, und selbst die Chance dafür war Beweggrund für die Bevorzugung von Epsilon genug. Andererseits war der Mensch weit besser dazu befähigt, den Anforderungen physikalischer oder chemischer Natur zu widerstehen als den von Lebenserscheinungen ausgehenden Gefahren. Und – eigentlich absurd, aber wahr!: Die größte Gefahr war von intelligenten Wesen zu erwarten. Also schien es auch aus diesem Grund vernünftig, sich zunächst in der Nachbarschaft niederzulassen und nicht mitten in ein unbekanntes Bio- oder Soziosystem hineinzuplatzen.

Hatte Patrick O. Elwenstrass ebenso gedacht? Jetzt, nachdem er entschieden hatte, grübelte Doug nicht mehr darüber nach. Irgend etwas, eine nicht weiter definierbare Einsicht, verwischte alle Zweifel. Mehr und mehr dagegen beschäftigte ihn die Frage nach dem Schicksal des Forschers. Natürlich hatte er sich mit all den Nachrichten, die über dessen Mission erhalten waren, eingehend beschäftigt, sich die Funksprüche wiedergeben lassen, sich mit dem Problem wie mit einer Rätselaufgabe beschäftigt. Hier, an Ort und Stelle, stellte sich das Problem erneut, aber nicht mehr aus theoretischer Sicht, sondern unter dem Zwang zum Handeln. Zuerst war die Funkverbindung zufriedenstellend gewesen, die meisten Nachrichten kamen unverstümmelt an, der Weg des Raumschiffs bis in die Nähe der fremden Sonne ließ sich lückenlos nachvollziehen. Doch dann war der Nachrichtenfluß versiegt, von Elwenstrass kein Lebenszeichen mehr. Wieder fragte sich Doug, weshalb man gerade in diesem Fall eine großangelegte Rettungsaktion inszeniert hatte. Auch andere Raumschiffe waren verschollen, und man hatte es hingenommen. Lag es an der Persönlichkeit von Elwenstrass? Oder lag es an irgend etwas anderem, was gerade seine Mission einzigartig machte? Dann aber – und diese Erkenntnis ließ Doug frösteln ... dann aber wußte die Raumfahrtbehörde mehr als er – man hatte ihm etwas verschwiegen.

Er saß wieder in der Steuerkanzel, der große Bildschirm war von der Kugel des braun und gelb gesprenkelten Planeten Epsilon erfüllt.

Obwohl er sich nichts davon versprach, wandte sich Doug an den Computer.

»Noch immer kein Hinweis auf Elwenstrass?«

»Bisher kein Hinweis.«

»Ergibt sich aus den Daten irgend etwas Besonderes?«

»Was ist ›besonders‹? Soll ich physikalische Daten ausgeben, oder chemische? Von biologischen Strukturen bisher keine Spur.«

»Laß nur! Ich brauche die Daten nicht, nicht jetzt. Wenn ich sie brauche, werde ich sie aufrufen lassen.«

»Sie wurden analysiert, Kurz-Zusammenfassungen der Ergebnisse sind nach Fachspezifikation abgespeichert.«

»... und zur Erde gefunkt.«

»Registriert, aber nicht weitergegeben.«

»Warum nicht? Ich dachte, das gehört zur Routine des Betriebssystems. Hol das nach – gib all das Zeug durch!«

»Die Daten dürfen nicht durchgegeben werden.«

»Warum nicht? – Wir haben doch bisher regelmäßig Meldungen an die Erde geschickt.«

»Von hier ab nicht mehr.«

Doug stellte noch einige Fragen, doch die Antworten waren unbefriedigend. Er blieb einige Zeit im tiefen Sessel der Kanzel sitzen, starrte auf den makellos runden Planeten mit dem seltsam unruhigen Muster. Verbarg er ein Geheimnis, das gelöst oder auch bewahrt werden mußte? Lebte dort unten irgendwo, im Wrack eines Raumschiffs oder in einer notdürftig eingerichteten Unterkunft, ein gestrandeter Astronaut? Wartete er auf Hilfe oder hatte er die Hoffnung aufgegeben? Lebte er überhaupt noch? Immerhin lag der erste Besuch hier auf Epsilon 30 Jahre zurück – die lange Zeit, die zur Überwindung der riesigen Entfernung nötig ist. Andererseits konnte Elwenstrass beliebig lang überleben, er hatte ja die Möglichkeit, sich in Kälteschlaf zu versetzen. Vielleicht war das der Grund dafür, daß er sich nicht meldete? Wenn er nämlich tatsächlich auf Hilfe wartete, dann hätte er mit seinen Instrumenten das Eintreffen des Rettungsschiffs längst feststellen müssen. Oder waren seine Geräte defekt? Konnte er von sich aus keine Signale geben? Wie auch immer – jetzt stand Doug eine weitere Entscheidung bevor, die nicht weniger wichtig war als die erste: Wo sollte er suchen? Wo sollte er niedergehen?

***

Doug saß am Ufer des blauen Sees, blickte über die vom Wellengang geriffelte Oberfläche hinweg, hinüber zum Tannenwald, der sich, auf einem leicht ansteigenden Hang, bis zur Felswand hinzog.

Die Tannen waren dunkel und schwer, und er erinnerte sich an alte Bräuche und Lieder, die sich mit Tannen beschäftigten... Kurz entschlossen setzte er Lärchen an ihre Stelle. Ihr Grün war freundlich und hell, die Nadeln weich – plötzlich erschien gerade das ihm wichtig, obwohl es aus der Entfernung nicht erkennbar war.

Jetzt war Doug zufrieden. Er ließ seinen Stuhl kreisen, er ersetzte auch in seiner unmittelbaren Umgebung einige Tannenbäumchen durch junge Lärchen. Perfekt! Er hatte diese Landschaft schon oft verändert, und wahrscheinlich würde er nie zu einem endgültigen Ergebnis kommen. Jetzt aber war er damit zufrieden.

Wohlig lehnte er sich zurück, schloß die Augen. Irgendwo im Hintergrund zwitscherten Vögel. In der Luft lag ein Duft von Harz, es schadete nicht, daß den ätherischen Ölen aus der Klimaanlage ein Wirkstoff beigemischt war, der Glücksgefühl verstärkte. Es war keine Droge, sie bewirkte nichts, was nicht da war – der Raumfahrer sollte ja nicht betäubt, von der Realität abgelenkt werden. Nur eine geringfügige Verstärkung der emotionalen Faktoren, das war legitim, von den Ärzten nicht nur gutgeheißen, sondern angeraten. Doug wußte es, doch er dachte nicht weiter darüber nach.

Fehlte ihm noch etwas?

Sein Glück mit einer anderen Person teilen? Er rief Archie, und schon kam dieser aus der Blockhütte, schlenderte herbei, ließ sich neben Doug nieder.

»Herrlich – nicht wahr? Ich habe eine Kleinigkeit verändert, merkst du, was es ist?«

»Ich merke nichts.«

»Ach, Archie, hast du denn keinen Sinn für die Harmonie, die sich in einer solchen Umgebung äußert? Landschaftsbilder, Stillleben... das waren früher die großen Werke der bildenden Kunst. Ist es nicht wunderbar, wie sehr sich der Bereich des künstlerischen Ausdrucksvermögens erweitert hat?«

»Es gefällt mir ja – als Kunstwerk! Aber nicht, um hier zu leben. Da fühle ich mich in einem Kaufhaus wohler! Da ist wenigstens was los.«

Doug inaktivierte ihn, ohne sich die Laune verderben zu lassen. Archie war ein Banause. Er rief Mia.

»Archie ist unmöglich. Ihm gefällt es hier nicht. Und dir?«

»Ach Liebling, du weißt doch, daß es mir hier gefällt.«

»Du sagst das so komisch, hast du etwas auszusetzen?«

»Ach, Doug, du weißt doch...«

»Na, sag schon!«

»Ein wenig Musik... das wäre schön. Da hinten wäre Platz für eine Band. Lateinamerikanische Rhythmen, Bossanova...«

»Musik... warum nicht. Dazu brauchen wir keine Band. Ist es nicht schön, daß wir beide hier zusammen sind, allein?«

»Dann mach es doch wenigstens ein wenig wärmer, es ist kühl hier! Dann könnte ich schwimmen, und nachher legen wir uns zusammen in den Sand.«

Mia lächelte ihm zu, sie ging ein paar Schritte zum Wasser hinunter, zog die Schuhe aus, öffnete die Knöpfe ihres Kleids.

Doug war sich klar darüber, daß man sie ihm vor allem deshalb mitgegeben hatte, damit sie seine sexuellen Wünsche befriedigte, soweit das unter den gegebenen Umständen möglich war. Aber im Moment hatte er keine Lust dazu. Er drückte auf den Knopf – und war wieder allein.

Einen Moment lang ärgerte er sich darüber, daß man ihm so oberflächliche Personen mitgegeben hatte wie Archie und Mia. Selbst der weitaus ungenauer festgeschriebene Charakter von Elwenstrass zeigte mehr Persönlichkeit. Sollte ihn Doug zu einem Partner, einer Kontaktperson umfunktionieren, ihn eine Rolle in seinem Leben spielen lassen? Es wäre ein Mensch gewesen, mit dem man sich unterhalten konnte, bei dem man Verständnis fand. Er hatte schon gelegentlich mit diesem Gedanken gespielt, doch irgend etwas hielt ihn zurück, vielleicht Respekt vor diesem Mann, der nicht nur ungemein intelligent war, sondern auch wesentlich älter als Doug. Wahrscheinlich war das sogar ausschlaggebend, bei einem jüngeren Menschen hätte Doug nicht gezögert.

Sollte er versuchen, in Mias Charakterprogramm einzugreifen? Es müßte doch möglich sein, ihr einige Eigenschaften zu geben, die sie in Wirklichkeit nicht besaß. Er dachte eine Weile darüber nach, doch schließlich verwarf er die Idee. Wenn schon, dann mußte er einen neuen Menschen schaffen, einen Charakter, der voll auf ihn abgestimmt war, am besten natürlich eine Frau, die nicht nur körperlich anziehend war, sondern auch ein ebenbürtiger Partner auf geistiger Ebene.

Mit einer solchen Frau in dieser Landschaft – welche wunderbaren Erlebnisse könnten sich daraus ergeben! Unwillkürlich erinnerte er sich an alte Erzählungen, die Geschichten von Menschen, auf unbekannten Inseln ausgesetzt, Entdecker und Eroberer zugleich, ein Leben in freier Natur – voll Spannung, voll neuer Eindrücke, voll Erfolg! Er sah die gleißende Landschaft ringsherum nicht mehr, hatte die Augen geschlossen. Er träumte vom großen Glück.

***

Nun befanden sie sich schon mehrere Tage in einem Orbit, bewegten sich nur einige Dutzend Kilometer hoch um den Planeten herum. Im wesentlichen bestand er aus Festland, nur wenige dunkel gefärbte Flächen waren als Seen oder Meere zu interpretieren. Den Daten über Temperatur und Druck entsprechend konnte es kein Wasser sein; vielleicht war es flüssiges Methan, flüssige Kohlensäure, flüssiger Stickstoff. Die Sensoren waren dabei, die reflektierte Strahlung zu analysieren, und bald würde Doug das Ergebnis in Händen haben. Der Kontinent – der den ganzen Planeten umfaßte – schien im wesentlichen aus einer tief zerfurchten Oberfläche zu bestehen, vielleicht aus plastischem Zustand erstarrt und von jener Flüssigkeit, die sich nun in den tiefliegenden Mulden gesammelt hatte, korrodiert.

Wo sollte er seine Suche beginnen? Die Landschaft war eintönig, es gab wenige Stellen, die sich aus dem Gelb der Hochfläche und den braunen Schatten der Schluchten hervorhoben. Würde ein Mann wie Elwenstrass irgendwo, an einer beliebigen Stelle, landen, die sich durch nichts von den anderen unterschied? Oder würde er selbst hier, in völlig unbekanntem Terrain, das Besondere suchen?

Doug hatte die Bahn so einrichten lassen, daß sich der Planet unter dem Raumschiff wegdrehte und er nach und nach alle Teile der Oberfläche zu Gesicht bekam. In diesen Tagen saß er lange am Bildschirm und tastete mit seinen Blicken den träge rotierenden Planeten ab. Er hätte es nicht tun müssen, denn die Bildverarbeitung lief ununterbrochen, und alles, was von der Gleichförmigkeit abwich, wurde sofort gemeldet. Bisher waren es allerdings nur einige wenige Formationen an den Ufern der Seen gewesen, beispielsweise eine Stelle, an der zwei große Flüsse aus Steilwänden herausbrachen und sich kurz vor der Mündung vereinigten. In der Vergrößerung konnte man die Bildung von Schaumflocken sehen, die kleine Wolken bildeten und vom Wind abgetrieben wurden.

Meere, die nicht aus Wasser bestanden, die Atmosphäre nicht aus Luft... Was aus diesem überhöhten Blickwinkel heraus noch einigermaßen vertraut aussah, war in Wirklichkeit fremd. Genaugenommen galt das aber noch in anderer Hinsicht, beispielsweise für das Licht und die Farben. Auch sie waren ein Ergebnis der Datenverarbeitung, das Raumschiff besaß kein Fenster, durch das man hätte ins Freie blicken können. Es wäre unnütz gewesen, hätte viel weniger gezeigt als der große Bildschirm, und außerdem eine Schwachstelle in der Umhüllung des Raumschiffes gebildet: meterdicke Wände aus einer Bleilegierung, die jede Art von Strahlung, jede Einwirkung von elektrischen oder magnetischen Feldern vom Inneren abhielt.

An diesen Zustand hatte sich Doug erst gewöhnen müssen – die Tatsache, daß man sich nicht mit eigenen Augen mit seinem Standpunkt vertraut machen kann. Manche Astronauten waren auf Planeten gelandet, die es ihnen nicht einmal erlaubten auszusteigen; genausogut hätten sie zu Hause bleiben, sich die Eindrükke über Video zuspielen lassen können. Und genau das war ja der Grund dafür gewesen, daß man die Erforschung des Weltalls mehr und mehr den Automaten, Robotern und Sonden überließ.

Würde er das Schiff verlassen können? Bisher hatte er es als selbstverständlich angenommen. Am Ziel ankommen, aussteigen, umhergehen... War es nicht selbstverständlich? In der ungewöhnlichen Umgebung konnte das Selbstverständliche unmöglich werden. Das bedeutete aber nicht mehr und nicht weniger, daß dieser Planet nichts anderes als ein Schemen blieb, von dessen Existenz er lediglich durch Bilder erfuhr, Bilder, die für die Sicht des menschlichen Auges erst präpariert worden waren. Im Vergleich damit schienen seine Südseeinsel, seine Berglandschaft, ja selbst das von ihm aus dem Nichts heraus erfundene grüne Tal mit dem blauen See wirklicher als die Welt, in der er sich nun tatsächlich befand. Sie waren wirklicher in dem Sinn, daß er sie besser wahrnehmen konnte, daß er bessere Möglichkeit des Eingriffs hatte: Wechselwirkungen, die das eigentliche Kriterium dafür sind, daß außerhalb des eigenen Ichs überhaupt etwas anderes existiert.

Er hatte den letzten Kreis gezogen, der Planet war einförmig geblieben, ein bizarres Relief aus nacktem Gestein, in hoch aufragende, unregelmäßig umrandete Quader zerschnitten. Vielleicht hätte er doch auf dem Planeten Gamma landen sollen? Der Gedanke kam nur kurz, und Doug ließ seinen Zweifeln keinen Raum. Er wollte sicher sein, richtig entschieden zu haben, und er war sicher...

Wenn es keine markanten Punkte gab, dann mußte er eben die Ränder der Gebirge, die Ufer der Seen näher in Augenschein nehmen... Hatte auch Elwenstrass so überlegt? Doug gab dem Computer Anweisung, aus dem Orbit auszuscheren, in einen gesteuerten Tiefflug überzugehen, den größten der in Äquatornähe entstandenen Seen anzufliegen.

Und dann kamen die Signale...

Das Schiff war nur noch 30 km von seinem Ziel entfernt, da ließen sie sich aus dem Rauschen atmosphärischer Störungen herausfiltern, wurden deutlicher... Zuerst waren sie nur als regelmäßige Muster zu erkennen, die Bedeutung noch verschleiert, dann aber identifizierte sie die Computeranalyse als Buchstabenfolgen, als Text.

... auf Planet Gamma gelandet, intelligente Lebensform entdeckt... Eine andere Art, Wissenschaft zu betreiben, Erkenntnisse zu gewinnen... Technische Aktivitäten auf adaptiver Basis... Unbekannte Formen der Kommunikation, des Sozialwesens... Revolutionäre Erkenntnisse, auch für irdische Verhältnisse anwendbar... Umstrukturierung sozialer und politischer Prozesse...

Defekt im Zerstrahlungsreaktor... auf Epsilon gestrandet... in Notunterkunft auf längeren Aufenthalt eingerichtet... Erkenntnisse... zusammengefaßt... deponiert... Das ist ein Hilferuf... einmal zur Erde gesendet, keine Antwort... Sendekapazität nur noch schwach...

Die Meldung war verstümmelt, die Identifizierung der Zeichen und Worte nur teilweise gelungen, doch der Sinn war klar. Dort unten, irgendwo in der Nähe, befand sich Elwenstrass. Lebte er noch? Befand er sich im Kälteschlaf? War er tot?

Der Computer gab eine Meldung aus: PEILUNG GELUNGEN. Zugleich erschien ein roter Schriftzug: ORDER 3 FREIGEGEBEN.

Order 3 freigegeben! Wozu brauchte Doug noch eine Order? Er hatte den Vermißten gefunden, er würde landen, ihn im Triumph zur Erde zurückholen, oder, falls er nicht mehr am Leben war, sein Vermächtnis in Sicherheit bringen: eine Botschaft von unglaublicher Bedeutung, Erkenntnisse, die die menschliche Entwicklung entscheidend beeinflussen konnten... Er hatte es doch geahnt: Elwenstrass war ein begnadetes Genie. Ihm war nicht nur die Weisheit mitgegeben, sondern auch das Glück... Innerhalb einiger Minuten hatte sich Dougs Stimmung völlig geändert. Alle seine Zweifel waren verflogen, seine Mission war geglückt, und wenn es zu einer entscheidenden Wende kam, zu einer Befreiung der immer noch in Unfrieden lebenden Menschheit, dann hatte er, Doug, seinen Teil dazu getan...

Order 3 freigegeben... Sollten seine Auftraggeber auf der Erde etwas vom Wissen geahnt haben, das hier für sie bereitlag? Vielleicht hatten sie den einen, den letzten Funkspruch aufgefangen, den Elwenstrass ausgesandt hatte? Angesichts der umwälzenden Bedeutung war es sogar verständlich, daß man den Inhalt geheim gehalten hatte. Erkenntnisse, die menschliche Entwicklung in eine andere Richtung lenken würden! Hätte es sich nicht um Elwenstrass gehandelt, hätte Doug seine Zweifel gehabt. Ihm aber traute er es zu – Elwenstrass hatte sich noch nie geirrt.

Order 3 freigegeben. Doug tippte das Code-Wort ein, auf dem Leseschirm erschien der Text:

DAS ANGEPEILTE ZIEL IST ZU VERNICHTEN.

Doug las den Satz noch einmal und ein weiteres Mal... er glaubte, seinen Sinnen nicht mehr trauen zu können. Das Ziel ist zu vernichten?

Noch einmal rief er den Befehl ab, doch es bestand kein Zweifel: Dieselben Worte tauchten auf.

Wie betäubt sank er in den Sessel zurück, sein Blick blieb auf dem Bildschirm hängen, auf dem nun, die ganze Fläche füllend, das Relief einer Hochfläche dahinwanderte. Und da erschien der Rand des Gebirges, ein Abgrund tat sich auf, unten eine Küste, ein grauer Strand, dahinter eine tintige, völlig unbewegte, blauschwarze Flüssigkeit...

Nun stand das Bild still... das bedeutete, daß sich das Raumschiff nicht mehr bewegte. Es lag über dem Ziel.

»Alles bereit«, meldete der Computer. »Soll ich die Bombe auslösen?«

»Welche Bombe?«

»Sie liegt bereits im Schleusenrohr, du brauchst nur das Zeichen zu geben.«

»... das Zeichen zu geben? Ich denke nicht daran!«

Doug sprang von seinem Sitz auf, umklammerte den Rand der Konsole, sein Körper zitterte.

»Ich gebe das Zeichen nicht...« flüsterte er.

Der Schriftzug auf dem Monitor verschwand, einige Zahlenreihen glitten von unten nach oben, so schnell, daß die Bedeutung nicht zu erkennen war. Dann ging ein leises Zittern durch das Schiff.

Der Bildausschnitt auf dem Projektionsschirm wurde größer, das Schiff hatte zu steigen begonnen. Dann war die Fläche plötzlich weiß.

***

Doug saß im Ruheraum, er fühlte sich schwach, als hätte er eine unglaubliche Anstrengung hinter sich gebracht. Was sollte er tun? Er fühlte, daß er Mühe hatte, klar zu denken. Gerade jetzt aber war es wichtig, verwirrende Emotionen wie Enttäuschung, Angst oder Trauer auszuschalten, die richtige Entscheidung zu treffen.

Die Schiffsapotheke hielt nicht nur beglückende Medikamente für ihn bereit, sondern auch solche, die beruhigten, entspannten, das Denken in vernünftige Bahnen lenkten. Er griff zur Handsteuerung, sprach einige Worte in das Mikrofon – das Expertensystem würde Rat wissen.

Sekunden später hörte er leises Zischen in der Klimaanlage –

der Spray war in Funktion getreten. Er lehnte sich zurück, atmete tief.

Hatte er geschlafen? Jedenfalls fühlte er sich wieder wohl, kräftig...

Wie war es doch gewesen? Er hatte sein Ziel erreicht. Er erinnerte sich an den Funkspruch: eine wunderbare Nachricht! Konnte man sie ignorieren? Die größte Umwälzung in der Geschichte der Menschheit! Gewiß: eine solche Nachricht würde Unruhe auslösen, das Gleichgewicht stören, das bisher immerhin die große Katastrophe verhindert hatte. Aber eine schöpferische Unruhe! Er war ein Mensch, der davon betroffen war, und er konnte entscheiden. Er würde diese Botschaft kennenlernen, und er würde entscheiden...

Er gab dem Computer die Anweisung zur Landung.

Sie setzten am Ufer des Meeres auf, sanft wie eine Feder. Im Gegensatz zu den Verhältnissen in höheren Regionen war die Umgebung hier lebensfreundlich, angenehm... Licht, Wärme, Luft zum Atmen... Nach 16 Monaten konnte er die Schleuse wieder öffnen. Er trat hinaus, ging einige Schritte durch grünes Gras... Die Tür der Blockhütte öffnete sich, ein Mädchen trat heraus, kein Kind mehr, aber auch noch keine Frau, mit dunklen Haaren und tiefblauen Augen.

»Ich bin Patty Elwenstrass«, sagte sie. »Mein Vater ist gestorben, das ist keine zwei Monate her. Wie schön, daß du da bist!«

Und als sie Dougs erstauntes Gesicht sah, fügte sie hinzu: »Ich bin durch Kloning entstanden – du weißt, daß daraus nur Frauen entstehen.«

»Jetzt weiß ich es«, sagte Doug. Er war jetzt ganz sicher, ganz ruhig.

Wenig später saßen sie zusammen am Ufer des Sees und blickten hinüber, wo das Grün der Lärchen durch einen silbernen Dunstschleier hindurch zu erkennen war.

Die gläserne Stadt

Er läuft durch die gläserne Stadt. Durch lange, gerade Straßen hindurch, an hellen Fassaden vorbei... Er sieht durch die Mauern, die leuchtenden Kanten bilden Quader, Kuben, Säulen. Ein räumliches Netz, Punkt für Punkt, Linie für Linie über dem vorgegebenen Areal aufgebaut.

Down Town. Er kennt jedes Gebäude, jeden Winkel. Er kennt die Hafenanlagen und Brücken, kennt das Stützwerk der Hochbahn. Er hat alles selbst aufgebaut... nein, nachgebaut... auch das ist nicht richtig: Was sich hier weithin erstreckt, schwerelos in die Höhe reckt – das alles wurde zwar nach einem Vorbild geschaffen, aber es hat vorher nicht existiert. Er hat es neu gebaut.

Er kennt sich aus hier. Er kann durch Mauern, Stützen und Dächer hindurchsehen. Er kann durch die Wände gehen.

Warum läuft er die Straßen entlang? Er wendet sich nach rechts, quert eine Mauer, geht über den Fluß. Kaum glaublich: eine immaterielle Welt. Konstrukt aus Licht und Geometrie. Und doch alles andere als Phantasie. Wirklichkeit. Eine andere Art von Wirklichkeit.

Hier gelten keine Naturgesetze. Es ist nur die Macht der Gewohnheit, daß er sich über den Boden bewegt. Er muß die gewonnene Freiheit erst nutzen lernen. Er steigt empor, ein Geschoß des Wolkenkratzers nach dem andern, steigt über das flache Dach hinaus. Die Stadt von oben: schräge Linien, genau auf den Punkt gerichtet, der unter ihm liegt. Je höher er steigt, um so näher laufen sie zusammen.

In einem verwegenen Bogen umkreist er die Stadt, geht langsam tiefer, durchsetzt Gebäude. Das Raumnetz stülpt sich über ihn, das Linienwerk verzerrt sich mit atemberaubender Schnelligkeit... glühende, elastische Drähte, magnetisch abgestoßen, so daß sie vor ihm zurückweichen, die Maschen freimachen, die sich vor ihm öffnen, hinter ihm schließen.

Es ist ein Vergnügen, die gläserne Stadt zu besichtigen. Nicht nur ein Vergnügen – eine Lust, eine Wonne! Ist es überhaupt nötig, noch weiteres hinzuzufügen? Der Ungebundenheit Schranken aufzuerlegen? Die Freiheit durch Regeln einzuschränken?

Besser wäre es, die Stadt zu vergrößern. Nicht nur in die Weite, auch ins Detail. Er verkleinert den Sichtwinkel, sieht nun das fragile Gebilde aus Licht und Farbe hoch über sich hinaufragen. Er hat recht gehabt: Hier fehlt es noch an Struktur. Die Geraden zu glatt, die Kurven zu rund... die Wände nichts als leere Umrisse. Kein Problem, sie mit Details zu füllen. Muster, Texturen, Ornamente, alles kein Problem. Es ist seinem Willen überlassen, seiner Phantasie... Hier vielleicht ein körniger Überzug, eine leichte, das Licht unregelmäßig reflektierende Rauhigkeit... Dort vielleicht ein Relief, Spiel von Licht und Schatten, Mäander, kompliziert verschachtelt. Es wäre die Zeit wert, sich liebevoll dieser Strukturen anzunehmen, sie einzupassen als Teil ins Ganze...

»Wie weit bist du? Wie lange brauchst du noch?«

Joe Bushman hat schon mehrere Male gefragt, ehe er es hört.

»He, du träumst wohl! Wie weit bist du? Hast du den Termin vergessen – heute abend soll das Programm fertig sein.«

Larry braucht einige Zeit, um zu verstehen. Was will Joe schon wieder? Warum stört er ihn?

Er fühlt sich ein wenig benommen, muß sich erst besinnen... Wo befindet er sich? Ach ja, Systemberatung, Software-Dienst. Das verrückte Spiel mit den Programmen, das süchtig macht...

»So sag schon, wie weit bist du?«

Joe setzt sich neben Larry, sucht nach Aufzeichnungen, Plänen... Es gibt keine Pläne. Larry braucht keine Notizen mehr, das Programmpaket ist fertig. Besser gesagt, der Schauplatz steht bereit. Das andere, der Bewegungsmodus, die Konfliktsituation, die Verhaltensstrategie... alles Routine, mühelos übertragbar...

Joe wird ungeduldig. »Jetzt möchte ich sehen, wie weit du bist. Wir probieren es einmal durch; wenn einige Details fehlen, so macht es mir nichts aus. Ich nehme Null, du nimmst Eins. Fangen wir an?«

Wieder die Wanderung durch die Stadt. Nein, diesmal keine Wanderung, eher eine Flucht. Störung des Gleichmaßes, Beeinträchtigung der Freiheit... aber so wollen sie es ja: Auseinandersetzungen, Konflikte. Überall gehetzt, gejagt. Immer ist einer hinter dir her.

Durch die Häuserwände hindurch sieht Larry den Widersacher. Er ist noch weit, hat Mühe, sich im Labyrinth zurechtzufinden. Aber er kommt näher...

Unwillkürlich zieht sich Larry zurück. Die Bewegung mühelos, Nachdenken überflüssig – er hat das Konzept der Stadt im Kopf.

Eine Freude, wie leicht das alles geht... er beginnt Spaß an der Situation zu gewinnen.

Dort hinten, irgendwo zwischen den weißen, blauen und grünen Linien, tappt der andere, stößt hier und dort in Sackgassen hinein, verläuft sich... Die Maus im Experimentierkasten.

Larry nähert sich ihm, er weiß, daß er gesehen wird, und er will, daß er gesehen wird. Die Anstrengungen des Gegenspielers werden heftiger, er kommt ein Stück näher heran, doch wieder entweicht ihm Larry geschmeidig, zielbewußt.

Er setzt das Spiel fort, wird übermütig. Allmählich wechseln die Positionen. Nicht er ist der Gejagte, er wird zum Jäger. Er ist es, der die Geschehnisse in der Hand hält. Er ist es, von dem der Verlauf abhängt.

Der andere wird nervös, versucht auszubrechen, dorthin, dahin...

Larry besinnt sich auf das Arsenal, das bereitliegt. Die Topomobile, die Lichtwerfer... Er schwingt sich hinauf, pfeilt durch eine gezackte Linie... keine Verzögerung an den Ecken, die Gesetze der Mechanik gelten nicht... Er betätigt den Tracer, sein Fahrzeug zieht einen roten Faden hinter sich her...

Schon dreimal hat er die Position seines Gegners umkreist, immer enger zieht sich der Linienstrang zusammen... Insekt im Spinnennetz...

Jetzt hat auch Joe bemerkt, welche Mittel ihm zur Verfügung stehen. Er aktiviert ein Topomobil, schießt los.

Es ist zu spät, kein Ausweg mehr. Das Fahrzeug hat sich im Netz verfangen, glüht orangegelb auf...

Joe sinkt im Stuhl zurück, wischt sich den Schweiß von der Stirn.

Beide schweigen. Über den Bildschirm gebreitet die gläserne Stadt, nun wieder ruhig, bewegungslos...

»Das ist gut, Larry«, sagt Joe. »Wirklich gut.« Er ist noch etwas atemlos. »Und doch, irgend etwas stört mich.« Leise fügt er hinzu, als spräche er zu sich selbst: »Ich weiß nicht, was.«

Er steht abrupt auf, geht einige Schritte zur Tür. »Ach ja«, fügt er hinzu, »fast hätte ich es vergessen. Dein Job hier ist beendet. Das soll ich dir sagen – Anweisung vom Chef. Tut mir leid.« Rasch geht er zur Tür, tritt hinaus.

Es ist nicht sicher, ob ihn Larry verstanden hat. Der sitzt wieder vor dem Bildschirm, seine Hände liegen auf den Tasten. Die gläserne Stadt! Eine Welt, ganz anders als jene, in der er sich sonst befindet. Eine Welt, in der er bestimmt, was ist und was nicht. Er läßt sie entstehen – und er kann sie verschwinden lassen. Einfach so…

Jetzt wird er sich bewußt, was er denkt: Er kann sie verschwinden lassen.

Der Gedanke ist verführerisch.

Durch einen Tastendruck eliminiert er das Strategieprogramm, löscht das Arsenal der Fahrzeuge und Waffen. Jetzt ist die Stadt wieder rein, unberührbar, entrückt…

Allein die Vorstellung, sie für die gedankenlose Masse zu öffnen, die nichts anderes kennt als ihre Aggressivität… Die nichts von der Schönheit merkt, die sie umgibt…

Ein letztes Mal geht er durch die gläserne Stadt. Er erhöht den Kontrast – das Linienwerk erstrahlt von innen heraus, in unwirklichem Glanz… Eine Ansicht schöner als die andere, der Blick in die Höhe, in die Peripherie…

Er tippt die drei Zeilen ein…

Er tippt sie ein, während er sich noch im Inneren befindet, in dieser Umgebung, die seine eigene Welt ist…

Irgend jemand draußen tippt die Zeilen ein.

Zugleich aber, in dem Moment, als die Verbindung gelöst wird, befindet sich der andere noch drinnen – der andere, der er selbst ist.

Er wandert durch die gläserne Stadt, die Straßen entlang, über Treppen, über Brücken… Er geht durch Mauern hindurch, steigt schwerelos empor. Er braucht nie mehr zurückzukehren.

Garten Eden

Gestern, am späten Abend, waren wieder einige über die Mauer gekommen. Nun lagen sie in den Dunkelzellen und warteten auf die Behandlung. Löschung des Kurzzeitgedächtnisses, die letzten Stunden aus dem Leben gestrichen – dann konnte man sie wieder in ihren Lebensraum zurückbringen, im Schutze der Dunkelheit absetzen. Obwohl es niemand genau wußte, war doch anzunehmen, daß sich die Menschen jenseits der Mauer während der Nachtstunden in ihren Schlupfwinkeln verkrochen, im Gebüsch, in Bodenmulden, in Höhlen. Die Ausbrecher würden sich irgendwo im Wald oder in der Steppe wiederfinden und nicht wissen, was geschehen war. Aber vielleicht würden sie es wieder versuchen?

Johannes stand im obersten Stockwerk eines der letzten Wolkenkratzer, die noch nicht abgebaut worden waren. Von seinem Standpunkt aus konnte er das ganze Terrain überblicken, das von der Renaturierung noch nicht erfaßt worden war. Seltsam – am Anfang, vor einigen hundert Jahren, waren es einige wenige Sperrgebiete gewesen, letzte Reservate der Natur in einer technisierten Welt. Und auch, als sich der Mensch auf seine eigentliche Aufgabe besonnen hatte, waren Jahrzehnte vergangen, ehe man etwas vom entscheidenden Wandel merkte, der sich nach so langer Zeit doch noch durchgesetzt hatte: die Erhaltung des Planeten Erde mit all dem, was ihm die Natur geschenkt hatte.

Der eingebaute Sender seiner Universaluhr, ein unscheinbares Armband an seinem Handgelenk, meldete sich mit einem sanften, dunklen Ton. Johannes trat an das nächste Terminal.

»Wo bleibst du?« fragte Prinz. »Alles bereit für die letzte Phase. Schließlich hast du dabei ja auch etwas zu tun.«

»Gewiß, ich komme«, antwortete Johannes. »In fünf Minuten bin ich in der Zentrale.«

Er verließ die Terrasse, trat zum Lift, ließ sich ins Erdgeschoß bringen. Er überlegte kurz, ob er einen Gleiter rufen sollte, doch dann zuckte er die Schultern und machte sich zu Fuß auf den Weg. Prinz sollte warten, auf einige Minuten kam es wahrhaftig nicht an. Er ging durch die stillen, leeren Straßen, die saubergefegt aussahen, als stünde ein Festtag bevor. Wie hatte er sich auf den kommenden Tag gefreut, auf das Ende einer jahrzehntelangen, rastlosen Arbeit! Lag es an der Erschöpfung, daß er nichts mehr empfand – weder Freude noch Trauer? Er durchquerte einen Park, der Plastikrasen glänzend grün, dann stand er vor dem flachen Betonbau, in dem die Zentrale untergebracht war. Sie stammte noch aus einer Zeit, da man sich vor Bomben und Überfällen, ja selbst vor Flugzeugabstürzen und Meteoriteneinschlägen schützen zu müssen glaubte. Doch die Schutzvorkehrungen waren überflüssig gewesen, es hatte keine Gewaltmaßnahmen, nicht einmal Proteste gegeben, und im gesamten Stadtzentrum war, seit er sich zurückerinnern konnte, niemals ein Flugzeug abgestürzt. Doch jetzt existierten keine Flugzeuge mehr, sie wurden nicht mehr gebraucht. Immer rascher ging der Renaturierungsprozeß vonstatten, die Naturschutzgebiete wuchsen, vereinigten sich, immer neue Gebiete zivilisatorisch entarteter Landschaft wurden dem Boden gleichgemacht, gesäubert und desinfiziert, mit Grüngewächsen bepflanzt: Ergebnisse einer sorgfältig überlegten Auswahl von Genen der anfälligen und kranken Nutzpflanzen. Tiere wurden ausgesetzt, Rückzüchtungen aus den kargen Beständen der Tiergärten. Und dann wurden die alten Mauern eingerissen und neue gebaut – und wieder war der Erde ein Stück Natur zurückgewonnen.

Wie glücklich mußten die Menschen sein, die in dieser Umgebung aufwuchsen, lebten! Seltsam, daß sie versuchten, die Mauern zu durchbrechen. Andererseits – die uralten Triebe des Menschen waren eben noch lebendig, das Fernweh, der Drang, über alle Grenzen hinauszugehen... Die Konstrukteure hatten sich ja nicht mit einfachen Steinwänden begnügt, sondern die ganze Raffinesse ihrer Technik eingesetzt: vor den Mauern kilometerbreite Streifen undurchdringlichen Dschungels, dahinter die Vorspiegelung von Gebirgsstöcken, für Menschen ohne technische Hilfsmittel unüberwindlich. Und trotzdem... Wieso gelang es ihnen doch immer wieder, alle diese Hindernisse zu überwinden, ihre grüne Heimat hinter sich zu lassen und in eine Welt einzudringen, die im Abbau begriffen war – nur noch Relikt einer von Irrtümern belasteten Vergangenheit?

Johannes war schon im Begriff, die Zentrale zu betreten, da wandte er sich kurzentschlossen um und lief zur andern Seite hinüber. Zwei Minuten später stand er im Medi-Center. Wie immer erfüllte ihn die Fülle blanker technischer Apparaturen mit Unbehagen; das Licht brannte gedämpft, leises Rauschen lag in der Luft, das aus den Wänden zu kommen schien. Die Behandlungsautomaten standen mit eingeknickten Gliedmaßen an den Wänden, ein fast deprimierender Eindruck; nur das Auge einer Videokamera schien lebendig zu sein, es war auf einen erleuchteten Bildschirm gerichtet. Das Bild schwarzweiß, eine Umsetzung der Wärmestrahlung, denn der Raum, den es zeigte, war finster. Es wurde alles getan, um auch nur den geringsten Eindruck, der im Gedächtnis gehalten werden könnte, von vornherein zu vermeiden. Da lagen sie, auf folienüberspannten Liegetischen, unbewegt, betäubt. Obwohl nicht viel zu erkennen war, sah Johannes doch, daß es drei Männer waren, alle noch sehr jung und wohl auch nicht besonders kräftig. Sie sahen erschöpft aus, vielleicht auch krank – doch war das ein Wunder bei den Entbehrungen, die sie in den letzten Tagen erlitten haben mußten? Sie waren dürftig bekleidet, mit Fellfetzen und Bast, die schmutzige Haut zerkratzt, da und dort schlecht verheilte Wunden.

»Hier also hältst du dich auf – ich habe schon nach dir gesucht.« Die Stimme kam von der Konsole her, wo jetzt ein grünes Licht blinkte.

»Schau sie dir an, Prinz! So sahen alle aus, die herüberkamen. Gefallen sie dir? Sind sie gesund? Sind sie glücklich?«

Im Lautsprecher knackte es, ein paar Sekunden lang war es still. Dann sagte Prinz: »Warum hältst du dich mit Grübeleien auf? Ist nicht alles längst entschieden? Komm jetzt, ich erwarte dich.«

»Aber diese Männer...«

»Es sind aktive Menschen, die eine Leistung vollbracht haben. Du kannst sie nicht mit deinen eigenen Maßstäben messen. Vielleicht haben sie nicht immer zu essen, wenn sie hungrig sind, vielleicht frieren sie dann und wann, vielleicht haben sie Angst. Du warst immer satt, hattest immer zu essen, mußtest nie Angst haben. Aber warst du deshalb glücklich? Warst du einmal in deinem Leben glücklich?«

»Sie sind so jung«, sagte Johannes. »Alle, die herüberkamen, waren jung. Gibt dir das nicht zu denken? Vielleicht haben diese Männer ihr Leben schon hinter sich, vielleicht werden sie gar nicht viel älter, unter den Umständen, in denen sie leben.«

»Ein kurzes, aber erfülltes Leben... Alle diese Dinge wurden ja längst besprochen, alle waren sich über die Relation der Werte im klaren, das eine gegen das andere aufgewogen, der von Menschen ausgeplünderte und verwüstete Planet, Unfreiheit, Zwang, und die Alternative, das Prinzip Natur, für das wir uns eingesetzt haben.

Die Entscheidungen wurden längst getroffen, wieso beginnst du heute zu zweifeln? «

Ja, die Entscheidungen, der Plan, das Prinzip... Der Computer sprach, als wäre er es gewesen, dem die Menschheit die Rückkehr zur Unschuld zu verdanken hätte. Doch er war nicht die Ursache, sondern die Konsequenz: eben das Prinzip, in einem umfassenden ethisch-technischen Programm verkörpert. Ein Programm, das keine Zweifel kannte.

Johannes riß sich zusammen, es gab noch einiges zu tun, und es mußte getan werden. Er war bereit, trotz aller Zweifel.

Er wunderte sich über sich selbst: Wieso drängten sich ihm gerade jetzt diese Fragen auf? Bisher hatte er seine Aufgabe ohne Zögern erfüllt, und er war stolz darauf gewesen, daß man gerade ihm die Verantwortung für den Abschluß übertragen hatte. Er war dazu fähig, daran lag es gewiß nicht, er beherrschte die Mittel, er war Technokrat im besten Sinn des Wortes: Technik, zum Wohle der Menschheit angewandt, auf die beste Art und Weise, wie man Technik überhaupt anwenden kann: um alles das wiedergutzumachen, was mit technischen Mitteln schlecht gemacht worden war. Eine Technik, die Straßen zu Wiesen macht, Häusermeere zu Wäldern, Müllhalden zu Seen. Eine Technik, die Freiheit schafft, die Menschen näher zueinanderbringt, verloren geglaubte Sensibilität wieder erweckt – oder zumindest die Voraussetzung dafür schafft. Eine Technik, die sich selbst überflüssig macht, deren einziger Zweck es letztlich ist, sich selbst überflüssig zu machen.

Johannes war in der Zentrale angekommen, und er glaubte eine leichte Ungeduld aus den Ausführungen von Prinz herauszuhören, obwohl das gewiß eine Täuschung sein mußte. Doch der Eindruck war zwingend: dieses Programm, dieser Computer, der mit unermüdlichem Eifer daran arbeitete, sich selbst zu zerstören, und zwar für immer.

Prinz erläuterte die letzten Maßnahmen. Natürlich war die Rückführung zum Naturzustand längst zur Routine geworden, es gab keine technischen Probleme mehr beim Abbau der Häuser, beim Einreißen der Fabriken, bei der Demolierung der Straßen und Schienenstränge. Was an Trümmern und Müll übrigblieb, wurde in der Tiefe eingegraben, durch saftige, schwarze, auf biologischer Basis produzierte Erde ersetzt. Eine fruchtbare Erde, eine Erde, die die verstreuten Samen aufnehmen und zum Keimen bringen würde, eine Erde, aus der Wiesen und Wälder herauswachsen würden, das Grün, das Basis alles Lebens ist.

Prinz setzte seine Aufzählung fort, wahrscheinlich deshalb, weil er seinem Wesen nach der Menschheit verantwortlich war, in ihrem Dienst handelte – wenn es auch nur noch einen Menschen gab, der die ablaufenden Prozesse verstand. Obwohl sich Johannes nicht darauf konzentrierte, merkte er doch bald, daß es in diesem Fall neue Probleme gab – die Prinz längst gelöst hatte: eben deshalb, weil es um den letzten, den entscheidenden Schritt ging. Nichts würde übrigbleiben, um das Geschehen zu überwachen, kein Fehler, der noch unterlaufen könnte, ließe sich mehr beheben. Das war, über alle Routine hinweg, eine ganz besondere Stunde, die ganz besondere Maßnahmen erforderte, ein raffiniertes Zusammenspiel der einzelnen automatisch verlaufenden Prozesse. Und die Maschinen würden sich diesmal nicht zurückziehen, zur Vorbereitung der nächsten Phase des Abbaus, sondern sie würden sich selbst stillegen, sich selbst demontieren. Nichts durfte von ihnen übrigbleiben, sie würden sich unter die Erde zurückziehen; der letzte Akt, das Ende der Zivilisation, würde sich tief unter der Erde abspielen, und nur einige undefinierbare Teile aus Metall, Glas und Kunststoff würden übrigbleiben – die niemand mehr zu einem sinnvollen Ganzen zusammenbauen könnte, selbst wenn jemand dazu fähig wäre. Die Reste der Maschinen würden unter der Erde dahinmodern, gemeinsam mit all den anderen Relikten der Kultur, die längst begraben und in Auflösung begriffen waren.

Darüber hatte es die heftigsten Debatten gegeben: hatte die Menschheit im Laufe ihres technischen Aufstiegs doch ein beachtliches Maß an Leistungen vollbracht, Architektur und Kunst, Abglanz des Schöpferischen, das am Ursprung des menschlichen Weges, des Weges allen Lebens, stand. Dann aber hatten sich die Initiatoren dieses Plans und all die andern, die in mühevoller und langwieriger Argumentation überzeugt worden waren, dazu durchgerungen, ihre Aufgabe voll und ganz zu erfüllen. Das Leben in einer unberührten Umgebung, der Frieden eines Lebens ohne Unterdrückung und Zwang, die wiedergewonnene Nähe zu Menschen und Dingen, alles das stand in der Liste der Werte schließlich doch weit oberhalb aller künstlich geschaffenen Güter, selbst dann, wenn es echte Kunst war, Ausdruck einer allmählich verfallenden Kreativität, die hier ihre Gestaltung gefunden hatte.

»Bist du einverstanden?« Prinz hatte schon zum zweiten Mal gefragt, so tief war Johannes in Gedanken versunken. »Hast du mir überhaupt zugehört? Ich brauche dein Einverständnis, leg deine Hand auf den Sensor!«

In einer überraschenden Gefühlsaufwallung spürte Johannes plötzlich eine Welle von Ablehnung dem Computer gegenüber – als sei dieser eine Persönlichkeit, mit der eine Auseinandersetzung überhaupt möglich wäre. Doch dieses Gefühl ging rasch vorüber, schließlich handelte es sich um eine, wenn auch noch so komplizierte Maschinerie, und außerdem waren die Gedanken, die Prinz vertrat, die Gedanken von verantwortungsbewußten Menschen, Ergebnis von nahezu hundert Jahren erregter Auseinandersetzung; so lange hatte es gedauert, bis sich alle einig geworden waren.

»Du mußt deine Hand auf den Sensor legen«, forderte Prinz. »Du brauchst keine Bedenken zu haben, mir ist kein Fehler unterlaufen. Nur noch wenige Stunden, und dann ist das Ziel erreicht.«

Johannes hob die Hand, ließ sie wieder sinken. Wenn man nur wüßte, wie sie lebten, wie sie sich entwickelten! Bisher war die Frage mehr oder weniger rhetorisch gewesen, alles war nach Plan verlaufen, und er hatte seinen Wirkungskreis – bis zuletzt – in der ihm vertrauten Umgebung gehabt, so unerfreulich die Stadt mit ihren grauen Betonbauten auch sein mochte. Doch jetzt... Am nächsten Tag würde er einer von ihnen sein, würde zu jenen gehören, die dort unten in der Dunkelzelle mit zerschrammter Haut und verfilztem Haar auf den Betten lagen und nicht wußten, was ihnen geschah. So würde es ihm auch gehen: Bestimmte Teile seines Gedächtnisses würden gelöscht sein, er würde keine Erinnerung an das lange freudlose Dasein mehr haben, dessen einziger Lichtblick der Glaube an seine Aufgabe war, nichts mehr von Städten, Maschinen, Fahrzeugen, von Daten, Programmen und Zeitplänen wissen. Nur noch einige Stunden, dann würde ihn eine Beförderungskapsel durch den Schacht an die Oberfläche bringen, ein automatisch gesteuertes Gleitboot würde ihn in der Wildnis aussetzen. Plötzlich hatte er Angst davor. Die Wildnis, eine Stätte der Herausforderung, und er nur noch ein amputierter Rest seiner selbst, der Horizont beschränkt, das Wissen minimal...

Doch wozu brauchte er dort schon sein fundiertes Wissen? Mathematik, Physik, Logik, Informatik, abstrakte Kenntnisse über abstrakte Zusammenhänge, nur gültig in einer Welt, die sich schon längst von den greifbaren Dingen entfernt hatte, in denen die Dinge, die eine Rolle spielten, im luftleeren Raum schwebten und der Entwicklung eine Richtung wiesen, die immer weiter in die Leere führte. Warum war er so unruhig? All das Wissen, das von morgen an wichtig sein würde, hatte er sich längst angeeignet. Überlebenstraining, Wurzeln und Kräuter, die eßbar waren, Feuer aus Steinen schlagen, ein Bett aus Laub bereiten. Freilich, die anderen, die dort lebten, waren in der unberührten Natur aufgewachsen, in ständigem Kontakt mit den Tieren und Pflanzen, mit den Menschen ihrer Gruppe – Menschen, die sich nicht über die Natur erhoben hatten, sondern ihr angehörten, Menschen, die dem Großen gegenüber, das sie umgab, klein waren und zusammenrücken mußten. Sich aneinanderdrängen, sich berühren, Sicherheit spüren gegenüber Dingen, die sowieso unverständlich sind und bleiben – auch mit den Mitteln der modernen Wissenschaft... Wie hatte er sich darauf gefreut, auf dieses Gemeinschaftsgefühl, totaler Gegensatz zur Einsamkeit des Menschen in der technischen Welt, und nun konnte er es sich nicht vorstellen, fürchtete sich...

Wie würden sie ihn aufnehmen? Natürlich war die Menge der Menschen reduziert worden, die Zahl der zugelassenen Geburten nur noch ein Bruchteil der früheren, ungehemmten Rate; so hatten einige Generationen genügt, um das vernünftige Verhältnis zwischen Besiedelungsdichte und Raum wiederherzustellen. Jenes gesunde Verhältnis, das ganz von selbst dazu führte, daß jeder, der der Gattung homo sapiens angehörte, eine erwünschte Verstärkung der Gruppe bedeuten mußte. Sie würden ihn willkommen heißen, ganz gewiß, sie würden ihn aufnehmen in ihre Gemeinschaft.

Und wenn er krank wurde? Eigentlich konnte er es sich gar nicht vorstellen: Wehrlosigkeit jenen Keimen gegenüber, die den Körper schädigten, zersetzten. Die moderne Medizin hatte mit Bakterien, Pilzen und Viren längst aufgeräumt, Parasiten und Schädlinge ausgemerzt. Aber würden sie sich dort drinnen nicht wieder ausbreiten, aus winzigen Resten heraus, die die chemischen Gifte der Medizin übriggelassen hatten? Vielleicht entstand hier wirklich eine neue Quelle von Angst. Doch schließlich war auch das längst geklärt... Wie hatten es die Philosophen ausgedrückt? – Angst ist der natürliche Widerpart des Glücks, in einer Welt, in der man keine Angst mehr hat, kann man auch kein Glück mehr empfinden. Und sie hatten überzeugend nachweisen können, wie weit die moderne Medizin in unmenschliche Regionen hineinführte, in Bereiche, in denen der Mensch nur noch ein Gegenstand war, den es zu reparieren galt. Die Ärzte waren zu Technikern geworden, die den Körper mit Chemikalien und Maschinen behandelten, doch den Menschen selbst vergaßen. Leben erhalten um jeden Preis, das konnte nicht die Aufgabe sein. Was nützte es, daß sie das Todesgen entdeckt hatten und es nach Belieben ausschalten konnten? Die gräßliche Vision eines ewigen Alters wäre wahr geworden, hätte man sich inzwischen nicht der wahren Werte besonnen. Die Verpflanzung von Gehirnen, die Heranzüchtung von Intelligenz... je mehr sich Johannes diese Dinge vor Augen hielt, um so ruhiger wurde er. Das konnte nicht das Ziel der menschlichen Entwicklung sein. Ja, vielleicht hatte er für kurze Zeit geschwankt, doch das war im Hinblick auf die Besonderheit der letzten Stunde verständlich. Nun fühlte er sich wieder sicher. Er legte die Handfläche auf das Sensorfeld, der Computer überprüfte seine Identität und registrierte das bekundete Einverständnis. Ein letztes Mal war das Ritual der Technik vollzogen worden, und gerade jetzt erwies sich seine Sinnlosigkeit um so deutlicher, als es niemanden mehr gab, für den die Dokumentation bestimmt war, dem gegenüber eine Rechtfertigung zu erfolgen hatte.

Prinz war verstummt, wahrscheinlich bekam Johannes seine synthetische Stimme nie wieder zu hören. Dafür blinkten unzählige Leuchtdioden, Anzeichen dafür, daß der Endteil des Programms angelaufen war. Er würde den Abbau der Stadt, die in den letzten Jahren sein Zuhause gewesen war, nicht beobachten, was er zu tun hatte, war längst festgelegt. Es wäre auch gefährlich gewesen, noch einmal ins Freie zu gehen, denn schon begannen die Gebäude einzustürzen, schon wurde der Boden aufgeworfen, der alles das, was hier noch stand, verschlingen würde.

Und dieses Gebäude selbst, das ja seinerzeit gegen alle Arten der Zerstörung gesichert worden war? Durch die Wände lief ein Knirschen, gedämpft durch die isolierten Decken mehrerer unterirdischer Etagen, und doch unverkennbar – auch hier hatte der Abbauprozeß schon begonnen.

War es dieses irritierende Geräusch, dieses harte Vibrieren, das seinen Körper erfaßte? Auf einmal waren die Zweifel wieder da. Hatten auch Generationen von Menschen vor ihm an der großen Aufgabe gearbeitet, so war doch keiner unter ihnen gewesen, der diesen letzten Schritt hatte tun müssen. War es vielleicht der letzte Rest an Unsicherheit, die doch auch alle diese Menschen gelegentlich gespürt haben mußten – und überwunden hatten! –, der nun plötzlich auf ihm allein lastete?

Er stand da und sah nichts mehr von seiner Umgebung, und plötzlich entstand das Bild von all dem, was geschehen und erreicht worden war, so deutlich vor ihm wie nie zuvor. Er sah den blauen Planeten Erde vor sich, die Kugel mit braungrünen Kontinenten, blauen Meeren und weißen Eiskappen in ihrer Gesamtheit und zugleich auch jedes Detail: Täler und Hügel, Wasser und Wüste, Steppe und Urwald. Er war ergriffen von der Größe der Aufgabe und von der Erhabenheit des Ziels: die Reinheit wiedergewinnen, die Unschuld! Die Menschheit hatte ungeheure Fehler gemacht, sich in die Sackgasse des Verderbens, der Selbstvernichtung hineinmanövriert, hatte alles an Werten verloren, was das Leben lebenswert machte – und hatte schließlich doch das unmöglich Scheinende vollbracht: das wieder gutzumachen, was angerichtet worden war. In seinen Augen spürte er Tränen.

Er sah aber auch die Zukunft vor sich, den Weg, den die Menschen gehen würden, Menschen, die auf ihre ureigensten Kräfte zurückgreifen konnten, die Kräfte des Fühlens und Empfindens. Ja, es war der Garten Eden, wie er in alten Büchern beschrieben war, es war das Paradies. Jetzt sah er ein, wie wichtig es gewesen war, die Heisenbergsche Erkenntnis von Anfang an in das Konzept einzubeziehen: Jede Beobachtung ist zugleich ein Eingriff. So hatten sie darauf verzichtet, das, was da entstanden war, zu verfolgen oder gar zu beeinflussen. Manche hatten es nicht eingesehen, hatten dafür plädiert, eine schützende Hand über den neu heranwachsenden Menschen zu halten, doch es verstand sich von selbst, daß eben gerade dadurch das Prinzip verletzt worden wäre. Manchmal, in den letzten Tagen, hatte er mit dem Gedanken gespielt, auf die Löschung seines Gedächtnisses zu verzichten und somit der einzige Wissende in einer vom Intellekt unbefleckten Welt zu sein. Er war sich aber des Frevels bewußt, der in diesem Gedanken lag: sich gewissermaßen selbst über alle anderen zu erheben... Daran änderte sogar die Absicht nichts, vom herübergeschmuggelten Wissen keinen Gebrauch zu machen. Denn dazu wäre er, so gestand er sich ein, sicher nicht fähig gewesen.

Es war also richtig, so wie es bestimmt war, dachte Johannes, aber noch immer rührte er sich nicht von der Stelle. Er stellte sich vor, wie stark sich die Umwelt über ihm bereits verändert haben mochte, ein Trümmerfeld, so weit die Stadt noch reichte. Er war froh, daß ihm dieser Anblick erspart wurde, denn trotz aller Aussichten auf die weiteren positiven Veränderungen hätte er den Prozeß der Zerstörung, der eben nun einmal dem Neuaufbau vorangehen muß, als unerträglich empfunden.

Nein, diese Belastung sollte ihm erspart bleiben, und das war gut so. Er mußte sich auf all das Gute konzentrieren, das nun in die Wege geleitet war, glücklich darüber sein, daß der geringste Anlaß einer technischen Panne, die das große Werk noch verhindern hätte können, nun endgültig ausgeräumt war. Bald würden die letzten Mauern fallen, es bedurfte keines künstlich gepflanzten Dschungels mehr, der dem Expansionswillen der Menschheit entgegenstand, keiner optischen Illusion, die den Raum begrenzte. Das letzte Terrain würde der Natur zurückgegeben werden, und erst von diesem Augenblick an würde die Menschheit wirklich frei sein, ohne den gefährlichen Einfluß technischer Systeme, die – obwohl zu guter Letzt in die richtige Richtung gelenkt – doch Fremdkörper geblieben waren.

Und er würde in dieser Welt leben! Gesund, wie er war, stand ihm noch eine lange Zeit bevor, und er würde zumindest eine Ahnung von dem bekommen, was sich nun zu öffnen begann. Wahrscheinlich waren es Jahrhunderte, ja Jahrtausende, in denen der Mensch ein glückhaftes Leben führen würde. Jahrtausende und länger... Aber wie lang? Plötzlich war seine in eine unbestimmte weite Welt des Glücks hinein gerichtete Stimmung verflogen, und die Frage stellte sich ganz nüchtern: wie lange? Diese Menschen waren frei, und sie waren naturverbunden, doch allen paradiesischen Vorstellungen zum Trotz hatten sie Aufgaben und Probleme. Sie würden nach Möglichkeiten suchen, ihre Wünsche zu erfüllen, und diese Wünsche würden sich auf alles das richten, was in einer solchen Umgebung als wünschenswert erscheinen mochte: bessere Nahrung, feste Behausungen, Licht und Wärme, Mittel gegen Gefahren und Krankheiten. Johannes starrte auf die blinkenden Lichter und spürte mit einem Mal eine lähmende Kälte an der Haut. Der Weg begann wieder von vorn – wodurch konnte verhindert werden, daß alle jene Entartungserscheinungen, die der Fortschritt mit sich brachte, noch einmal aufkamen: Entfremdung, Kommerz, Krieg... Vielleicht dauerte es zehntausend Jahre oder mehr, aber eines Tages würde es wieder so weit sein!

Hatten das die Schöpfer des großen Plans wirklich vergessen? Oder hatten sie lediglich ein Prinzip über die Vernunft gestellt? In diesem Augenblick war es gleichgültig. Fieberhaft dachte er darüber nach, ob es nicht doch noch eine Möglichkeit geben könnte, das, was sich da anbahnte, zu verhindern. Wenn es jemand verhindern konnte, dann eben nur noch er, und dann war es aber falsch, sein Gedächtnis löschen zu lassen. Er hatte sich auf die Zeit gefreut, da ihn keine Aufgaben mehr belasten würden, da er von heute auf morgen dahinleben könnte, nur den Anforderungen des Tages hingegeben, zu deren Lösung er alle Voraussetzungen besaß. Ein einfaches, überschaubares Leben... Aber es durfte wohl nicht sein. Es gab noch einen anderen Weg. Ausschaltung des Todesgens... im Medi-Center standen noch alle jene Apparaturen, die nie eingesetzt worden waren: Apparaturen, die ewiges Leben verliehen. Vor ihm stand eine Aufgabe, die noch schwerer war als alles das, was er schon auf sich genommen hatte; seine Einsamkeit würde grenzenlos sein.

Diese Räume lagen so tief unter der Erde, daß sie nicht zerstört zu werden brauchten, es genügte, daß sie mit hundert Meter dicken Schichten von der Oberfläche getrennt waren. Und hier würde er leben, bis es soweit war. Er wußte noch nicht, wie er es feststellen würde, doch es würde Anzeichen geben, und wenn es die Erschütterungen von Atomexplosionen waren. Dann würde seine Zeit gekommen sein: Er würde an die Oberfläche gehen und berichten, was zu berichten wäre, seine Erfahrungen weitergeben, warnen. Rasch entschlossen verließ er den Raum, lief den Gang entlang. Dann stand er vor der Tür des Medi-Centers, drückte auf die Einlaßtaste. Die Tür rührte sich nicht, dafür aber hörte er eine Stimme, von der er gedacht hatte, sie sei für immer verstummt: »Das ist der falsche Weg, Johannes. Die Automaten, die dein Gedächtnis löschen werden, stehen dort drüben.«

»Öffne sofort«, forderte Johannes. »Da gibt es etwas, was wir übersehen haben. Laß mich ein!«

»Glücklicherweise haben wir nichts übersehen, was unseren Plan gefährden könnte«, antwortete Prinz. »Du wirst jetzt dein Gedächtnis löschen lassen, und ein paar Stunden später gehörst du zu den glücklichen Bewohnern einer naturhaften Welt.«

Hinter Johannes ertönte ein leises Rauschen, Gummiräder auf Kunststeinfliesen, zwei Behandlungsautomaten streckten ihre Glieder aus und führten Johannes zur anderen Seite des Ganges, wo alles vorbereitet war. Zwanzig Minuten später lag er auf einer Pritsche in der Dunkelzelle mit drei anderen Männern zusammen, die sich morgen wieder dort befinden würden, woher sie gekommen waren: im Garten Eden.

Auflösung

Ein fremder Planet, fremde Lebensformen... Wie soll der Mensch Geschehnisse begreifen, die sich seinem Wissen entziehen? Und wie soll er zwischen Gut und Böse unterscheiden, wenn es keine Maßstäbe dafür gibt? Hat es Sinn, in einer solchen Welt zu fürchten – und zu hoffen?

»Caleb!« Der Ruf verbreitete sich mit Lichtgeschwindigkeit, lief über die körnig glitzernde Oberfläche des Planeten dahin, brach sich an Steilwänden... Berge, die erst vor kurzem entstanden sein mußten, durch vulkanische Kräfte hochgeschoben.

Ein lebensfeindlicher Planet – so schien es zuerst. Flache Hügel, alle von körnigen Krusten bedeckt, Einebnungen, spiegelnd glatt, matt blau getönt, und da und dort, wie Zyklopenmauern anzusehen, die quergestellten Felslagen.

Inahs Schrei kam aus dem kleinen, aber leistungsfähigen Sender, den sie in ihrem Raumanzug trug. Akustische Verständigung war unmöglich – dieser Planet besaß keine Atmosphäre. Um so verwunderlicher die Existenz von sehr beweglichen spindelförmigen Wolken, nahezu durchsichtig, nur gegen den hellen Hintergrund des Gesteins eine moosartige Struktur erkennbar. Sie hatten sie schon bei der Ankunft bemerkt und für Staub gehalten. Aber Staubkörnchen wären hier wie Steine zu Boden gefallen. Welche Kraft war es, die sie in der Höhe hielt?

Unbekannte physikalische Effekte, die Besonderheiten eines gasfreien Raums ungewöhnlicher chemischer Zusammensetzung. Die Temperaturen weit über dem Siedepunkt des Wassers... aber hier gab es kein Wasser, keine Spur. Dieser Planet erschien so ungewöhnlich, daß zwei Expeditionsteams darauf angesetzt wurden, eines von Ost, das andere von West. Aber nur noch zwei Menschen waren übrig.

»Caleb! Caleb!« Es machte nichts aus, daß Caleb Angehöriger der konkurrierenden Truppe war. Konkurrenz – das bedeutete jetzt nichts mehr. Er war der einzige Mensch außer ihr, das genügte. »Caleb! Caleb, wo bist du?«

In den Schwingungen, wären sie durch einen Empfänger aufgenommen und in Schall verwandelt worden, hätte man die Verzweiflung spüren können. Inah stand noch an jener Stelle, an der sie auf Caleb warten wollte. Doch er kam nicht zurück, nicht rechtzeitig. Einige Zeit hatte sie gehofft, ja daran geglaubt, daß sie beide verschont bleiben würden. Sie hatten mit angesehen, wie es den anderen ergangen war: die Bewegungen plötzlich langsam, dann ein Zustand der Erstarrung. Ein Flimmern der Luft rundherum, Umrisse, die sich verwischten, ein Schatten, der verschwand... Dann nichts mehr, kein Mensch, kein Raumanzug, nur noch das Flirren der Luft, eine Wolke, die entschwebte...

Caleb – Inah wollte den Namen herausschreien, an den sie sich klammerte, den Namen des einzigen Menschen, der noch übriggeblieben war außer ihr. Erst vor einigen Tagen hatten sie sich getroffen – als es schon zu spät war. Die Menschen auf diesem Planeten hatten erkannt, daß sie verloren waren. Die Ordnung war zusammengebrochen, die Teams hatten sich aufgelöst. Inah und Caleb waren geflohen – als könnte man seinem Schicksal entfliehen. Sie kannten einander kaum, hatten sich nur durch die Raumanzüge hindurch gesehen, über Funk gehört... Nun merkte Inah, wie die Erstarrung nach ihr griff. Es war kein unangenehmes Gefühl, sie fühlte sich kraftlos und leicht, und sie war zu keiner Bewegung mehr fähig. Nicht einmal die Stimmbänder gehorchten ihrem Willen. Erstaunlich genug, daß sie noch denken konnte...

Um sie herum ein Flimmern der Luft – sie blickte an sich herunter... da war nur noch ein durchsichtiger Schleier.

Auf einmal fühlte sie sich wieder frei, konnte atmen, sich regen...

»Caleb!« Es war sinnlos geworden, um Hilfe zu rufen – sie wußte es und gehorchte nur noch einem Reflex...

»Hier bin ich.« Es war Caleb. Sie erkannte ihn, obwohl er keinen Raumanzug mehr trug – obwohl er kein Mensch mehr war. »Wir sind gerettet«, sagte Caleb. »Kein Mensch hätte hier überleben können. Nun sind wir gerettet.«

Sie blickte ihn an. Ihre Augen – oder das, was anstelle ihrer Augen getreten war – tasteten seinen Körper ab... Er war wunderschön. Inah empfand das Gefühl unsagbaren Glücks. Sie faßte Caleb an der Hand, auf eine ungewöhnliche, andersartige Weise, und sie hoben vom Boden ab, schwangen sich in die Höhe – schwerelos.

Vorsicht, Fußgänger!

Er hatte seine Schrotpistole eingesteckt, die selbstgebastelten Handgranaten neben sich auf dem Sitz liegen – trotzdem fühlte er sich unsicher. Die Ausrüstung seines Wagens war nicht mehr auf dem neuesten Stand, das teure Panzerglas konnte er sich nicht leisten, seine Funkanlage war kaputt, und die Fußgänger wurden immer aggressiver.

Oh, wie er sie haßte! Wie sie da unscheinbar und ärmlich an den Ecken lauerten, wie sie wieselflink hervorstürzten, wenn sich ein ungeschütztes Opfer näherte, mit welcher Rücksichtslosigkeit sie den angestammten Feind angriffen! Erst am Tag zuvor hatte es einen Audi seiner nächsten Nachbarschaft erwischt, und vorige Woche sogar zwei Mercedes des freiwilligen Streifendienstes. Diesem unmotorisierten Pack waren alle Mittel recht – sie arbeiteten mit kunstvoll errichteten Fallen, Nagelsternen, Farbbeuteln, gespannten Drahtseilen, um ihre Beute wehrlos zu machen, zum Halten zu zwingen, um dann mit Pflastersteinen und Eisenstangen die Fenster einzuschlagen und den Fahrer herauszuholen, ehe er Hilfe durch Funk anfordern konnte. In letzter Zeit setzten sie sogar Haftminen ein – weiß Gott, woher sie den Sprengstoff hatten!

Diesmal mußte er ein ganzes Stück aus dem sicheren Bereich hinaus, mitten durch das Territorium der Fußgänger, und er war sich der Gefahr bewußt. Er fuhr schnell und zügig, stets in Straßenmitte... trotzdem schlug sein Herz merklich höher, sooft er sich einer Kreuzung näherte.

Plötzlich vor ihm eine Bewegung... Eine Gestalt auf dem Bürgersteig, eilig die Mauer entlang... Ob das eine Falle war? Oder bot sich ihm hier eine unerwartete Chance? Weit und breit keine Querstraße, keine Toreinfahrt – keine Gelegenheit, sich zu verstecken. Der Fußgänger schien ihn erst spät zu bemerken, doch dann rannte er mit einem Mal los. Für den Mann am Steuer war es wie ein Reiz, der einen bedingten Reflex auslöst: Er drückte aufs Gas, lenkte das Auto mit den linken Rädern auf den Gehsteig, so daß kaum Platz zwischen den Kotflügeln und der Hausmauer blieb. Rasch näherte er sich dem fliehenden Menschen, schon glaubte er, ihn erwischt zu haben, da machte der eine scharfe Wendung nach rechts und entkam dem Stoß des stacheldrahtverkleideten Kühlers. Bremsen und das Auto herumreißen waren eins, und so begann eine aufregende Jagd: Der Fußgänger in Sprüngen kreuz und quer über den Asphalt, erstaunlich wendig und reaktionsschnell, dahinter der Wagen, schwerer, kräftiger, aber träger in den Kurven, wo es ihn oft vom optimalen Weg abtrieb. Das alles dauerte nur ein paar Minuten, doch schon wurden die Bewegungen des Gejagten langsamer, müder, während das Auto seine volle Kraft behielt... Schon sah es so aus, als bedürfte es nur noch eines entschlossenen Starts, eines kurzen Anlaufs, da splitterte die Scheibe des Seitenfensters, und ein Hagel von Scherben schlug auf den Fahrer ein... Im Eifer des Gefechts hatte er übersehen, daß das von ihm auserkorene Opfer Hilfe bekommen hatte: zwei junge Burschen in der nachlässigen Kleidung der Fußgänger, mit Steinen und Stangen bewaffnet. Sie liefen von der Seite auf das Auto zu, schleuderten etwas vor die Räder...

Sicherheit war das erste Gebot, und so wandte sich der Autofahrer zur Flucht. Glücklicherweise waren keine weiteren Angreifer zu sehen, er hatte Aussicht zu entkommen. Er riß den Wagen herum, nahm seine alte Position in Straßenmitte wieder ein und fuhr los, was der Motor hergab.

Aber es nützte ihm wenig. Zwar kam er noch um einige Kurven herum, erreichte eine menschenleere Gegend im Niemandsland zwischen den Zonen, doch dann begann das Auto zu schleudern, zu rucken, die Fahrt wurde unsicher, langsam, und dann rutschte der Wagen noch ein Stück vorwärts, um endgültig stillzustehen.

Der Fahrer blickte sich vorsichtig um – niemand zu sehen... Er stieg aus, sah sich den Schaden an: Zwei Reifen verloren Luft, er konnte die darinsteckenden Nägel sehen und die herausquellende zähe Flüssigkeit – einige Zeit hatte das Klebemittel den Druck zu halten vermocht, aber eben nur einige Zeit. Er war zu schnell gefahren. Mist!

Wieder blickte er sich um... Kein Fußgänger weit und breit. Von hier war es nicht weit zur Gartenstadt, und dort konnte ihm kaum noch etwas geschehen.

Er nahm eine Handgranate vom Beifahrersitz, stopfte sie in die Jackentasche, wollte eben aufbrechen... da: ein leises Geräusch, das sich rasch näherte, lauter wurde... Er erkannte es sofort: ein Volkswagen. Nicht gerade der vornehmste Wagen, aber doch eine willkommene Hilfe! Er ging dem Fahrzeug einige Schritte entgegen, hob den Arm... und sprang dann – im letzten Augenblick! – beiseite. Welcher Wahnsinn: Der andere hatte ihn zu rammen versucht! Doch ehe er noch zur Besinnung kam, hatte der Wagen gewendet und kam schon wieder auf ihn zu... wieder gelang es ihm, zur Seite zu springen. Dieser verfluchte Autofahrer! Er hetzte ihn erbarmungslos, bremste, ließ den Wagen um die Kurve gleiten, preschte wieder los – und mißachtete alle Zeichen, die ihm der gejagte Mann zu geben versuchte, alle Gebärden der Freundschaft, der Ergebenheit. Nun spürte der Angegriffene, wie ihm der Atem ausging, wie er an Kraft verlor. Er glitt aus, fiel zu Boden. Das schäbige Auto knapp neben ihm, nur noch eine Wendung, dann... Im letzten Moment gelang es dem Mann am Boden, die Handgranate aus der Tasche zu ziehen und sie dem Angreifer auf die Kühlerhaube zu werfen... Ein Knall, ein Feuerschlag – ein kurzer Blick auf eine zerbrochene Windschutzscheibe, auf das Gesicht dahinter, das ihn haßerfüllt anstarrte... Jetzt dreht der Wagen ab und stob davon.

Mit zitternden Gliedern erhob er sich, wankte zur Hausmauer. Er mußte fort von hier, so rasch wie möglich – zu Fuß! Seine Hand schloß sich um den Griff der Schrotpistole. Sollte ihm eines dieser verdammten Autos nahekommen, dann würde er sich zur Wehr setzen, um sein Leben kämpfen... Wie er die Autofahrer haßte!

Layout für ein Gesicht

Bei Aufräumungsarbeiten wurden im Fahrstuhlschacht eines verlassenen Gebäues am Rande von Detroit zwei Skelette gefunden. Aus dem gerichtsmedizinischen Befund ergab sich ein Alter von über 50 Jahren, ein Zeitraum, der die Untersuchung ungewöhnlich kompliziert und aussichtslos erscheinen ließ. Als Chief des zuständigen Kommissariats war ich mit dieser Aufgabe betraut worden. Der einzige Vorteil war, daß ich angesichts der Umstände nicht unter Zeitnot litt.

Selbst die Knochen befanden sich nicht in bestem Zustand, ein Teil davon war – vielleicht infolge chemischer Einflüsse eines nahegelegenen Chemiewerks – in körnige Massen zerfallen. Trotzdem waren die Anzeichen von Verletzungen zu erkennen – offenbar rührten sie von einem Absturz aus größerer Höhe her, vermutlich die Todesursache. Sonst war nicht viel erhalten geblieben, einige Reste der Kleidung – ein Gürtel, die Schuhsohlen, Knöpfe und dergleichen; glücklicherweise aber befand sich eine kunststoffgeprägte Kennkarte dabei, die der Schlüssel zu meinen weiteren Erkundigungen wurde. Wie sich leicht feststellen ließ, gehörte sie einem gewissen Charles Elliott, der vor 62 Jahren als vermißt gemeldet worden war. Er war in einem Institut für Software-Entwicklung und Programmierberatung angestellt gewesen. Zur Zeit seines Todes war er 32 Jahre alt. Diese Zahl stimmte auch mit den Vermutungen der Ärzte überein; dagegen hielten sie die zweite Person für wesentlich, rund 20 bis 30 Jahre, älter. Es sollte sich, ebenfalls aufgrund der Skelettuntersuchung, um einen Mann handeln. Hinweise für seine Identität gab es nicht.

Soviel ich feststellen konnte, waren keine Verwandten von Elliott mehr am Leben, doch das Institut, in dem er gearbeitet hatte, existierte noch, wenngleich unter anderem Namen. Ich konnte sogar einige Personen auffinden, die sich noch an ihren früheren Mitarbeiter erinnern konnten. Übereinstimmend wurde er als ruhig und unauffällig geschildert. Er hatte keine Angehörigen und lebte allein in einem kleinen Appartment. Eine ehemalige Sekretärin, die ich nach einigem Suchen in einem Altersheim fand, erzählte mir noch weitere Einzelheiten aus seinem Leben. In seiner Kindheit hatte er ein tragisches Erlebnis gehabt: Gemeinsam mit seiner um zwei Jahre älteren Schwester war er in die Hände von

Entführern gefallen. Er selbst konnte einige Tage später entfliehen, doch er mußte das Mädchen zurücklassen – es wurde 14 Tage später unterhalb einer Brücke tot aufgefunden, offenbar von den Verbrechern hinuntergestürzt. Sie wurden übrigens nie gefunden. Nur Charles Elliott hatte einen von ihnen gesehen und gehört, doch seine Angaben genügten nicht für eine erfolgversprechende Fahndung. Wahrscheinlich war dieses Erlebnis der Grund dafür, daß er keine Freundschaften einging und als still und menschenscheu galt.

Auch mir fehlten die Anhaltspunkte, die ich dringend gebraucht hätte. Die einzige Stelle, an der ich ansetzen konnte, war das Recheninstitut. Mit Hilfe des sehr entgegenkommenden Abteilungsleiters Dr. Schultz stöberte ich schließlich im Archiv noch einige Magnetbänder auf, auf dem sich seinerzeit von Elliott ausgearbeitete Programme befanden. Eines der Bänder hatte nicht die für die Datenspeicherung übliche Spurenbreite, sondern war beträchtlich schmäler. Wie sich herausstellte, war es ein Tonband. Ich nahm es mit in mein Büro – und hatte endlich eine konkrete Unterlage, die es mir ermöglichte, mich über die näheren Umstände der damaligen Situation zu informieren.

***

An diesem Nachmittag hatte Charles Elliott den Rechnerraum für sich allein. Die anderen Arbeitsplätze waren leer – Spätsommer... einige Kollegen befanden sich noch auf Urlaub, andere waren zu einem Kongreß für elektronische Bildauswertung gefahren. Auch Elliott hätte sich ihnen anschließen sollen, doch war es ihm gelungen sich zu drücken.

Er fühlte sich wohl in seinem Arbeitsraum, wenn er allein war. Durch das Fenster konnte er weit hinunter in die Umgebung blicken, auf ein parkartiges Gelände, das von vielen Straßen und Wegen kreuz und quer zerschnitten war. Die Autos sahen winzig klein aus, sie erinnerten an eine in Panik geratene Herde, wenn sie sich auf das Grünzeichen hin in Bewegung setzten, als wollten sie alles, was sich ihnen in den Weg stellte, niederwalzen. Doch die Entfernung schuf eine wohltuende emotionale Distanz – das alles befand sich außerhalb, es gehörte nicht dazu... Frieden, Abgeschiedenheit, Ruhe... nur die Klimaanlage summte leise.

In diesen ungestörten Stunden wandte sich Elliott gern einigen

Ideen zu, die sich im Laufe der Zeit gesammelt hatten. Als Angehöriger der Forschungsabteilung konnte er sich die Zeit nach eigenem Gutdünken einteilen, außerdem hatte er alle dringenden Aufträge erledigt. Er holte sich ein Notizbuch aus dem Regal, blätterte darin... Da war etwas, was ihn besonders reizte... Kurzentschlossen schwenkte er die drehbare Sitzschale seines Stuhls so herum, daß er der Tastatur des Blattschreibers zugewandt saß. Es war eine harmonische, mühelose Bewegung – Zeichen für die Vertrautheit mit der Umgebung, der Beherrschung aller Hilfsmittel... Elliott überlegte kurz, dann tippte er einige Ziffern und Buchstaben ein – JOB »LAYOUT MAN« –, er wartete kurz... Auf dem Bildschirm erschien ein Koordinatennetz, am oberen linken Rand ein blinkender Punkt. Elliott griff an die Drehkugel, die in die Platte des Tisches eingelassen war, und ließ den Curser nach rechts unten laufen. Durch einen Tastendruck markierte er den ersten Punkt, wählte einen anderen... Schließlich waren es etwa 20 Positionen, die eine scheinbar unregelmäßige Verteilung auf dem Bildschirm einnahmen.

Elliott ging die Codeliste flüchtig durch, auf der Suche nach dem Befehl für eine Spiegelung im Raum. Er tippte die Buchstabenfolge ein, wartete kurz... Die maschinelle Intelligenz warf in rascher Folge weitere Punkte auf den Bildschirm – die Figur, die entstanden war, erinnerte an das Muster eines Schmetterlings. Nun nahm Elliott sein Notizbuch zu Hilfe, um die richtige Folge von Befehlen zu finden, die aufgrund der eingegebenen Stützpunkte eine Raumfläche errichten sollte. Diesmal dauerte es ein wenig länger, doch dann erschienen die in verschiedenen Graustufen dargestellten Dreiecke, die zusammen ein perspektivisch dargestelltes, bilateral symmetrisches Gebilde aufbauten; angenommener Lichteinfall: Neigung 45 Grad von links oben. Auf der Bildfläche flimmerte nun eine Figur, die entfernte Ähnlichkeit mit einem menschlichen Gesicht hatte – die Ähnlichkeit einer reglosen Maske. Elliott sah sich das Ergebnis kurz an, dann leitete er eine Glättungsoperation ein. Diesmal dauerte es etwas länger, bis der Rechner die rund 100000 Einzelpositionen ermittelt hatte, die nun zu berücksichtigen waren... Dann aber lief eine helle Zeile von oben nach unten, löschte das alte Bild und ließ ein neues entstehen: diesmal ohne Ecken und Kanten – ein glattes Gesicht mit verlaufenden Grautönen wie aus Kunststoff modelliert.

Es kam einem menschlichen Antlitz schon viel näher als das roh geschnitzte Gesicht der ersten Näherung, aber noch immer war es tot. Es war viel lebloser als ein Abbild, gedruckt oder fotografiert, das ja auch nichts anderes ist als eine Verteilung von Grauwerten über eine Fläche, eine Umsetzung, ein Modell, eine Projektion – weit entfernt vom Vorbild, das ihm zugrundeliegt. Worin besteht der Unterschied? Was sind jene unscheinbaren Merkmale, auf die das menschliche Wahrnehmungsvermögen so empfindlich reagiert – und die die Zeichnung auf dem Fluoreszenzschirm vermissen ließ? Nun, eines war klar: Der glatt geschliffenen Raumfläche, die da von einem Elektronenstrahl hingeworfen wurde, fehlte noch einiges, was ein menschliches Gesicht aufweist. Das lag vor allem an den Augen, die viel zu vereinfacht erschienen. Ähnliches galt für den Mund, hier mußten weitaus mehr Stützpunkte hergegeben werden als für die übrigen Partien. Auch der Haaransatz bedurfte einer besonderen Überlegung – sollte man sich auf detaillierte Durchzeichnung verlassen oder genügte es, eine Art Faserstruktur zu konzipieren, die den Eindruck der Behaarung vortäuschte?

Zuerst wandte sich Elliott den Lippen zu, die ihm das einfachste Problem zu sein schienen. An diesem Nachmittag kam er nicht weit – als die Zeit des Dienstschlusses heranrückte, die er selbst bestimmen durfte, hatte er erst einen groben Entwurf für ein Unterprogramm für die Gestaltung des Mundes zuwege gebracht. Die Realisation auf dem Bildschirm verschob er auf ein nächstes Mal.

***

Man konnte das, was das Tonband enthielt, nun nicht gerade als ein Tagebuch bezeichnen – Elliott hatte alles mögliche, was ihm wichtig erschien, festgehalten – Zusammenfassungen von Diskussionen mit Kollegen, stichwortartige Auszüge aus Zeitschriftenartikeln und von Vorträgen, Entwürfe für Arbeitsprotokolle und Veröffentlichungen; persönliche Dinge wurden nur selten erwähnt, und zwar in einer Form, die Interpretationen nötig machte. Immerhin gelang es mir, ein Bild von Charles Elliotts Gewohnheiten, Arbeits- und Denkweise zu machen. Zu mehr schien es allerdings nicht zu reichen – der Programmierer schien nichts anderes als seine Arbeit gekannt zu haben, selbst seine persönlichen Anmerkungen betrafen mathematische oder logische Probleme. Personen wurden kaum erwähnt, und wenn doch einmal ein Name auftauchte, handelte es sich stets um Mitarbeiter, Fachkollegen und um Spezialisten, mit denen er offenbar in Briefwechsel stand. Dennoch hörte ich mir das Band vollständig an – ich hoffte, zumindest einen indirekten Hinweis zu finden, vielleicht auf seine Verfassung, auf seine Stimmung...

Elliotts Sekretärin, die ich später ein zweites Mal im Altenheim aufsuchte, wies auf eine mögliche Erklärung hin. »Ich habe nie einen Funken Lebensfreude an ihm entdeckt«, sagte sie. »Wenn wir einmal feierten, Geburtstag, Weihnachten oder Fasching – er blieb nur so lang, als es die Höflichkeit unbedingt erforderte. Dann verschwand er unauffällig. Sein Pessimismus... seine Schwermut... könnte das nicht mit seinem Tod zusammenhängen?«

»Sie meinen: Selbstmord?« Dagegen sprach doch einiges. »Immerhin haben wir zwei Skelette gefunden – das deutet auf eine Auseinandersetzung.«

»Sind Sie sicher, daß beide zur gleichen Zeit abstürzten? Können Sie es beweisen?« Und als ich den Kopf schüttelte, fügte sie hinzu: »Sehen Sie – somit ist auch die Möglichkeit nicht auszuschließen, daß es sich um zwei Unglücksfälle handelt, die nichts miteinander zu tun haben.«

Ich dachte lange über diese Hypothese nach. Je mehr ich überlegte, um so mehr mußte ich zugeben, daß sie Hand und Fuß hatte. Charles Elliott in einer tätlichen Auseinandersetzung mit einem älteren Mann? Eigentlich nicht vorstellbar. Also warum nicht Selbstmord? Bei seiner Veranlagung bedurfte es nicht unbedingt eines schwerwiegenden Anlasses. Bei einem labilen Menschen genügt oft schon eine geringfügige Beanspruchung. Und dafür gab es auf dem Band einige Indizien.

***

In den kommenden Tagen gab es immer wieder Stunden, in denen sich Charles Elliott seiner selbst gestellten Aufgabe zuwenden konnte. Aus einem nicht näher erklärlichen Impuls heraus scheute er davor zurück, sich dem Problem der Gesichtsmodellierung zu widmen, wenn Kollegen anwesend waren. Nicht, daß er kein Recht dazu gehabt hätte... Wenn man sich mit freien Programmierversuchen beschäftigt, und schienen sie noch so absurd, so lassen sich dennoch meist Anwendungsmöglichkeiten angeben. In diesem Fall war das gar nicht so schwer: beispielsweise die Beschreibung der Gesichtszüge durch einen Satz normierter Kenngrößen oder ihre Einteilung aufgrund rassenbedingter Merkmale – zweifellos ein wünschenswerter Beitrag zur Anthropologie. Eine weitere Möglichkeit der Nutzung gab es im computergenerierten Trickfilm: bei der wirklichkeitsgetreuen Darstellung von Menschen – in Kunst und Werbung mußten sich damit beachtliche Effekte erzielen lassen, beispielsweise die kontinuierliche Verwandlung eines Gesichts in ein anderes, die Simulation von Alterungsprozessen, oder – noch naheliegender – die Zuordnung des Mienenspiels zu bestimmten Gefühlslagen. Und trotzdem – das waren nicht die Gründe, die Charles Elliott zur Beschäftigung mit diesem Themenkreis brachten. Was war es aber, das ihn dazu herausforderte? Er wußte es selbst nicht. Er merkte nur, daß ihn das Problem mehr und mehr faszinierte.

Jedenfalls war es sehr befriedigend für ihn, daß seine Arbeit erfolgreich verlief. Schon der Einsatz des Mundes, nach seinem Unterprogramm gestaltet, wurde zu einem Erlebnis. Deckte man die Augenpartie ab, die noch zu wünschen übrigließ, dann war die Näherung von Kinn, Nase und Mund an ein Foto oder Fernsehbild schon recht gut gelungen.

Auch für die Wiedergabe der Haare fand er eine elegante Lösung – er wandte eine Störfunktion auf ein Parallelraster an und stellte es schließlich in einer transformierten Weise dar, die dem »Soften« der Fotografie entsprach. Zwar waren einzelne Haare nicht zu erkennen, doch wer achtet schon darauf, wenn er einem Menschen gegenübersteht? Jedenfalls war dieses Teilproblem gelöst – und es stand auch nicht im Mittelpunkt. Am schwierigsten war die Simulation der Augen.

Nach einigen Versuchen hatte er eine befriedigende Lösung für die geometrische Modellierung gefunden; nur in extremer Vergrößerung – ein Auge über den ganzen Bildschirm gebreitet – waren Abweichungen vom menschlichen Vorbild zu erkennen. Etwas schwieriger war es, den Glanz der auf dem Augapfel liegenden Flüssigkeitsschicht nachzuahmen. Hierzu mußten zusätzliche, äußerliche Parameter festgelegt werden, beispielsweise über die Beleuchtungsverhältnisse, eine fiktive Anordnung der Lichtquellen im Raum usf.

Den größten Zeitaufwand kostete der Übergang zur Bewegung. Einige Zeit lang suchte Elliott nach dem Mittelpunkt des Kugelausschnitts, um den der Augapfel bei der Blickbewegung schwenken sollte. Überraschend schnell hatte er ihn auch gefunden, doch der Eindruck dieses Auges, das nun der Reihe nach verschiedene imaginäre Punkte vor dem Bildschirm zu fixieren schien, wirkte seltsam starr – eine Glaskugel ohne Funktion, in den Kopf einer Puppe gebettet. Erst viel später kam Elliott darauf, daß es unzählige kleine Zitterbewegungen des Auges sind – bewußt gar nicht aufnehmbar –, die die maskenhafte Starre einer überraschenden Lebendigkeit weichen lassen. Das Ergebnis war tatsächlich verblüffend: Nun entsprach der Kopf auf der grauen Scheibe einer Fernsehaufnahme – geradezu zwingend war die Vorstellung, man säße vor dem Empfänger und betrachte das Bild der Ansagerin oder wäre über ein Videophon mit einem Gesprächspartner verbunden.

***

Über Probleme der Computergrafik weiß ich nun schon eine ganze Menge, wenn ich auch nicht verstehen kann, wieso man sich mit einer solchen Verbissenheit in ein Thema vergraben kann. Aber vielleicht sind Programmierer wirklich andere Menschen!

Der ehemalige Chef von Charles Elliott, heute schon weit über 80 Jahre, lebte bei seiner Tochter in New York – es hatte eine Weile gedauert, ehe ich ihn ausfindig gemacht hatte. Ich fand ihn noch recht gut in Schwung, insbesondere geistig merkte man ihm sein Alter nicht an. Auch sein Engagement für seinen Beruf war ihm nicht abhanden gekommen; wie er mir erzählte, beschäftigte er sich immer noch mit dem Problem grafischer Darstellungen, allerdings nun rein ornamentaler Konfigurationen ohne praktischen Wert. Er konnte sich noch gut an seinen Mitarbeiter erinnern und an die Aufregung, die es im Institut verursacht hatte, als er als vermißt gemeldet wurde. Ich fragte ihn, ob die Art und Weise, wie er sein Privatleben gegenüber der beruflichen Tätigkeit hintanstellte, der Fanatismus, mit dem er ein Problem zu lösen versuchte, nicht auf einen gewissen menschlichen Defekt hinweisen könnte. Dr. Hoffner, so hieß der alte Herr, verneinte das mit Nachdruck. Er hielt mir einen langen Vortrag über die Neuartigkeit und Wichtigkeit des Elliottschen Projekts, und ich gewann den Eindruck, daß er von seinem Fachgebiet zumindest ebenso begeistert war, wie ich es bei Elliott annahm. Er redete lange, wobei er eine Menge schwer verständlicher Fremdworte gebrauchte, so daß ich Mühe hatte, mir den Sinn zusammenzureimen. Auch er erwähnte anthropologische Kenngrößen, die er mit dem Irismuster oder mit Fingerabdrücken verglich. Seiner Meinung nach lag der Wert von Elliotts Erfindung in einer neuen Möglichkeit zur Erstellung von Phantombildern zu Fahndungszwecken, die früher von Malern oder Grafikern hergestellt wurden. Diese Methode kannte ich natürlich, aber es war interessant für mich zu hören, daß das Verfahren auf Charles Elliott zurückging. Jedenfalls wies der alte Computerwissenschaftler jeden Verdacht eines Selbstmords entschieden zurück, und schon gar nicht war er bereit, in der Entschiedenheit, mit der Elliott sein Projekt zu verwirklichen versuchte, ein Verdachtsmoment zu sehen. Er war überzeugt davon, daß die Beschäftigung mit dem Programm zur Simulation von Gesichtern, Elliotts letzte Arbeit, keinerlei Zusammenhang mit seinem unvorhergesehenen Tod hatte.

***

Wenn es Elliott auch gewünscht hätte, so war doch klar, daß seine Tätigkeit den Kollegen nicht auf die Dauer verborgen bleiben konnte. Sein Chef zeigte sich sogar sehr interessiert, und er versuchte ihn auf verschiedene praktische Fragen zu lenken – verständlich, denn das Institut sollte gewinnbringend arbeiten. Dabei übte er aber keinerlei Druck aus; offenbar war er sich dessen bewußt, daß ein empfindsamer Mann wie Elliott nicht in der gewünschten Art darauf reagiert hätte – viel günstiger erschien es, ihn selbständig arbeiten zu lassen. Solange ihm seine Tätigkeit Spaß machte, waren auch die besten Ergebnisse zu erwarten.

Da sein neues Projekt nun bekannt geworden war, konnte er nicht umhin, sich auch anwendungstechnischen Fragen ernsthaft zu widmen, doch tat er das immer nur nebenbei, gewissermaßen als Alibi für seine Programmentwicklung, die nun schon seine gesamte Arbeitszeit erforderte. Dabei hätte er selbst noch immer nicht sagen können, was es war, das ihn so reizte. War es die naturgetreue Nachahmung des Menschen? Dann wäre sein Eifer vielleicht dem eines klassischen Künstlers verwandt gewesen, dem es um eine Art Nachvollzug des Schöpfungsakts ging. Oder war es die Frage, wie weit sich die menschliche Persönlichkeit, die Eigenart eines Gesichts, mit einem Computer fassen ließ? Dann wäre es der uralte Antrieb des Wissenschaftlers gewesen, der sich nicht mit dem Verstehen begnügt, sondern selbst eingreifen, selbst gestalten will. Seine Arbeit schlug ihn mehr und mehr in Bann – so sehr, daß er sich nicht um theoretische Aspekte kümmerte. Noch immer erforderten die ungelösten Fragen den vollen Einsatz seines Verstands, und er war mit dem Erreichten noch lange nicht zufrieden.

Das Bild, das ihm nun als Ergebnis einer langwierigen Arbeit vorlag, war von jenem eines Menschen nicht zu unterscheiden. Zeigte es das Gesicht eines Mannes oder einer Frau? Die Züge waren ebenmäßig, die Haut war glatt, Eigenschaften des Weiblichen. In seltsamem Gegensatz dazu standen die Augen, die hart und kalt blickten – Elliott glaubte sogar, etwas Böses darin zu erkennen. Als er sich bei diesem Gedanken ertappte, stellte er mit Verwunderung fest, daß er ein ungewöhnliches Verhältnis zu seiner Schöpfung hatte. Es war ganz anders als sonst, wenn er eine komplizierte Aufgabe bewältigt hatte und sich nun – zum ersten Mal als unbeteiligter Beobachter – das Ergebnis ansah. Dann empfand er Zufriedenheit, Genugtuung, Freude; und diese Gefühle traten noch öfter ein, wenn er sich die Lösung vergegenwärtigte oder auf dem Bildschirm ausgeben ließ. Auch diesmal war er zufrieden, aber auf ganz andere Art. Es war keine neutrale Beziehung, die er zum grafischen Resultat seines Programms hatte. Lag es daran, daß dieses eben keine Konstruktionszeichnung war, kein Diagramm, das einen technischen oder wissenschaftlichen Zusammenhang zeigte, sondern etwas, dem gegenüber wir ganz andere Einstellungen haben – eben ein Mensch? Vielleicht sind es uralte Verhaltensweisen, die automatisch lebendig werden, sobald wir mit Abbildern unserer selbst konfrontiert sind, gleichgültig, ob sie nun als Projektionen lebendiger Organismen auf der Netzhaut oder durch mathematisch-logische Operationen auf dem Bildschirm entstehen. Mit solchen und ähnlichen Überlegungen versuchte Elliott seine Reaktion zu erklären, doch konnte er nicht darüber hinweggehen, daß in seinem besonderen Fall noch etwas anderes dazukam. Dieses Gesicht hatte sich ihm noch nicht eröffnet – es steckte noch etwas dahinter, das er nicht zu fassen bekam, eine Art Herausforderung, der er sich nicht entziehen konnte. An diesen weichen Zügen war noch etwas falsch, unstimmig, und er konnte sich nicht zufriedengeben, ehe er den Fehler nicht behoben hatte.

Was mußte er tun, um nicht irgendein Gesicht zu erhalten, sondern ein ganz bestimmtes, das Persönlichkeit verriet, in das ein Schicksal gezeichnet war? Wahrscheinlich war die Reihe der Gesichter, die er durch Glättungs- und Symmetriesierungsoperationen erhielt, viel harmonischer als die Wirklichkeit. Er mußte lernen, auch das Gestörte, das Häßliche zu erfassen.

Elliott merkte, daß er durch explizites Programmieren nicht weiterkommen konnte. So arbeitete er ein Arbeitssystem aus, das nach der trial-and-error-Methode einsetzbar war. Wochenlang saß er vor dem Bildschirm, änderte Parameter, wandte Transformationen an – geringfügige Verzerrungen, Dehnungen und Stauchungen, die sich aber unerwartet nachhaltig auswirkten. Aus eigener Erfahrung lernte er, wie ausgeprägt das Wahrnehmungsvermögen für Gesichter ist, wie empfindlich es schon auf geringste Veränderungen reagiert. Ähnliches gilt für das Netzwerk der Falten – in der Umgebung der Augen, auf der Stirn, um den Mund herum... Mit dem Lichtgriffel trug er Strukturen auf, verteilte sie, verschob sie, verstärkte und milderte sie und löschte sie wieder. Es war ein richtiges Erlebnis zu beobachten, wie das, was eigentlich nichts anderes war als ein Muster von Falten, gekreuzte helle und dunkle Striche auf dem Bildschirm, zu Spuren undefinierten Erlebens wurden, Runenschrift von Erfahrung, Gravur von Freude und Leid, erkennbar, deutbar, verständlich – obwohl es nichts zu erkennen, zu deuten oder zu verstehen gab.

Mehr und mehr verfiel Charles Elliott seinem eigenen Verfahren. Er ließ immer wieder neue Gesichter entstehen, hunderte, tausende, als befände er sich auf der Suche nach irgendeinem festgelegten Ziel, das er aber in Wirklichkeit nicht kannte.

Jetzt ließ er sich selbst durch die Anteilnahme der Vorgesetzten und Kollegen nicht mehr stören; er saß da, wie von einem Fieber erfaßt, als wüßte er nicht, was um ihn herum vorging. Nur widerwillig ging er auf die Anregungen von Dr. Hoffner ein, der nun seine auf Nutzanwendung gerichteten Erwartungen Gestalt gewinnen sah. Die größten Chancen räumte er dem Gebrauch in der Kriminalistik ein, bei der Fahndung nach Verbrechern, Zeugen, Kontaktpersonen... Er besorgte anthropometrische Daten aus dem humangenetischen Institut der Universität, und Elliott baute danach Gesichter auf. Er bestellte einen Spezialisten des Polizeipräsidiums, der eine ganze Reihe von Versuchen anregte. Dr. Hoffner war es auch, der ein Programm ausarbeitete, das aufgrund der eingegebenen Kenndaten in den Karteien der Einwohnermeldeämter nach den betroffenen Personen suchte. Zur Kontrolle ließen sie sich in einigen Fällen auch deren Fotos über Video einspielen, aber noch war das Verfahren nicht ausgereift – die Ähnlichkeit der Gesichter ließ zu wünschen übrig.

***

Offenbar war Charles Elliott sein eigener strengster Kritiker, denn er gab sich noch längst nicht mit seinen Ergebnissen zufrieden, sondern versuchte das Programm immer weiter zu verbessern. Ich konnte mich selbst von den Fortschritten seiner Arbeit überzeugen – die Folge seiner stetig verbesserten Programme fand sich wohlgeordnet im Archiv. Obwohl die Rechensysteme im Laufe der Zeit mehrfach gegen modernere ausgetauscht worden waren, erwies sich die Form der Eingabe noch als anwendbar – dazu bedurfte es nur geringfügiger vorbereitender Eingriffe. Zwar gab es dann noch einige Verzögerungen – offenbar war es nötig, einiges über die Anwendung des Programms zu wissen –, dann aber gaben wir einige beliebige Daten ein... Und auf dem Bildschirm erschien ein menschliches Gesicht. Es war nicht anders, als es Elliott auf dem Tonband beschrieben hatte, und doch wieder unerwartet – zum ersten Mal konnte ich selbst den Eindruck nachempfinden, den diese Arbeit auf ihn gemacht haben mußte. Irgendwie war ich betroffen... Es sah aus, als hätte man einen Menschen aus der Retorte produziert. Die Augen blickten intelligent, sie änderten einige Male den Blickwinkel, und dann bildete ich mir ein, daß sie mich fixierten. Es war mir fast peinlich, als ich merkte, wie mich dieses Gesicht anstarrte... Da bewegten sich die Lippen, und eine Stimme sagte: »Warum habt ihr mich gestört?«

So erstaunlich diese Begebenheit war, so ließ sie sich natürlich rational erklären; wir stellten fest, daß Charles Elliott sein Programm LAYOUT MAN mit einer Stimmsyntheseroutine kombiniert hatte – und so hatte er seinen Köpfen das Sprechen beigebracht. Taschenspielertrick eines Informatikers – oder mehr?

Konnte es zwischen dem Programmierer und seinem Werk nicht doch eine besondere Beziehung geben, die der Schlüssel für die späteren Ereignisse waren? Hatten wir es hier mit einer modernen Neuauflage der alten Geschichten von Dr. Faust und dem Homunculus von Rabbi Loew und Golem, von Frankenstein und seinem

Monster zu tun? Hatte Elliott sein mathematisches Gebilde für lebendig gehalten, war er ihm auf tragische Weise verfallen? Seine traurige Kindheit, seine Menschenscheu, seine verbissene Hingabe in seine Arbeit... hatte ihn alles das aus dem Gleichgewicht gebracht, zum Wahnsinn getrieben?

Als ich solche Erwägungen anstellte, befand ich mich noch unter dem Eindruck des sprechenden Kopfes auf dem Bildschirm. Kein Wunder, daß meine Erklärungsversuche etwas phantastisch ausfielen! Dann aber sah ich es wieder nüchterner: Elliott mochte kindheitsgeschädigt sein, labil, depressiv oder wie man es sonst nannte, doch er war ein Produkt unseres wissenschaftlichen Zeitalters, unserer technischen Welt. Er war Programmierer, er gehörte zu den rational orientierten Menschen; in allem, was er dachte und tat, gab es keine Spur von Mystik. Er hatte Raumflächen generiert, Bewegungen, Schallphänomene, das alles nach dem Vorbild der Natur, und es war ihm nach den gegebenen Möglichkeiten zufriedenstellend gelungen. Doch das, was er vor sich sah und was ihn so täuschend wach anblickte, war nichts anderes als eine leere Hülle. Eine Oberfläche, im Raum gekrümmt, doch nicht einmal hohl – denn dahinter befand sich nichts. Nicht einmal Leere – weniger als nichts. Gruppen von Stützpunkten, Glättungsfunktionen, Intrapolationen fünften Grades. Grauwertzuordnungen, Farbwerte, die Vortäuschung von Bewegung nach Unterprogrammen... Und das alles noch außerordentlich grob, nur Geometrie, nur Kinetik, nur Schall – keine einzige pulsierende Zelle, kein Gedanke, der dahinter steckt.

Er hatte ein Gesicht dargestellt – ein Gesicht, als Endergebnis langer Bemühungen. Dieses Gesicht, diese Stimme – sie waren das Ziel seiner Arbeit. Damit war das Projekt abgeschlossen, auch für ihn. Es gab kein weiteres Speicherband mehr.

***

Um einen Menschen mit Leben zu erfüllen, bedarf es der Sprache. War es möglich, den abgebildeten Köpfen das Sprechen zu lehren? In der Bibliothek standen einige Bücher über generative Grammatik, über synthetische Sprache, über die Methoden, einen echt erscheinenden Stimmfall zu erzeugen. Elliott stellte fest, daß für sein Problem schon gute Vorarbeit geleistet worden war, und so konnte er unverzögert und zielgerecht vorgehen. Der Computer erfüllte alle Voraussetzungen zur Synthese von Schwingungen im hörbaren Bereich, zur Überlagerung der elementaren digitalen Bausteine, aus denen sich jedes akustische Phänomen aufbauen läßt. Schon die ersten Versuche führten zu gut verständlichen Sätzen, und wenn man eine leichte sinusförmige Modulation aufsetzte, bekam die Stimme sogar so etwas wie menschliche Wärme – Gefühl.

Mit der Generierung der Laute war es allerdings nicht getan – nun mußte auch noch die Lippenbewegung synchron zur Sprache erfolgen. Ein kniffeliges Problem! Zuerst war das Ergebnis wenig anders, als es von schlecht synchronisierten Filmen bekannt ist. Allmählich gelang die Abstimmung aber immer besser, und schließlich besaß Charles Elliott ein weiteres Unterprogramm, mit dem das Problem praktisch gelöst war.

Als es dann aber soweit war, daß er sein Gegenüber auf dem Bildschirm Worte sprechen lassen konnte, zögerte er. Es war völlig belanglos, was für Worte das waren, und doch dachte er längere Zeit darüber nach. Schließlich tippte er den Satz ein: ICH BIN DER MANN, DEN DU GESUCHT HAST. Die Worte standen auf dem Bildschirm, er drückte die Taste ENTER... Es sah aus, als würde das Wesen, das hinter dem Bildschirm existent war, einen Moment zögern. Dann aber blickten ihn die Augen an, der Mund öffnete sich, und er hörte, was er verlangt hatte: »Ich bin der Mann, den du gesucht hast.«

Elliott saß wie erstarrt... Das war der Mann, den er gesucht hatte. Das Gesicht... einst hatte er es ganz lebendig vor sich gesehen, hatte versucht, es den anderen zu beschreiben, es zu zeichnen... Alle Versuche wären vergeblich gewesen. Inzwischen war die Erinnerung verblaßt – so hatte er es zumindest gedacht. Jetzt, plötzlich, wußte er, daß das nicht so war. Dieses Gesicht... eigentlich ein alltägliches Gesicht, kein stechender Blick, keine Verbrechervisage – und doch, für ihn, der Inbegriff des Bösen. Ganz plötzlich war es wieder aufgetaucht, längst Verschüttetes wieder aktiviert, der Vergangenheit entrissen...

Und die Stimme. Das Gesicht hatte er damals nur kurz gesehen, es war Nacht gewesen, Dunkelheit, nur wenige zufällig darauffallende Lichter, die die Züge nachzeichneten... Aber die Stimme, diese Stimme hatte er mehrmals gehört, sie war ihm viel deutlicher im Gedächtnis geblieben als das Gesicht. Und trotzdem – zwecklos! Wie sollte das Kind, das er gewesen war, diese Stimme beschreiben? Hell oder dunkel, ein markanter Tonfall, Anflug eines Dialekts... Was verstand er davon – damals? Und auch dieser Eindruck... im Laufe der Zeit verblaßt, verschwommen. Aber jetzt... das war sie, diese Stimme. Die Stimme, die zum Gesicht gehörte. Ein Mensch – seine Spuren längst verwischt, verloren – und da war er aus dem Nichts wieder aufgetaucht! Zufall oder Bestimmung? Ungeahnte Fähigkeiten der Computerlogik oder Zusammenhänge ganz anderer Art? Die wissenschaftliche Basis, die theoretische Erklärung... Das alles hatte Charles Elliott schon die ganze Zeit nicht interessiert, während er sich seiner Arbeit gewidmet hatte. Und jetzt interessierte es ihn erst recht nicht. Er drückte einige Tasten und aktivierte das Fahndungsprogramm.

***

Die Arbeit, die ich Monate zuvor ohne rechte Hoffnung begonnen hatte, führte also doch zu einem Ziel. Zwar sind es nur Indizien, die mir zu einer Erklärung verhalfen – über den Hergang des Geschehens kann ich nur Vermutungen aufstellen. In einem Polizeibericht haben sie keine Berechtigung – trotzdem habe ich sie aufgezeichnet, und eigentlich bin ich sicher, daß alles so verlaufen ist, wie ich es mir denke.

So war es doch die Arbeit des Programmierers, die auf die Spur der Ereignisse geführt hat. Eine nüchterne Tätigkeit, Arbeit mit Zahlen, Daten, logischen Zusammenhängen. Aber das, was sie ausdrücken, ist doch weitaus mehr, als ich es gedacht hatte. Diese elektronischen Systeme – Mittel, um die Welt zu quantisieren, zu digitalisieren. Alles und jedes ist erfaßbar, nichts entzieht sich dem Zugriff – nicht einmal Haß, Furcht, Rache. Einen Menschen neu entstehen zu lassen... wird damit das Mysterium der Wiedergeburt, der Reinkarnation, wahr? Vielleicht ist es tatsächlich so, wenn auch auf andere Weise als erwartet – ohne Eingreifen höherer Mächte, ohne Wunder...

Die Bänder lieferten mir die konkreten Anhaltspunkte, die ich brauchte: die anthropometrischen Kenngrößen, das Stimmprofil. Es war nicht schwer, die dazugehörige Person zu finden – tot oder lebendig –, und auch Charles Elliott mußte das mühelos gelungen sein. Ich stieß auf einen Mann des Namens Jerry Morrison, der nicht nur in der Einwohnerkartei, sondern auch im Verbrecheralbum zu finden war: Betrug, Erpressung, mehrfache Körperverletzung, dazu einige vermutete Zusammenhänge mit ungeklärten Verbrechen. Eine Teilnahme am Entführungsfall aus der Kindheit Charles Elliotts war nicht auszuschließen.

Wie gesagt – ich habe keine Beweise für den Hergang der Tat. Tatsache aber ist, daß Jerry Morrison seit derselben Zeit vermißt wird wie Charles Elliott.

***

Charles Elliott hatte den Mann gefunden – den Mann, den er gesucht hatte. Was bisher nicht viel mehr gewesen war als ein Schemen, war Wirklichkeit geworden, ausgedrückt durch exakte Angaben, Daten, Zahlen – Auszug aus dem Register der Meldebehörde, ergänzt durch Angaben der Polizei... Und dahinter ein Mann, ein Bewohner der Stadt, lebendig, aktiv – in einer Art der Aktivität, die sich gegen die anderen richtet, gegen die Gemeinschaft der Rechtschaffenen...

Das Fahndungsprogramm, die Methode der Simulation menschlicher Gesichter, die jahrelange berufliche Tätigkeit, die Ausbildung an der technischen Universität – eigentlich hatte er nie gewußt, warum er sich für dieses Fach entschieden hatte. Es war fast von selbst geschehen, ein Weg, durch unsichtbare Marken vorgezeichnet, dem man automatisch folgt, ohne die Beweggründe zu ahnen. Jetzt sah alles auf einmal ganz anders aus... was er vorher dumpf und widerstandslos hingenommen hatte – weil es sich eben so ergab –, erschien nun plötzlich logisch, unausweichlich. War das alles, ohne daß er es gemerkt hatte, auf ein einziges Ziel ausgerichtet gewesen? Vielleicht war es so – und dann hatte er dieses Ziel jetzt erreicht.

Aber was nun? Alles weiterlaufen lassen – unwillkürlich kam ihm dieser Gedanke. Aber im selben Moment verwarf er ihn auch schon. Von diesem Augenblick an konnte er nicht mehr so weiterleben wie bisher. Irgend etwas mußte geschehen, irgend etwas mußte er unternehmen... Und in diesem Moment spürte er auch schon eine Angst vor dem, was er tun mußte, was unausweichlich schien...

Er mußte diesen Mann sehen – alles in ihm bäumte sich dagegen auf, aber es war unvermeidlich. Und er selbst mußte es veranlassen. Ein Anruf, ein Vorwand, der Hinweis auf ein Geschäft – er wußte genau, womit er das Interesse des anderen erregen konnte. Übergabe von Diebesgut, Gold, Diamanten, Papiere – im Grunde genommen war es gleichgültig, wofür er sich entschied. Es mußte nur etwas sein, was den Lebensgewohnheiten eines Mannes entsprach, der sein ganzes Leben hindurch außerhalb des Gesetzes agiert hatte. Der Hinweis auf eine Person, die der andere kannte, Bezug zu einer jener Aktionen, die gegen fremde Rechte, fremdes Eigentum gerichtet und doch straffrei ausgegangen waren... Aus den Angaben auf dem Bildschirm kannte er die Kontaktpersonen, kannte er die Aktionen. Es fiel ihm nicht schwer, sich etwas auszudenken...

Der Namenlose, der plötzlich einen Namen hatte, Jerry Morrison, war vorsichtig und verschlagen. Es dauerte eine Weile, bis ihn Elliott dazu gebracht hatte, einem Treffen zuzustimmen. Und Morrison war es, der den Ort bestimmte: ein altes, verfallenes Bürogebäude, draußen am Rande der Stadt. Charles Elliott ging schon Stunden vorher hin, streifte durch eine Landschaft von Ruinen aus Beton und Stahl, von einer Düsternis ganz anderer Art als jene alter Schlösser und Burgen. Es war die angemessene Kulisse eines Geschehens, für das es – so oder so – keinen annehmbaren Ausgang geben konnte. Eingestürzte Wände, zerbrochene Fenster, die Leitungen herausgerissen, zerfetzte Tapeten, zersplitterter Kunststoff...

Treffpunkt am Ende einer Treppe in der zwölften Etage... Abend – das leere Gebäude von Dämmerung erfüllt. Schritte, in Mörtelgrus knirschend, eine schlagende Tür, eine Handvoll Staub, vom Wind getragen... In der Erweiterung des Ganges, Fluchtwege nach drei Seiten, eine dunkle Gestalt.

»Halten wir uns nicht auf! Wo ist der Schmuck?«

Diese Stimme – durch das Telefon hatte sie verzerrt geklungen. Hier hörte er sie unverfälscht, zum ersten Mal nach drei Jahrzehnten. Ja – er erkannte sie sofort, es bestand kein Zweifel. Dieser Mann, in grauem Regenmantel, den Kragen hochgestülpt... Die Gesichtszüge im Schatten. Aber diese Stimme!

»Du hast keinen Schmuck – wie? Soll das eine Falle sein? Was willst du von mir!«

Der Mann trat einen Schritt zurück, seine Haltung geduckt, abwehrbereit...

Charles Elliott mußte Gewißheit haben... dieses Gesicht... Ein rascher Schritt auf den Verbrecher zu, er fühlte eine Hand an der

Gurgel – aber nun sah er es vor sich, das Motiv seiner ungezählten Versuche, das Original, das er längst verschüttet glaubte, verloren, vergessen, und das nun, durch den Fortschritt einer raffinierten Technik, wieder auferstanden war.

Der andere würgte ihn, und – automatisch, ohne klare Absicht – wehrte er sich. Er packte ihn an der Schulter, am Arm – sie taumelten hin und her, ineinander verklammert...

Damit war der Punkt erreicht, an dem es keine Alternative gab. Der Bogen, der sich schließt – alles, was dazwischenliegt, nur Aufschub – kein Ausweg. Das notwendige Ende der Geschichte.

Sie näherten sich der Wand, stießen auf die Tür des Lifts – eine blechverkleidete Kunststoffplatte, die nur noch lose in ihrer Halterung hing. Unter dem Anprall der Kämpfenden gab sie nach – und stürzte mit den beiden noch immer ineinander verklammerten Körpern in die Tiefe.

Geany Star

Mit seinem kunstledernen Koffer sah der Psychiater eher wie ein Vertreter aus und nicht wie ein Arzt. Er war noch jung, doch auf seinem glatten Gesicht saß jenes milde Lächeln, das auf Verständnis, Sicherheit und Überlegenheit schließen läßt. Vielleicht hatte er es auf der Universität gelernt – schließlich war dieser Eindruck die wichtigste Grundlage seines Berufs.

»Es war nett von Ihnen, daß Sie so rasch gekommen sind«, sagte Maud. Sie führte den Arzt in das neu eingerichtete Südzimmer: eine Fensterwand mit Blick über die Dächer der Stadt, eingerahmt von einer leuchtend blauen Tapete, dazu goldüberzogene Rohrmöbel.

Karen lag auf der Hängematte, hielt die Augen geschlossen.

Der Psychiater trat vorsichtig näher, betrachtete das glatte Jungmädchengesicht von Karen. »Was ist passiert?« fragte er. Er wirkte ein wenig ratlos, denn das Mädchen schien friedlich zu schlafen.

Mit einer Handbewegung wies Maud den Jungen aus dem Zimmer, der mit seinem zahmen Schimpansen an der Tür erschienen war. Beleidigt zog sich Freder zurück, ließ aber die Tür einen Spalt offen, um die Ereignisse im Zimmer verfolgen zu können.

»Wie soll ich es erklären? Es war eine Art Anfall. Plötzlich schien sie nicht mehr zu wissen, wo sie war, sie redete wirres Zeug...«

»Halluzinationen? War sie verängstigt? Hatte sie etwas geschreckt?«

Maud dachte kurz nach, schüttelte den Kopf, wollte antworten, doch da trat der Psychiater an die Hängematte heran, legte seine Hand auf die Stirn des Mädchens. Die Reaktion kam so abrupt, daß der Mann einen Moment lang die Fassung verlor. Karen richtete sich auf, blickte um sich, ihr Blick hing in wesenloser Ferne... »Es ist so weit, ja es ist so weit: Geany Star ist gekommen – welche Freude, welches Glück...« Ihre Worte gingen in eine Art Gesang über, die Worte nicht mehr verständlich, eine fremde Sprache?

»Lalloglasie«, murmelte der Arzt. »Seltsam!« Sachte ergriff er das Mädchen an den Schultern, drückte es in die Hängematte zurück, wobei er sanfte Gewalt anwenden mußte. Dann legte er dem Mädchen die Hand auf die Stirn, ließ sie über ihre Augen gleiten ... Der Gesang ging in ein Gemurmel über, erstarb. Allmählich tiefer werdende Atemzüge deuteten eine neue Schlafphase an.

»Seit wann ist sie in diesem Zustand?« erkundigte sich der Psychiater. »Gab es irgendein auslösendes Ereignis?«

»Nichts besonderes. Karen kam nach Hause, sie war völlig normal. Ich führte sie hier herein – wir haben das Zimmer neu einrichten lassen: die goldenen Möbel, die Leuchttapete. Ich wollte sie überraschen. Sie ging ein paar Schritte vorwärts, und dann merkte ich, daß etwas mit ihr geschah ... Es war ähnlich wie vorher ... fast dieselben Worte, derselbe Gesang ...«

Der Arzt blickte umher, runzelte die Stirn. »Wahrscheinlich ein Zusammenhang mit der Veränderung. Dieses leuchtende Blau, die Assoziation mit dem freien Raum ... Vielleicht auch ein Gefühl des Ausgesetztseins. Gewiß, eine unerwartete Reaktion – Karen muß hypersensibel sein – aber eben doch erklärbar. Die Psychoanalyse ...« Er unterbrach sich, deutete Maud an, das Mädchen mit ihm gemeinsam aus dem Zimmer zu bringen. In diesem Moment zog sich Freder mit seinem Schimpansen von der Tür zurück und verschwand in seinem Zimmer. Die Psychoanalyse hat also eine Erklärung, dachte er. Aber er glaubte nicht daran.

***

Karen war einundzwanzig, und wie Millionen andere Mädchen dieses Alters unterschied sie sich kaum von siebzehn- oder achtzehnjährigen: Der Spielraum ihrer Interessen war gering. Tanzmusik, Video-Spiele, Partys ... Freder war zwar sechs Jahre jünger, doch seiner Intelligenz entsprechend hätte man ihn für Mitte Zwanzig halten können. Im Gegensatz zu dem Mädchen hatten ihn die Eltern konditionieren lassen – er hatte eine analytische Begabung mitbekommen, die ihm das Treiben anderer Jugendlicher als oberflächlich erscheinen ließ und ihn andererseits dazu zwang, alles und jedes mit seinem kühl analysierenden Verstand zu durchdringen. Und darum gab er sich nicht mit dem Urteil des Psychiaters zufrieden. Und er wußte auch mehr als dieser. Schon seit einigen Wochen war ihm eine Veränderung an seiner Schwester aufgefallen. Manchmal, wenn sie sich nachmittags niederlegte, um für die abendlichen Vergnügungen fit zu sein, sprach sie im Schlaf. Freder hatte schon einige Male von »Geany Star« gehört, und noch von einigem anderen. Einmal hatte er leise, aber eindringlich gefragt: »Wer ist Geany Star?« Und das Mädchen hatte gesprochen – er wußte nicht, ob es eine Antwort auf seine Frage war –, zusammenhanglose Worte, aber sicher voll Bedeutung. Von einem Kind war die Rede gewesen, von einem Schlangenleib, von einer durchsichtigen Blase... War es der Niederschlag von einem Fernsehspiel, einem Film? Oder hatte es mit der psychischen Verfassung von Karen zu tun? Der Arzt hätte sicher eine Beziehung mit seiner psychoanalytischen Theorie hergestellt: Hinweis auf den embryonalen Zustand, der Wunsch zurück in den Mutterleib... Aber mit einer so einfachen Erklärung gab sich Freder nicht zufrieden.

Er war sich darüber im klaren, daß er seine Nachforschungen im Freundeskreis von Karen betreiben mußte. Leider – erstmals tat es ihm leid! – hatte er dort niemals Eingang gefunden. Zwar hatte ihn Karen gelegentlich einmal zu einem Popkonzert oder zu einem Happening mitgenommen, doch in der Gesellschaft ihrer Bekannten war er ein Fremdkörper geblieben. Er durfte sicher nicht erwarten, Auskünfte, wie er sie sich wünschte, zu erhalten.

Am nächsten Nachmittag, einem Mittwoch, ging er ins Solarium. Er wußte, daß sich dort an diesem Tag stets die ganze Clique traf – was er auch bestätigt fand. Ein halbes Dutzend Jungen und Mädchen lagerten am Beckenrand, glücklicherweise etwas abseits vom Wellengenerator, dessen Lärm Freders Vorhaben gestört hätte. Er hatte nämlich ein Schallpeilgerät und einen Verstärker mitgenommen, das Ganze als Transistorgerät mit Parabolantenne getarnt, dazu die üblichen Kopfhörer, die sich gut für sein Abhorchmanöver eigneten. Er hörte nur Gesprächsfetzen ohne merklichen Zusammenhang zu seinem Problem, doch er registrierte sie alle. Später würde er versuchen, sie wie Mosaiksteinchen zu einem geschlossenen Bild zusammenzufügen.

Kommt jemand mit ins Wasser?

Ist doch doof – ich bleib' lieber hier, möchte braun werden.

Was macht ihr heut' abend? Mich findet ihr bei Hazel's.

Möchte wissen, was Karen und dich immer zu Hazel's treibt?

Ist doch kein großes Geheimnis, oder? Sie gehen auf den Trip, ist doch klar.

Langweilig, längst aus der Mode! Sich anturnen, dösig herumtapsen. Da lob ich mir meine Video Games.

Na, sag ich doch.

Was sagst du? LSD oder Real-Simulation?

Was ist daran schon real? Aber wie sollst du es auch wissen! Naja: Die haben etwas Neues. Eine Kombination von Speed und Game. Space Trip, einmalig, sag ich dir.

Also Space Trip... Wenn das wirklich so großartig ist!

Es ist Klasse, sag ich dir. Du erlebst alles wirklich, unvorstellbar! Space Trip...

Freder hatte einige Weile gebraucht, um das Unwichtige vom Wichtigen zu trennen. Was wichtig war, hatte er von seinem Mikroprozessor ausdrucken lassen, und nun saß er grübelnd davor. War das die richtige Lösung? Oder steckte etwas ganz anderes dahinter? Er mußte es herausfinden, koste es, was es wolle. Und mit einer gewissen Beschämung mußte er sich selbst eingestehen, daß es gar nicht die Sorge um seine Schwester war, die ihn zum Handeln trieb, sondern sein Drang zu einer Beschäftigung, wie sie eben gerade ihm Vergnügen bereitete: wieder nichts anderes als ein Spiel, zwar ganz anderer Art, aber eben nur ein Spiel...

***

Also zu Hazel's!

Freder hatte die Hochbahn genommen, das modernste Verkehrsmittel der Stadt, und eigentlich fast schon wieder eine Attraktion der Unterhaltungsindustrie; Zeitvertreib, Vergnügen, Zerstreuung waren längst mit den übrigen Aktivitäten des Lebens verschmolzen, und kaum noch jemand wußte, was sinnvoll war und was nicht.

Die typische Stromschiene mit dem trapezförmigen Profil lief in verwegenen Wellenzügen zwischen den Häuserwänden, manchmal auch über den Dächern dahin. Manchmal fuhr man auf einer Parabelbahn schwerelos in die Tiefe, dann wieder drückte einen der Andruck der Zentrifugalkraft tief in die gefederte Polsterung. Atemberaubende Sicht bis zu den Ruinen des Windkraftwerks auf der einen Seite, zum Raketenstartgelände auf der andern. Fast waagrechte Lage bei scharfem Wenden um Hindernisse herum – um einen alten, aus der Zeit bodenständiger Fernsehsender übriggebliebenen Antennenturm, um ein historisches Gebäude, um Aussichtswarten, die längst ihren Sinn verloren hatten, um hochstrebende Tempelbauten modischer indischer Sekten.

Es begann die Zeit der Dämmerung, die Lichtreklamen waren eingeschaltet. Flimmernde Lichter, Schriftzüge, die auf dunklen Wänden erschienen, behende darüberliefen, wieder verschwanden... Lampen, Scheinwerfer, Signallichter... alles das von der Kanzel der Hochbahn aus zu gewellten Kurven langgezogen, die in abenteuerlichen Schlangenlinien durch den Raum zu pfeilen schienen. Je dunkler es wurde, um so mehr gewann dieses Netz aus farbigen Streifen an Wirklichkeit, während die Gebäude in wesenloses Grau zurücksanken. Zuletzt war es nur noch dieses Netz aus immateriellem Licht – Bündel sich krümmender farbiger Linien, einander durchdringende Gitterwerke, diffuse Farbpfeiler – von der Werbung als Signale eingesetzt –, durch das die metallene Kabine widerstandslos hindurchfuhr... Einige Zeit lang gab sich Freder diesen Eindrücken hin, sie glichen jenen einer Hochbahn, wie man sie in rückständigen Gegenden noch als Attraktion von Festlichkeiten sehen konnte, nur weitaus umfassender, gewagter. Aber diese Bahn lief sicher, genau so sicher wie das ganze System funktionierte, das sich zwar auf die Bedürfnisse der Menschen richtete, in dem diese aber letztlich nur noch Fremdkörper waren – Benutzer, die die Funktion des Ganzen nicht mehr zu überblicken vermochten.

Wohin würde das führen? – eine Menschheit, die keine Ziele mehr hatte, ihre Umgebung nicht mehr verstand. Jetzt war Freder wieder hellwach, sah nichts mehr von den peitschenden Lichtschlangen.

Plötzlich fröstelte ihn. Niemand von allen diesen Menschen, die mit der Hochbahn oder mit den Elektrobussen fuhren, die durch die Straßen liefen oder die Lokale bevölkerten, wußte noch, welche Macht eigentlich hinter all diesem Treiben steckte, welche Kraft das alles in Bewegung hielt. Freilich gab es eine Regierung, aber waren das wirklich die Männer, die ihr aller Schicksal bestimmten? Da war die Rede von Energiebedarf und Versorgung, von Information und Kommunikation, doch waren das alles nicht nur Äußerlichkeiten, Erscheinungen an der Oberfläche einer strudelnden Flüssigkeit mit undurchschaubarer Tiefe? Da war doch einmal ein Präsident gewesen, direkt von der Filmmetropole hergeholt, der die Lage in so überzeugenden Worten darzubringen wußte. War er wirklich derjenige, der zu bestimmen hatte?

Auf dem Leuchtschirm erschien ein Schriftzug, und Freder drückte auf einen Knopf, um die Kabine anzuhalten. Er war am Ziel.

***

Das also war Hazel's, die neue Diskothek, von der eine ungeheure Anziehungskraft auf die jungen Menschen ausging. Freder saß an der Balustrade, blickte über den riesigen Saal, in dem kreisrunde Bartheken, von unten erleuchtete Tanzflächen und Blöcke von Spielautomaten in malerischer Anordnung verteilt waren. Hier schien es nicht anders zuzugehen als in vielen tausend anderen Lokalen derselben Art: ohrenbetäubender Lärm, bunt gekleidete Teenager, Gruppen vor den Automaten der Video Games. Freder nahm sein Glas mit perlender gelber Flüssigkeit, verließ seinen Platz, schlenderte durch die Reihen der Spieler und Tänzer. Fast automatisch lenkte er seine Schritte in den Hintergrund des Saals, in dem es ein wenig stiller zu sein schien – die Musik nur noch gedämpft, die Stimmen nur noch ein dumpfes Rauschen. Dann stutzte er: Er sah Schlangen von Menschen, die sich anstellten – etwas höchst Ungewöhnliches in einer Zeit der Eile und der Hast. Er ging näher heran, jemand aus einer Warteschlange ergriff ihn am Ärmel: »Hinten anstellen!« Jetzt hätte er umdrehen können und gehen, aber er reihte sich hinten an und rückte mit den andern, die vor ihm standen oder sich hinter ihm anschlossen, näher gegen den Hintergrund des Raums. Dort gab es einige mit farbigen Neonlampen umrahmte Türen – die Beleuchtung so grell, daß nicht zu erkennen war, was sich dahinter verbarg. Erst als er unter einem der Bogen stand, sah er eine Art überdimensionalen Spielautomaten, ein Gebilde, in dessen Spielkabinen Dutzende Menschen zugleich Platz fanden. Zuvor aber, gerade als er durch die Tür trat, forderte jemand von ihm ungeduldig das Eintrittsgeld und schob ihn dann ebenso ungeduldig einen Schritt weiter. Hier stand ein bunt uniformiertes Mädchen, das ihm den Ärmel hochschob und an die Haut des Unterarms eine Art Impfspray ansetzte. Ein kurzes, aber kräftiges Zischen, ein leises Brennen, das sich von der Ansatzstelle hinweg in die Umgebung zu verbreiten schien... Dann stand er auch schon vor einem der Abteile, in dem das Spiel stattfinden sollte...

In den wenigen Sekunden zwischen der Passage und dem Eintritt in das Simulationssystem glaubte er, das neue Verfahren zu verstehen. Eine Kombination zwischen Video Game und Drogentrip! Eigentlich naheliegend: Wenn die Illusionstechnologie auch in den letzten Jahren ungeheure Fortschritte gemacht hatte, so reichte sie letztendlich doch nicht an die Wirklichkeit heran. Die Anfänge mit den längst ausgedienten, primitiven Bildschirmen, die schon weitaus komplizierteren Simulationsplätze, schließlich die geschlossenen Kabinen mit dem Rundhorizont... Immer näher wurde man an die Traumwelt herangeführt, der man sich hinzugeben wünschte, immer tiefer stieg man in die Illusion ein, die den Alltag verdrängen sollte... Sicher konnte man sich für einige Minuten – so lange eben das Eintrittsgeld reichte – an ein großes Abenteuer verlieren: Doch trotz aller Konzentration und Hingabe blieb doch das Bewußtsein wach, daß es sich um eine Täuschung handelte, ein Spiel. Die Kombination mit einer Droge dagegen... Beides zusammen mochte nun endlich den von vielen heiß ersehnten Eingang in die Welt der Wunder bedeuten.

Freder wußte also sehr genau, worauf er sich einließ, aber nicht nur die von ihm angestrebte Lösung seines Problems, sondern auch eine unbezähmbare Neugier ließen keinen Rückzug zu. Doch Freder nahm sich fest vor, die Kontrolle über sein Bewußtsein zu behalten, seine eigenen Erlebnisse zu beobachten und zu analysieren – und bis zu einem gewissen Grad gelang ihm dies sogar.

Space Trip!

Der Weltraum und die Sterne!

Die Weite des Raums und der Abgrund der Zeit!

Schwerelose Fahrt bis an die Grenzen des Kosmos!

In irgendeinem Winkel seines Denkens spürte Freder Erstaunen: Er hatte es sich ganz anders vorgestellt – kämpfende Raumschiffe, Raketen und Laserkanonen, Monster von fremden Planeten, häßlich und erschreckend... Doch nichts von alledem: ein Erlebnis ganz neuer Art!

Frieden!

Verständnis!

Freundschaft!

Vertrauen!

Eingang in eine fremdartige, aber herrliche Welt! Das blaue Universum... Imaginäres Ziel alter phantastischer Erzählungen... hier wurde es Wirklichkeit. Begegnung mit fremden Intelligenzen, Kommunikation mit einem mehrdimensionalen Bewußtsein, jenem des Menschen turmhoch überlegen. Geany Star... Nun wußte Freder, was es bedeutete. Und er sah auch die fremden und doch auf eine merkwürdige Art auch wieder vertrauten Lebensformen, zerbrechliche Körper, halb Embryo, halb Reptilienleib, eingeschlossen in leise schwingende durchsichtige Hüllen...

Insgeheim hatte Freder befürchtet, daß ihm zum Abschluß des Spiels auf irgendeine Weise die Erinnerung gelöscht werden würde, daß er all die Herrlichkeiten vergessen könnte, die ihm zuteil geworden waren. Als er aber schließlich, noch ein wenig unsicher in den Beinen, aber trotzdem keinesfalls betäubt, seine Kabine verließ, stellte er zu seiner eigenen Überraschung fest, daß dies nicht der Fall war: Jede Einzelheit war ihm gegenwärtig, und er mußte sich eingestehen, daß er nicht umhin konnte, das Erlebnis dieses neuen Spieltrips als wünschenswert zu betrachten. Er konnte dies mit um so besserem Gewissen tun, als hier keinerlei niedrige Instinkte angesprochen wurden: weil es um schöne Dinge ging, die schönsten, die es auf dieser Welt gab.

***

Einige Jahre waren vergangen, das Spiel hatte mehr und mehr Anhänger gefunden, hatte sich über die ganze Welt ausgebreitet. Es war eine Welt, in der die Illusionen immer wichtiger wurden, ebenso wie das Interesse an der Realität verlorenging. Die Versorgung mit Energie, die von Sonnenkraftwerken auf die Relaisstationen der Erde gespiegelt wurde, Neuentdeckungen in der Welt der Virusforscher und Genetiker, die Vorstellungen erwecken und Verhalten steuern konnten, Astronauten, die berichteten, auf Lebensäußerungen fremder Intelligenzen gestoßen zu sein... Das alles lag fern vom Lebensraum des Menschen, schien keinerlei Bedeutung für ihn zu haben. Und als Gerüchte von einem entscheidenden Ereignis, ja sogar einer Wende in der Geschichte der Menschheit in Umlauf kamen, konnte sich niemand so recht etwas darunter vorstellen – die Spiele würden weitergehen, alles andere kümmerte niemanden.

Und dann kam der Tag, an dem die blauen Fahnen gehißt wurden. Keine Fahnen aus Leinwand oder Baumwolle, Seide oder Kunststoff, eher eine wolkenartige Leuchterscheinung, an ein Nordlicht erinnernd, an eine beleuchtete Wasserfontäne. Und doch das Signal, der Auftakt der schon lange vorbereiteten Wende.

Als an diesem Morgen das leuchtende Blau die Straßen plötzlich erfüllte, als irgendwo, an vielen Stellen zugleich, in eine durchsichtige Membran eingeschlossen, der lächelnde Babykopf mit dem reptilartig auslaufenden Unterleib erschien, strömten Millionen auf die Straße und jubelten ihm zu:

Geany Star!

Das von allen Ersehnte war eingetreten. Niemand wußte, wie es geschehen war und was es zu bedeuten hatte. Aber das war unwichtig, gleichgültig. Es war eingetreten.

Geany Star.

Notruf von Io

Wie heute in Fachkreisen bekannt ist, muß man das Identifikationssyndrom prinzipiell als permanentes Begleitphänomen aller echtzeitkontrollierter Telesteuerungssysteme mit Sensorrückmeldung ansehen. Obwohl derartige Mensch/Maschine-Interferenzen aus dem Aspekt der Psychoergonomie von vornherein zu erwarten waren, wurden sie zunächst übersehen; es dauerte über ein Jahrzehnt, ehe man auf diese neue Kategorie arbeitspsychologischer Störungen aufmerksam wurde. Das lag wohl daran, daß die Erscheinungen des Identifikationssyndroms unter normalen Umständen nur schwach ausgeprägt sind und daher unspezifisch erscheinen. Erst die Einsätze bei der Planetenforschung ergaben jene übersteigerten Streßsituationen, in denen die Benutzung der Telesteuerung mit Rückkopplung zu einer ernsthaften Gefährdung des Personals führt.

***

Innen angenehme Wärme, frische, kaum merklich parfümierte Luft, Helligkeit und Sicherheit. Draußen die Wildnis, Kälte, Dunkelheit, Vakuum – unerträgliche Bedingungen für höher entwickelte Lebewesen. Die ersten Schritte hinaus, im Licht der Scheinwerfer: Salzkrusten, sublimierte Schwefelkristalle, Scherben gesprungener Magmaplatten, muschelschalenförmig aufgewölbt – ein flaches, purpurrot, schwefelgelb und schwarz gemustertes Hügelland, aufgeworfene, gezackt konturierte Kraterwälle, da und dort plumpe, plattgedrückte Brocken, Auswurf eines der unzähligen kleinen, aber aktiven Vulkane.

Die Geräusche, durch Kopfhörer in die Ohren geleitet, überlaut... Das Knirschen, das Splittern, schmerzhaft zerreißende Spannungen in den Trommelfellen und im Gehirn.

Es war nur ein erster Versuch gewesen, tastende Schritte, noch keine konkrete Aufgabe, kein wissenschaftliches oder technisches Ziel. Erprobung des Systems. Der erste Einsatz außerhalb des Simulatorgeländes. Prüfung der Sensorenfunktion, Erprobung des Bewegungsmodus... Trotzdem schwitzten sie, keuchten sie vor überstandener Anstrengung, fühlten sie den raschen Pulsschlag der Aufregung und der Anstrengung, als sie Lautsprecher und

Holografen ausschalteten, sich aus den Riemen schälten, die Gurte ablegten, den Helm. Sie taumelten, als sie aus den Fußhalterungen traten, als hätten sie sich lange Zeit auf schwankendem Boden aufgehalten. Und draußen, irgendwo zwischen erstarrter Lava, in Ansammlungen von Schwefelstaub und Asche, standen die grau glänzenden Körper mit den spinnenartig ausgespreizten Antennen, den zusammengeknickten Manipulatorarmen, den blicklosen Augen der Kameralinsen – in der Bewegung erstarrt, eine Periode der Wehrlosigkeit, des Ausgeliefertseins, fast Mitleid erregend – bis zum nächsten Einsatz.

***

Am Abend dieses ereignisreichen Tages saßen sie bei ihrer kärglichen Mahlzeit aus Tuben und Dosen, die reich an Kalorien, Vitaminen und Spurenelementen war, doch alles das entbehrte, was ein gemeinsames Essen zur Erholung und Entspannung macht. Die Tischplatte, in der Mitte des schmalen Raums ausgeklappt – Arbeits-, Aufenthalts- und Schlafraum zugleich –, an der einen Seite die deckelartigen Verschlüsse zu ihren Schlafkabinen, in denen man nur gebückt stehen konnte, auf der anderen Seite die »Halle« – immerhin ein wenig größer als alle anderen Räume zusammen, doch mit technischem Gerät angestopft wie der Maschinenraum eines Unterseeboots: Navigations- und Meßinstrumente, der Sender, das Recycling-System, das Umspannwerk für den von draußen angelieferten Atomstrom – der Reaktor fünfzig Meter von ihrer Behausung entfernt –, der Sender, das Hebelwerk für die Positionierung des Parabolspiegels, die Warmwasseranlage, die Luke zur Schleuse, an der Frontwand schmale, schießschartenartige Fenster, durch die Ausschnitte einer dämmrig beleuchteten Wildnis zu sehen waren, und davor – einzige Möglichkeit zur Aktivität, des Eingriffs: Mechanik und Elektronik der Manipulatoren.

Drei Männer, für zwei Monate auf engstem Raum zusammengepfercht, genau jene Situation, die zu Spannungen führt, zu Streit.

»Was wollt ihr, die Dinger funktionieren«, sagte Rorick – Quincy Rorick, Captain von Rang und, was hier wichtiger war, Stationsleiter. »Jetzt wird sich zeigen, ob ihr immer noch so gut seid wie zu Hause – ihr Musterknaben.« Er blickte von einem zum andern, äußerlich freundlich, doch innerlich besorgt. Gewiß, man hatte ihm die Besten mitgegeben: Bert Loomer und Sidney Reeves, junge Planetologen, sorgfältig ausgesucht, umfassend vorbereitet, die Ersten ihres Lehrgangs. Aber gerade das machte Rorick Gedanken: die Ersten ihres Lehrgangs. Sie waren nicht Freunde, sondern Konkurrenten, waren es immer gewesen. Schon im Schulungszentrum hatte man es bemerkt, daß sie nicht gerade Freunde waren, obwohl sie versucht hatten, ihre Abneigung zu verbergen – schließlich wollte jeder seine Prüfung bestehen und hinausgeschickt werden: auf die fremden Himmelskörper, in Welten, die Menschen noch nie betreten hatten. Sie hätten mit dem Teufel kooperiert, um ihr Ziel zu erreichen. Aber nun, nach dem monatelangen Flug, nach acht weiteren Wochen der Wartezeit im Orbit, nach dem langwierigen Landemanöver... Die Blicke, die sie sich zuwarfen, sprachen Bände. Captain Rorick machte sich Sorgen. »Es hat doch alles funktioniert – oder...?«

»Aber ja«, antwortete Sidney, der stets ein wenig rascher, kontaktfreudiger, aber auch erregbarer war. »Und weißt du was: Es ist viel leichter als unten, auf der Erde. Dort haben sie uns Sand in die Kameras geblasen, den Boden aufgeschmolzen, den Funkverkehr unterbrochen... Training unter erschwerten Bedingungen nannten sie das. Hier gibt es keine erschwerten Bedingungen – ich fürchte, die Arbeit wird recht fad.«

Bert antwortete erst, als ihn Rorick aufforderte zu sprechen, und selbst das erst nach einer Pause. »Keine Schwierigkeiten, alles wie gehabt. Und doch – da gibt es einen gewaltigen Unterschied.« Er dachte wieder nach. »Keine Schwierigkeiten, nein. Aber es ist eben nicht mehr das Simulationsgelände, es ist die Wirklichkeit. Ein Unterschied wie Tag und Nacht.«

»Wie meinst du das?« frage Rorick.

Bert strich sich über die Augen, als müßte er sich konzentrieren. »Wie ich es gesagt habe – die Wirklichkeit. Es gibt keinen Sandsturm und keine Funkstörungen, ich hoffe es wenigstens. Aber wenn es sie gibt... dann ist niemand da, der ausschalten kann. Das meine ich.«

Sidney sah ihn groß an, mit einer Spur Verachtung in seinem Blick, einen Moment lang starrten sie sich an. Rorick beobachtete sie und schüttelte unmerklich den Kopf. Die Musterknaben, dachte er, die Besten des Lehrgangs. Jahrelang hatte man sie gegeneinander ausgespielt, die höhere Leistung erzwungen – mit dem Hinweis auf die Leistung des andern. Und nun sollten sie zusammenarbeiten. Was haben sich die Psychologen eigentlich dabei gedacht? Wenn das nur gut geht!

Aber da war noch etwas, von dem Rorick nichts wußte.

***

Liebe Evelyn,

jetzt – endlich! – haben wir unsere Quartiere auf Io bezogen. Doch was sage ich da: Quartiere...! Es sind Kojen, in die man auf allen vieren kriechen muß. Aber was macht das schon! So lange haben wir darauf gewartet, und nun sind unsere Wünsche endlich in Erfüllung gegangen. Manchmal muß ich an die andern denken, die sich ebenso angestrengt haben wie wir – und zurückbleiben mußten!

Eigentlich bin ich ein bißchen enttäuscht. Die Arbeit, die Erkundung des Geländes, Aufnehmen von Proben, Messungen... das alles verläuft problemlos, wie von selbst. Aber ich habe es gar nicht anders erwartet, der Grund, warum ich unbedingt hierherkommen wollte, war ein ganz anderer. Ich stellte mir die Szenerie vor, den von Vulkanen durchlöcherten Ball des Io, die Krater, Schwefelfelder, Halden aus ausgeflockter Asche, und darüber, riesengroß, die riesige Kugel des Jupiter, der den ganzen Horizont umfassende Ring. Schade, daß es so wenig Gelegenheit gibt, dieses Schauspiel zu sehen! Wir kannten ja schon alles von den Fernsehübertragungen – und dann bietet man uns auch hier nichts anderes als Fernsehbilder! Nun ja, es hat natürlich seinen Grund, daß die Station im Orbit ohne Fenster gebaut ist – die Vorstellung, man brauchte nur hinauszublicken, um nun alles in Wirklichkeit vor sich zu sehen, war vielleicht naiv. Und die einzige Möglichkeit einer direkten Aussicht – von der Kanzel aus – ist der Expeditionsleitung und den Astronomen vorbehalten.

Und selbst der Umstieg in die Raumsphäre: durch einen Gang, der eigentlich nichts anderes ist als ein ziehharmonikaförmig zusammenfaltbarer Schlauch, undurchsichtig, finster – wieder keine Möglichkeit hinauszublicken. Und dann, nur wenige Sekunden, und doch die Erfüllung all meiner Wünsche: Wir zogen uns an den Haltegriffen vorwärts (denk an die Schwerelosigkeit!), der Weg führte am Pilotensitz vorbei, und da sah ich es... Ich war keiner Bewegung mehr fähig, schaute, schaute...

bis sie mich zerrten und stießen – und aus meinem Traum rissen.

Ja, ich habe alles gesehen, Jupiter, den Ring, mehrere Monde, und ich kann Dir versichern: Alles ist ganz anders als auf dem Bildschirm. Diese elektronische Bildverarbeitung mit ihren starken Kontrasten und grellen Farben hat uns ganz schön in die Irre geführt. Das Licht ist schwach, und von den Farben merkt man wenig – man muß schon sehr genau hinblicken, um geringste Abweichungen vom Weiß festzustellen, dann aber merkt man, daß alle Farben enthalten sind, wie im Regenbogen, aber nur ganz schwach, ganz zart, mit dem Silberweiß verschmolzen. Das ist aber noch gar nicht das Eindrucksvollste, das hätte man sich zumindest noch vorstellen können, wenn es jemand beschrieben hätte. Das Eindrucksvollste kann ein Fernsehschirm nicht wiedergeben: die Tiefe, die Weite – daß Du den Kopf bewegen mußt, von links nach rechts, um diesen strahlenden Ring zu ermessen, der da majestätisch in der schwarzen Leere schwebt. Du merkst, ich werde geradezu pathetisch!

Leider ging der Augenblick rasch vorbei, einige Stöße aus den Düsen, zwei Stunden stumpfsinniges Warten im Dunkeln, nur geringe Anzeichen für einen Wechsel der Beschleunigung, dann ein leises Rucken – die Landung einwandfrei geglückt. Endlich wieder echte Schwerkraft unter dem Körper, nach so langer Zeit! Da erinnert man sich wieder daran, daß man aus Materie besteht! Wieder eine Passage durch eine dunkle Schleuse, dann dieses Gebilde aus Blech und Plastik – eine Art Iglu ohne Eis.

Nun sind wir schon eine Woche da – seltsam, wie rasch das Ungewöhnliche zum Alltag werden kann! Es sind schon wieder ganz banale Dinge, die einen bewegen: daß man mit dem Wasser sparen muß, noch mehr als im Orbit, daß die Waschanlage für das Besteck nicht richtig funktioniert, daß alles feucht ist vom Kondenswasser...

Es ist spät abends – nach jener Zeit, die für uns gültig ist – sie hat keinen Bezug zu astronomischen Vorgängen, zur Wanderung der Monde, zu dieser schwebenden Kugel über uns, die wir nur über Fernsehempfang sehen. Ich habe mich in meine Koje zurückgezogen, schreibe im Bett. Morgen werde ich den Text zum Senden geben. Die Funker sind zur Diskretion verpflichtet, aber trotzdem... Du verstehst, daß ich nichts von dem sage, was ich dir eigentlich sagen will. Aber jetzt haben wir ja schon fast die Hälfte der Zeit hinter uns – ich freue mich schon auf das Wiedersehen, so will ich es einmal ausdrücken, aber Du wirst verstehen, daß es viel mehr bedeuten soll, als die Worte sagen.

Es grüßt und küßt Dich Dein

Bert

***

Liebe Evelyn,

gar nicht vorzustellen, daß Du mehrere hundert Millionen Kilometer von mir entfernt bist!

Ich habe mich in meine Koje zurückgezogen, der einzige Ort, an dem man seine Ruhe hat. Soll ich Dir beschreiben, wie es hier aussieht? Ein Gefängnis ist nichts dagegen! Wenn wir nicht wüßten, daß wir Pioniere sind... aber im Ernst: Es ist schrecklich langweilig. Wenn mich Bert nicht immer wieder zur Weißglut bringen würde, könnte ich es gar nicht aushalten. Aber ich habe Dir ja versprochen, mich mit ihm zu vertragen, und das versuche ich auch zu halten. Kann nur nicht verstehen, was Du an diesem Streber finden kannst! Immer legt er es darauf an, besser zu sein, schneller, präziser... Und manchmal habe ich Mühe, das zu verhindern!

Die einzige Gelegenheit, sich frei bewegen zu können, sind die »Ausflüge«. In der übrigen Zeit sitzen wir zusammengepfercht im »Freizeitraum«, oder wir dösen in den Kojen. Und Rorick läßt keine Auseinandersetzung zu – ich glaube, er ahnt, wie gut wir uns leiden können. Schon bei einem lauteren Wort greift er beruhigend ein – zum Kotzen!

Aber dort draußen! Die Arbeitsstunden sind geradezu eine Erholung – endlich ist man frei, ungehemmt... das Gelände ist alles andere als eben, der Boden manchmal felsig, manchmal glatt – spiegelblanke Flächen aus erstarrter Schwefelschmelze, auch Phosphor darunter, Rorick hat die ersten Proben schon untersucht. Manchmal watet man durch hüfthohe Aschenschichten, manchmal rutscht man Abhänge hinunter, hat Mühe, vor offenen Rissen und Schründen zu bremsen... Aus manchen blickt die rote Glut hervor.

Es ist keine Überraschung, daß es hier Vulkane gibt! Aber so viele! Und immer wieder kommt es zu einem Ausbruch, rotglühende Brocken steigen in den schwarzen Himmel hinauf, ich weiß nicht, wie hoch – es dauert Minuten, ehe sie wieder herunterkommen. Vielleicht kommen aber auch nicht alle herunter, vielleicht bleiben einige oben, eingefangen vom Schwerefeld des Jupiter, gliedern sich in das System der Ringe ein. Von hier aus ist nichts von einem Ring zu bemerken, es sieht eher aus wie eine langgestreckte Wolke, die ein Drittel des Himmels umfaßt.

Mit den Manipulatoren komme ich prächtig zurecht, sie gehorchen jeder geringsten Regung, man kann laufen und springen, sogar einen Purzelbaum schlagen, und auch an die ungewöhnlichen Lichtverhältnisse habe ich mich gewöhnt, nur in Schluchten und Höhlen benötigt man den Scheinwerfer, im übrigen reicht das Licht aus, der Bildwandler gaukelt eine hell erleuchtete Landschaft vor... Da merkt man, daß alle Wahrnehmungseindrücke relativ sind – würde hier irgendein Wesen leben, seine Augen an diese Felswüste angepaßt, dann käme ihm wahrscheinlich alles nett und freundlich vor!

Nun bin ich fast ins Philosophieren gekommen! Interessiert Dich das überhaupt? Es gibt eine Menge Dinge, die viel wichtiger sind – um da draufzukommen, muß man erst so weit von der Erde weg! Soll ich deutlicher werden? Lieber nicht – es würde zu weh tun!

Ich glaube, es ist am besten, ich höre auf. Wahrscheinlich hat Dir Bert die Situation schon viel besser geschildert – erst vorhin ist er wieder mit einem Notizblock in seiner Kabine verschwunden. Ich hätte Lust, ihm alles über uns zu sagen! – aber ich tu es natürlich nicht, darauf kannst Du dich verlassen!

Nun mache ich wirklich Schluß, ganz rasch und schmerzlos. Was ich für Dich empfinde, weißt Du!

Dein Sid

***

Spezifikationssystem M/83 d

Anwendung: Überall dort, wo andernorts übliche menschliche Arbeitsleitungen benötigt würden, dies die gegebene Situation aber nicht zuläßt. Beispiele sind hitze- und strahlengefährdete Örtlichkeiten, weiter solche, in denen chemische Gifte oder biologische Infektionsquellen auftreten. Erfolgreicher Einsatz bisher in radioaktiv verseuchtem Gelände, in virusinfizierten Räumen, bei Vorstößen ins Innere von Vulkanen und in der Planetenforschung.

Das System M/83 d, umgangssprachlich »Telemanipulator« genannt, besteht aus zwei räumlich getrennten Einheiten, der Arbeits- sowie der Kontroll- und Steuereinheit.

Die Arbeitseinheit ist jener Teil des Systems, der in für Menschen gesperrten Örtlichkeiten Arbeitsleistungen vollbringt. Er besteht aus einem Mechanismus, dessen Bewegungsmöglichkeiten jenen des Menschen nachgebildet sind. Die Bewegung erfolgt hydraulisch, die zentrale, durch einen Minireaktor betriebene Pumpe, im Brustraum geschützt eingebaut, ist durch Leitungen aus Spezialkunststoff mit den Ansatzstellen an den Gelenken verbunden. Auf diese Weise kann die mobile Einheit alle auch für Menschen typische Bewegungsformen durchführen, darüber hinaus aber auch noch einige weitere, die dem Einsatz spezieller Werkzeuge, Orientierungshilfen und dergleichen angepaßt sind. An der Oberfläche befinden sich weiter über tausend berührungs-, hitze- und lageempfindliche Sensoren. In den Kopfraum sind weiter zwei Kameras mit erweitertem Spektralbereich eingebaut, die eine stereoskopische Aufnahme elektromagnetischer Strahlung ermöglichen. Als seitliche Ansätze am »Schädel« sind Spezialmikrofone für die Aufnahme eines gegenüber der üblichen menschlichen Wahrnehmung erweiterten akustischen Frequenzspektrums montiert. Die Steuerung erfolgt über Radiowellen, das Empfänger- und Sendesystem ist in einem helmartigen Aufbau am Schädel angebracht. In diesem selbst befindet sich ein Satellitenrechner für die Codierung und Decodierung der eingegebenen Impulse.

Die mobile Einheit ist von einem neu entwickelten, gegen Einflüsse verschiedenster Art ungewöhnlich resistenten Werkstoff auf Silizium-Wolfram-Basis umgeben.

Die Steuer- und Kontrolleinheit, normalerweise ortsgebunden positioniert, besteht aus dem Steuermechanismus, der Datenverarbeitung für die Codierung und Decodierung, dem Sender und der Energieversorgung, normalerweise ein Minireaktor. Das Hebelsystem ist der menschlichen Konstitution angepaßt, und zwar derart, daß in ihm sämtliche Bewegungen möglich sind, die auch im Rahmen körperlicher Arbeit gefordert werden. Bei den vom Benutzer ausgeführten Bewegungen ist ein variabler, hydraulischer Widerstand zu überwinden, der – durch das Datenverarbeitungssystem aufgrund der erkundeten Umweltsituation bestimmt – der aktuellen Situation der mobilen Einheit entspricht.

Diese Mechanik dient zugleich zum Abgriff der Bewegungen, und zwar so, daß sich jede verzögerungslos auf die entsprechende Untereinheit des Manipulators überträgt.

Am Körper des Benutzers sind Stimulatoren angebracht, die die von draußen gemeldeten Sensorwerte simulieren und applizieren. Ein Lautsprechersystem vermittelt die akustischen Eindrücke ebenso wie ein Stereoskop die optischen. Durch zwischengeschaltete Wandler und Verstärker können dem Menschen üblicherweise nicht zugängliche, zu schwache oder auch zu starke Reize auf einen erträglichen Pegel eingeregelt werden. Die Einstellung erfolgt durch Fachleute aufgrund einer Analyse der vorgegebenen Situation und darf vom Benutzer nicht verstellt werden.

Die »Telemanipulatoren« genannten Systeme M/83d sind Verbindungen zwischen mechanischen, hydraulischen und elektronischen Teilen, deren Funktionen bei jedem Exemplar in umfangreichen Testreihen individuell eingestimmt werden. Um ihre einwandfreie Funktion zu gewährleisten, ist pflegliche Behandlung und strengstes Einhalten der Vorschriften geboten. Im Fall von Fehlfunktionen ist die Arbeit einzustellen und die auf der beigelegten Liste der Geschäftsstellen angegebene nächstliegende Adresse zu verständigen.

***

STATION VIER RUFT ORBIT, STATION VIER RUFT ORBIT. DRINGLICHKEITSSTUFE EINS, WIEDERHOLE: DRINGLICHKEITSSTUFE EINS. UNFALL BEI TELEERKUNDUNG DES GELÄNDES. BRANDVERLETZUNGEN AN BRUST- UND RIPPENGEGEND. BEHANDLUNG DURCH EINEN ARZT DRINGEND ERFORDERLICH. STATION VIER AN ORBIT. ENDE.

***

Als Dr. Bentham aus der Schleuse kam, angestrengt atmend, ein wenig verschwitzt, ähnelte er verblüffend einem Landarzt beim Patientenbesuch. Nicht einmal die schwarze Tasche fehlte.

Captain Rorick verzichtete zunächst auf lange Erklärungen und führte ihn zum Verletzten, Bert Loomer, dem man auf dem Tisch des »Freizeitraums« ein Notlager bereitet hatte.

Bert sah fiebrig und erschöpft aus, doch er war bei Bewußtsein. Dr. Bentham zog die Decke beiseite, die man über ihn gebreitet hatte und hob auch den Notverband aus weißem Gaze ab. Typische Brandwunden zweiten und dritten Grades, nicht gerade lebensgefährlich, doch ärztliche Behandlung war zweifellos nötig. Dr. Bentham holte eine Tube aus seiner Tasche und sprühte eine Emulsion auf die gerötete und blasig aufgetriebene Haut – zur Desinfektion, zur Unterstützung der Heilung und zur Minderung der Schmerzen. »Jetzt kriegst Du noch ein Schlafmittel, und wenn Du aufwachst, wird es kaum noch wehtun. Zuvor aber…« Er holte ein Bündel Formulare aus seiner Tasche, zog sich einen Stuhl heran und setzte sich, als habe er die Absicht, längere Zeit hier zu bleiben. Rorick und Reeves beobachteten es mit merklichem Unbehagen, und selbst Loomer schien im Moment seine Schmerzen vergessen zu haben, er blinzelte und rückte unruhig hin und her.

Der Verdacht des Arztes bestärkte sich: daß hier etwas Unerlaubtes vor sich gegangen war. »Nun erzählt mal – alles der Reihe nach, wenn ich bitten darf!« Er wischte sich den Schweiß von der Stirn, strich sein graues Haar zurück – ein müder Mann, im Dienst der Weltraumbehörde grau geworden. Was sollte ihn noch überraschen können? Den Kugelschreiber hielt er über dem Papier gezückt… er wartete. Als niemand etwas sagte, blickte er auf. »Da ist doch irgend etwas faul an dieser Geschichte! Wie kommt er zu diesen Brandwunden? Gab es eine Explosion? Ich muß das protokollieren – das ist Vorschrift.« Er blickte Rorick an.

»Hören Sie«, sagte dieser, »mich dürfen Sie nicht fragen. Ich war nicht dabei, es geschah da draußen… oder eigentlich nicht – es ist so verwirrend.« Er überlegte, schüttelte den Kopf und fügte hinzu: »Ich kann es nicht erklären – da müssen Sie schon diese beiden fragen«, und deutete auf Bert und Sidney.

»Nichts ist faul«, sagte Reeves mit erregter Stimme, dann stockte er. »Andererseits – da gibt es schon etwas Seltsames… Unerklärliches…«

»Na, fang schon an!« forderte der Arzt. Er war so beliebt und geachtet, erfahren und alt, daß er es sich erlauben konnte, die jungen Mitglieder des Teams zu duzen.

Reeves räusperte sich. »Sie kennen doch unsere Manipulatoren«, fing er an. »Es sind Mehrzweckautomaten, steuerbare Einheiten mit Armen und Beinen, auf denen sie sich frei bewegen können. Sie tragen Werkzeuge und Meßgeräte mit sich, die wir nach Bedarf einsetzen – von unseren Plätzen aus können wir alles kontrollieren. Sehen Sie, hier« – er deutete zum Durchgang in die »Halle«, es sah aus, als wollte er mit einer Führung beginnen, doch der Arzt machte keine Anstalten, sich von seinem Sitz zu erheben. So blieb auch Reeves stehen, er zuckte hilflos die Schultern. »Sie funktionieren mit Telebedienung – wir dirigieren sie, indem wir die entsprechenden Bewegungen ausführen.« Er blickte zu Boden und schwieg.

Der Arzt sah ihn nachdenklich an. »Was weiter?« fragte er. »Haben die Dinger nicht funktioniert?«

»Doch, doch«, antwortete Reeves.

»So komm schon zur Sache!« Dr. Bentham wurde langsam ungeduldig. »Ich habe auch noch was anderes zu tun. Muß wieder hinauf in den Orbit.« Er rückte seine Formulare hin und her.

Reeves seufzte. »Okay. Wir sind von hier aus gestartet, heute vormittag, zu Beginn der Dienstzeit. Unser Ziel war dieser Hügel dort drüben – dort hatten wir einige kugelförmige, durchsichtige Gebilde entdeckt.« Reeves wandte sich zum Regal, das an der Längsseite des Raumes in die Wand eingelassen war, und stellte den Fernsehempfänger an. Normalerweise diente er ihnen zum Empfang des Unterhaltungsprogramms, das vom Orbit aus zu den Stationen gesandt wurde; auch Nachrichten und Befehle wurden über diesen Kanal ausgegeben. Es war aber auch möglich, ihn auf die Videokamera zu schalten, die einen Blick nach draußen zeigte, und genau das tat Reeves. Auf dem Bildschirm erschien die bizarr zerklüftete Oberfläche von Io, Blick auf die Gegend, in der sie täglich gearbeitet hatten: Felder im Fluß erstarrter Lava, Türme von Schwefelkristallen mit hellgelben Seitenflächen, kappenartig darübergestülpte Aufsätze; es waren Flocken vulkanischer Asche, die hin und wieder wie aus Wolkenbrüchen in dichten Schwaden herunterregneten und alle Einebnungen mit dicken Schichten bedeckten. Über allem lag ein Hauch von Rot, Reflexschein der feuerspeienden Berge einer hinter dem Horizont liegenden Gebirgskette; einige davon waren immer aktiv. Im Vordergrund, als Schattenriß erkennbar, einer der Manipulatoren, wie ein bewegungsloser Roboter anzusehen. Weiter hinten lag der Hügel mit den kugelartigen Gebilden, und am Hang, gerade noch erkennbar, der zweite Manipulator, halb von Felsbrocken verdeckt, zwischen denen er niedergesunken war.

»Sie wissen doch«, fuhr Reeves fort, »diese Gegend, diese

Situation... Natürlich, man sucht es zu verbergen, aber in Wirklichkeit nervt es einen doch. Und da kommt es eben zu Spannungen, die sich dann plötzlich entladen.«

Rorick richtete sich auf, packte ihn am Arm. »Es ist das erste Mal, daß ich davon höre! Hattet ihr Streit? – eine Auseinandersetzung? Du hast ihn doch nicht...« Er sprach es nicht aus, lehnte sich wieder in seinem Sitz zurück.

»Nur ruhig!« Dr. Bentham sah ihn mißbilligend an, wandte sich dann wieder an Reeves. »Wir kommen schon noch drauf.«

Loomer versuchte sich aufzurichten, sank aber mit einem Schmerzenslaut auf sein Lager zurück. Er sprach im Liegen: »Ihr denkt doch nicht... daß wir miteinander gekämpft haben! Aber nein, es war ganz anders...«

»Wir kommen schon noch drauf«, wiederholte Dr. Bentham. »Alles der Reihe nach – und mit der Ruhe! Also Reeves – weiter!«

»Tja, das ist so...« Reeves hatte Schwierigkeiten, den Faden wieder aufzugreifen. »Es ist gar nicht so leicht – die vielen Unebenheiten, Felsbrocken und Spalten! Man muß schon recht geschickt sein, um hier durchzukommen... Die Manipulatoren... Wir haben uns schon gut daran gewöhnt, schwer zu sagen, wer sie besser bedienen kann...«

»Warum redet ihr immer von den Manipulatoren?« unterbrach ihn Dr. Bentham. »Was hat das alles mit deiner Brandwunde zu tun?« Er wandte sich an Loomer, doch Reeves antwortete.

»Dazu komme ich gleich«, sagte er. Er blickte ins Leere, versuchte sich die Situation zu vergegenwärtigen. »Es war nicht mehr weit bis zu den Kugeln... wir kamen fast zugleich am Ziel an, oder, vielmehr, wir wären zugleich angekommen, wenn...« Wieder zögerte er.

»So erzähl es schon!« sagte Loomer.

Reeves kam ins Stottern. »Nun ja... Wenn mir Bert nicht ein Bein gestellt hätte.«

»Ein Bein gestellt?« Der Arzt schüttelte den Kopf. »Was heißt: ein Bein gestellt?«

»Na ja, er hielt mir eben die Bohrstange vor die Beine, so daß ich ins Stolpern kam.«

»Moment: Er hielt dir die Bohrstange vor die Beine... Du meinst wohl die Beine des Automaten?«

»Na sicher, die meine ich«, antwortete Reeves.

»So laßt euch doch nicht jedes Wort aus der Nase ziehen!« Jetzt wurde der Arzt geradezu ärgerlich. »Kommt doch endlich mit eurer Geschichte zu Ende!«

»Es kam zu einem kleinen Geplänkel«, erklärte Reeves. »Wir balgten uns, schubsten uns, versuchten uns gegenseitig beiseite zu drängen... Wissen Sie, nur so zum Spaß!«

»Ich verstehe!« Die Miene des Arztes war eisig geworden. »Das also nennst du einen Spaß! Ihr seid euch da draußen in die Quere gekommen. Und das hat dich so wütend gemacht, daß du Loomer mit dem Laser angegriffen hast.«

Der Gesichtsausdruck von Reeves war verzweifelt. »Sie verstehen noch immer nicht«, sagte er. »Wir haben nicht miteinander gekämpft. Ich habe Bert nicht angegriffen. Jedenfalls nicht hier im Maschinenraum. Das alles geschah dort draußen. Bert stieß mich unglücklich an, und da schaltete sich mein Laser ein – der Laser meines Manipulators. Der Strahl traf ihn an der Brust. Ich meine: traf seinen Manipulator. Das ist alles.«

Der Arzt blickte zuerst zu Reeves, dann zu Loomer. »Das ist alles? Wollt ihr mich auf den Arm nehmen?«

Loomer machte eine matte Handbewegung. »Aber sicher nicht, Doc! Das ist alles, sonst ist nichts geschehen!«

»Und das soll ich euch abnehmen!« Der Arzt stand auf und trat ans Fenster. Mit dem Rücken zur Scheibe lehnte er sich an. »So kann es doch nicht gewesen sein! Ihr versucht, etwas zu vertuschen!«

Reeves schüttelte heftig den Kopf. Gestikulierend trat er einige Schritte auf den Arzt zu. »Es war genauso, wie ich es erzählt habe. Sie glauben doch nicht im Ernst, daß ich auf Bert mit einem Laser losgegangen bin!«

»Aber diese Brandwunde... wie sollte sie sonst entstanden sein?« Dr. Bentham sprach mehr zu sich selbst. Er beobachtete Reeves, der vor Aufregung aufgestanden war. Plötzlich hob der Arzt den Arm. »Geh ein paar Schritte!« befahl er.

Reeves sah ihn erstaunt an, doch der Arzt nickte ihm zu. Nun folgte Reeves der Aufforderung, und Dr. Bentham sah bestätigt, was er gesehen, aber zunächst nicht weiter beachtet hatte: daß Reeves humpelte.

»Zeig deine Beine!« Und als Reeves verständnislos dastand, herrschte er ihn an: »Na los, so laß schon die Hose runter!«

Nun gehorchte ihm Reeves, und da sahen es alle: Seine Beine

waren von Blutergüssen gesprenkelt – längliche Flecken, ein wenig gegen die Vertikale geneigt.

»Du hast ihm den Bohrer gegen die Beine gehauen, so war es doch?« fragte der Arzt, an Loomer gewandt.

Der schien verblüfft. »Ja – ich weiß selbst nicht...«

Der Arzt unterbrach ihn und beugte sich zu Reeves, betastete dessen Beine. »Und diese Hämatome – warum hast du nichts davon gesagt?«

Reeves zuckte die Schultern. »Ich hab es gar nicht bemerkt – in der Aufregung...«

Dr. Bentham überlegte kurz. Dann sagte er: »Ich kann mir das Ganze nicht erklären, aber – zum Teufel, ich glaube euch. Wißt ihr, daß ihr grob fahrlässig gehandelt habt? Ich rede nicht von euren Verletzungen – ich meine die Manipulatoren. Ist euch klar, was so ein Ding kostet?«

Die beiden blickten verlegen vor sich hin.

»Wenn ich das alles zu Protokoll bringe und weitermelde, wird man euch tüchtig einheizen. Und mich würde man für verrückt erklären«, fügte er hinzu. »Ich werde also auf mein Formular schreiben: Unfall durch ein defektes Gerät. Seid ihr einverstanden?«

Die beiden nickten, man hörte es, wie sie aufatmeten.

Der Arzt blickte auf die Uhr, dann sagte er: »Noch zwölf Minuten, dann kann ich wieder starten. Wird Zeit, daß ich das Triebwerk anlaufen lasse. Die Salbe könnt ihr behalten. Zweimal am Tag auftragen – am Ende der Woche ist alles wieder in Ordnung. Und nächstes Mal keinen Unfug mehr, verstanden!«

»Okay, Doc!«

Der Arzt winkte ihnen zu und zog sich in den Schleusenraum zurück.

***

UNFALLMELDUNG
Versicherter: Bert Loomer, Planetologe
Versicherungsnummer: 10068/2339 N
Ort: Station IV, Io
Zeit: 7.8.2040, 15.30 EZ
Brandverletzungen 1. und 2. Grades an Brust und Oberarm (links)

Ursache: Defekt am Sicherungsmechanismus (Auslöser) eines Handlasers PN 12
Krankengeld nach § 14: entfällt
gez.

Dr. B. Bentham

***

Wieder hing Sidney Reeves in seinem Hebelwerk, an Gurte gefesselt, Arme und Beine an Gelenkschienen befestigt, die Füße unter Bügeln auf Trittbrettern. Er arbeitete, schwitzte, keuchte – er stemmte sich gegen Barrieren, krümmte sich zusammen, streckte sich wieder, setzte zum Sprung an, manchmal wich er unsichtbaren Hindernissen aus, manchmal schreckte er zusammen, hielt einige Sekunden still, begann seine heftigen Bewegungen von neuem. Sein Schädel saß unter einem Helm, die Ohren waren unter Kopfhörern verborgen, sein Blick hing am Halbrund des Holoschirms.

Wer ihn beobachtete, mußte ihn für besessen halten. Ein Kampf gegen unsichtbare Feinde, Auseinandersetzung mit Windmühlenflügeln... Stärkste Anteilnahme, höchste Konzentration – ins scheinbar Leere gewandt. Er bemerkte nichts von seiner wirklichen Umgebung, um ihn zu stören, hätte es schon eines Gewaltakts bedurft. Und Rorick, der manchmal danebenstand und Reeves beobachtete, ohne daß dieser etwas davon merkte, hütete sich, ihn zu stören. Hätte man ihn unversehens aus dem Geschehen gerissen, das in einem seltsamen Widerspruch zugleich wirklich und doch vorgetäuscht war, dann mußte man mit Zwischenfällen rechnen. Rorick wußte nicht genau, was passieren konnte, und er kannte auch die Gründe dafür nicht – doch er zweifelte nicht daran, daß eine solche Störung gefährlich wäre. Denn wenn Reeves auch hier war, in der »Halle«, so befand er sich andererseits doch wieder draußen... Draußen – die Oberfläche des Mondes, die Wildnis, die Wüste, das war das Fremde, Unbekannte, mit dem er sich auseinandersetzte.

Und Reeves setzte sich voll ein. Wachsam, gespannt, mutig und doch vorsichtig. Die phantastischen Formen des erstarrten Lavaflusses, die mit einer gelben, eisähnlichen Masse gefüllten Becken, in denen Leisten von Kristallen frühere Phasen des Pegelstands anzeigten, schwarze Ausblühungen, schlank aufgerichtet wie

Schilf oder Weidenruten; man hätte erwartet, daß sie sich unter einem Windhauch biegen würden, doch sie splitterten mit knisternden Geräuschen ab, wenn man sie berührte.

Reeves überwand Senken, die mit klebrigen Massen gefüllt waren, auf allen vieren kroch er Abhänge hinauf, kletterte über Wälle aus übereinandergetürmten, sechseckig-prismatischen Trümmern, die oft genug unter seinem Gewicht ins Gleiten kamen – da konnte es vorkommen, daß ein solcher Hügel in sich zusammensackte wie ein kunstvolles Gebäude aus Dominosteinen, das man unvorsichtig berührt hat.

Das Licht der fernen Sonne fiel in schiefem Winkel ein, es verstärkte den Grad der Zerrissenheit, der Zerklüftung dieser Landschaft. Der Bildverstärker zeichnete die vom Licht getroffenen Flächen hell – sie schienen im Leeren zu schweben, denn unmittelbar daneben begann das schwarze Nichts des Schattens. Reeves brauchte den Scheinwerfer, um dahinter zu leuchten. Über ihm hing – zu einer breitbauchigen Sichel reduziert – der Ball des Jupiters, um ihn herum wölbte sich der in Strähnen aufgegliederte Ring, durch den Schattenwurf des Planeten abgeschnitten wie ein Büschel mattweißer Haare. Der Widerschein des Lichts reichte nicht aus, um die von der Sonne verfehlten Partien des Io aufzuhellen, und Reeves mußte immer wieder den Scheinwerfer zu Hilfe nehmen, um seinen Weg zu sichern.

War es Respekt vor der Unberührtheit dieses Mondes, der ihn hin und wieder zögern ließ, seine Werkzeuge zu gebrauchen? Eher schien es daran zu liegen, daß ihm seine wissenschaftliche Aufgabe im höchsten Grad nebensächlich erschien. Worauf es ankam, war die Inbesitznahme des jungfräulichen Landes, der Vorstoß über alle den Menschen gesetzten Grenzen hinweg...

Trotz des Dranges in die Weite, dem er kaum widerstehen konnte, kam Reeves seinen Pflichten nach. Er arbeitete zehn, manchmal zwölf Stunden am Tag – Rorick konnte ihn kaum zurückhalten –, und so kam es, daß er den durch Loomers Verletzung entstandenen Arbeitsausfall nahezu kompensierte. In diesen Wochen konnte er ungestört arbeiten, ohne den Zwang, auf Schritt und Tritt die eigene Überlegenheit zu verteidigen. Zum ersten Mal in seinem Leben war Reeves glücklich, und er wußte es. Er wußte auch, woran es lag – daß er dabei war, das Unmögliche möglich zu machen: Zum ersten Mal hatte sich der Mensch von den biologisch gegebenen Schranken befreit – er war fähig geworden, auch die lebensfremdesten, die bedrohlichsten, die tödlichsten Regionen zu erschließen, die sich bisher jedem Zugriff entzogen hatten.

***

Wie der Öffentlichkeit durch verschiedene Bildberichte und Reportagen bekanntgegeben wurde, war die Expedition auf Io ein voller Erfolg. Alle Teilnehmer kehrten gesund zur Erde zurück, vom Zwischenfall auf Station vier wurde nichts bekannt. Reeves hatte einige der durchsichtigen Kugeln geborgen, die aus einer unbekannten Kristallform von Siliziumoxid bestanden, deren Ursprung aber im übrigen noch nicht geklärt ist. Einige Wochen später hatte auch Loomer noch einmal für kurze Zeit seine Arbeit aufnehmen können. Und über die Enttäuschung, daß ihre gemeinsame Freundin Evelyn in der Zwischenzeit den Besitzer der Kantine im Raumfahrt-Schulungszentrum geheiratet hatte, kamen sie nach einer Weile beide hinweg. Wahrscheinlich waren sie all dem, was die Erde zu bieten hatte – Häuslichkeit, Frieden, Ruhe – sowieso längst entwöhnt. Sie hatten erste Schritte in ein wunderbares Land getan, das vor ihnen noch niemand betreten hatte, und sie konnten es nicht erwarten, wieder hinauszugehen, irgendwohin – wo das Unvorstellbare sichtbar, das Phantastische wirklich wurde.

Nichts mehr würde sie hindern, die eisigen Methanseen des Neptun zu durchschwimmen, die Giftgashülle der Venus zu durchqueren und selbst die Glutmassen der Sonne zu durchtauchen.

Demgegenüber war der Zwischenfall auf Io eine Lappalie – bedeutsam nur durch die Tatsache, daß sich gerade in dem Moment Grenzen gezeigt hatten, als es schien, als seien alle Grenzen durchbrochen. Allerdings hatte der Entschluß, den Vorfall auf Station vier nicht zu melden, Dr. Bentham um den Erfolg einer Entdeckung gebracht, die andere nach ihm machten. Der Effekt, mit dem niemand gerechnet hatte, obwohl er leicht vorherzusehen gewesen wäre, betrifft die Identifizierung des Menschen mit einem mit ihm zusammengeschalteten mobilen Automaten. In der Zeit danach wußte man dieser Tatsache Rechnung zu tragen: Kein Operateur durfte längere Zeit mit ein und demselben System arbeiten, und außerdem wurde peinlich genau darauf geachtet, daß dieses im Lauf der Einsätze nicht beschädigt wurde. Zunächst aber, bei einer anderen Expedition, auf einem anderen Planeten, erlag ein Wissenschaftler einem Herzschlag – als sein Manipulator plötzlich eine dünne Bodenkruste durchbrach und in einen darunter verborgenen Abgrund stürzte.

Computerland

Das Gebäude lag in der größten Geschäftsstraße der Stadt, und es unterschied sich kaum von den Kaufhäusern und Supermärkten seiner Nachbarschaft. Das Tor stand ständig offen, das Innere durch einen Luftvorhang abgetrennt – kein nennenswertes Hindernis, um hineinzugehen, sich umzusehen. Darüber lag eine fensterlose Fassade, dicht bepackt mit Neonröhren, Lichtrastern, Bildschirmen... Das Spiel der Farben, die bunten Schriftzüge auf den Laufbändern, die elektronische Rockmusik, die in Stereo heruntertönte – das alles übertraf die Reklame der Geschäfte, erinnerte eher an Jahrmarkt oder Zirkus. In Wirklichkeit war es alles das zugleich: Kaufhaus, Spielhalle, Disneyland. Doch nicht exotische Abenteuer standen im Mittelpunkt, nichts von hochgepriesenen Gewinnen, keine Verlockung erotischer Filme oder Peep-Shows. Keine Exotik ferner Länder, weder die Nostalgie der Vergangenheit noch der Weltraumflug in die Zukunft. Was das Tun und Treiben hinter dieser Mauer so attraktiv werden ließ, was ungezählte junge Menschen anlockte, faszinierte und festhielt, war etwas ganz Handfestes, ein nüchternes und keineswegs romantisches Stück unserer Gegenwart: der Computer.

Thomas war einer von jenen, die dem Computer verfallen waren. Wie Tausende anderer junger Menschen, Jungen und Mädchen, verwendete er alle freien Stunden, um das Paradies zu besuchen, sein Paradies: Computerland. Er war noch keine 18 Jahre alt, ein schmächtiger, hoch aufgeschossener junger Mann, kurzes, dunkles Haar, Brille. In der Schule hatte er sich sehr ruhig verhalten, in Deutsch war er mittelmäßig, Geographie und Geschichte interessierten ihn nicht, vorm Sport versuchte er sich zu drücken, wo es ging. Nur in Englisch hatte er gute Noten, und in meinem Fach, der Mathematik. Da war er sogar ungewöhnlich gut, wenn er auch wenig daraus machte. Selbst ich hatte einige Zeit gebraucht, um seine Begabung zu erkennen, ich, der früher sein Mathematiklehrer war.

Thomas war in sich gekehrt, ein wenig menschenscheu, und es dauerte lang, ehe ich sein Vertrauen gewann – vielleicht deshalb, weil ich nicht viel älter war als er. Außerdem konnte ich ihn verstehen. Ich weiß, daß Programmieren zur Leidenschaft werden kann, daß einen die Herausforderung der Maschine nicht losläßt, daß man Hunger und Durst, Tag und Nacht, Eltern und Freunde vergessen kann, wenn sich das erwünschte Resultat nicht einstellt und man damit kämpft. Und so habe ich ihn eher in seinem Interesse bestärkt, ich gab ihm Bücher, vermittelte ihm einen Kurs, und bald war er soweit, daß ihm mein Unterricht nichts mehr bieten konnte. Trotzdem tat es mir leid, daß er schließlich mit Mittlerer Reife aus der Schule abging; ich hatte fest damit gerechnet, er würde sein Abitur machen und ein Studium an der Universität anschließen. Doch meine Überredungsversuche nützten nichts, und so verlor ich ihn rasch aus den Augen.

Vor einer Woche traf ich seinen Vater. Er tat so, als wäre es Zufall gewesen, in Wirklichkeit aber schien es mir, als hätte er vor der Schule auf mich gewartet. »Ich mache mir Sorgen um Thomas«, sagte er. »Andere Jungen seines Alters interessieren sich für Skifahren oder Fußball, sie haben Freunde und steigen Mädchen nach. Für Thomas gibt es nur noch dieses alberne Computerland. Ich habe den Eindruck, das tut ihm nicht gut. Die ganze Zeit sitzt er dort, das kann doch nicht so weitergehen.«

»Was haben Sie dagegen einzuwenden?« fragte ich. »Kommt er mit seinem Taschengeld nicht aus?«

Wir schlenderten die Straße entlang, hin und wieder überholten uns Gruppen von Jungen und Mädchen, Taschen oder Bücherstapel unter dem Arm.

Mein Gesprächspartner schüttelte den Kopf. »Das ist es nicht. Thomas hat sogar eine Freikarte bekommen, er hat ein Spiel gewonnen oder etwas Ähnliches – was weiß ich. Nein, was mir Sorge macht, ist diese Einseitigkeit. Knöpfe drücken, aus und ein – ist das nicht etwas für Stumpfsinnige, die dabei das Denken verlernen?«

Ich versuchte ihn zu beruhigen. Versuchte zu erklären, daß es ja schließlich nicht darauf ankäme, den Finger auf einen Knopf zu legen, sondern vielmehr folgerichtig zu denken – der Knopfdruck sei dann letztlich nur der Abschluß eines wichtigen Entscheidungsprozesses. Er blickte mich irritiert an, schüttelte den Kopf... Wir verabschiedeten uns rasch.

Ich blieb ein wenig nachdenklich stehen. Hatten wir aneinander vorbeigeredet? Was machte ihm eigentlich Sorgen? Kurz entschlossen drehte ich um, ging in Richtung Stadtzentrum, Fußgängerzone. Dort lag das Traumland aller Programmierfreaks, das Computerland.

Es war schon 6 Uhr abend, Geschäftsschluß für Büros und Kaufhäuser, nicht aber für die Vergnügungsbetriebe. Das Computerland gehörte dazu. Im dämmernden Licht schienen die Lampen über der grauen Fassade haltlos in der Luft zu schweben, das Spiel der Farben und Lichter malte abstrakte Zeichen in den Raum, einiges davon ganz primitive Anpreisungen der Spiele, die drinnen auf den Besucher warteten, anderes unverständliche Formen und Symbole – grafisches Beiwerk oder Anweisungen für Eingeweihte?

Viele Informatiker und professionelle Programmierer verabscheuten dieses Etablissement, das so gar nichts mit dem üblichen Milieu elektronisch orientierter Arbeitsstätten zu tun hatte. Der Lärm, die Musik, das Flackern der Lichter... das war Rummelplatz, Halbwelt. Was sich hier herumtrieb, suchte keinen ernsthaften Zugang zu den Problemen, sondern Unterhaltung, Zerstreuung – so dachten sie. Auch ich war noch nie im Computerland gewesen, ich stellte es mir wie eine Spielhölle vor.

Als ich zum ersten Mal eintrat, den heißen Wind des Luftvorhangs an Gesicht und Händen spürte, war es mir, als käme ich in eine unbekannte Welt. Nach wenigen Schritten stand ich inmitten von bunten Apparaturen, auch hier flackernde Lichter, flimmernde Bildschirme, Tastaturen, dazwischen aber auch Einrichtungen, wie man sie von Computerzentren her nicht kennt: gold- und silberverzierte Musikinstrumente, wirbelnde Laserstrahlen, Rundhorizonte für Stereowiedergabe und dergleichen mehr. Es war, als befände ich mich in einem Labyrinth, der Geräuschhintergrund betäubte mich, und als ich mich umdrehte, fand ich das Eingangstor nicht mehr – es war, als hätte es sich hinter mir geschlossen.

Allmählich gewöhnte ich mich an die Atmosphäre, konnte mich ruhiger umsehen... Um mich herum waren unzählige junge Leute, die Mädchen durchaus nicht in der Minderzahl, und alle schienen voll den Ereignissen hingegeben, die sie über die verschiedensten Ausgabeinstrumente verfolgten: Abläufe auf Bildschirmen, ferngelenkte Fahrzeuge in Labyrinthen, tanzende Roboter auf einem Podium. Das alles von Computern gesteuert, unzählige winzige elektronische Gehirne, unter bunt gestrichenen Wänden verborgen, die eigentlichen Organe der Steuerung und Kontrolle. Mikrochips, eine für unsere Welt wichtige Erfindung... war sie hier zum Mittel eines geistlosen Amüsements entartet?

Ich stellte mich hinter einen der Sessel, blickte den zwei Jungen über die Köpfe, die da in ein Spiel vertieft waren. Es war nicht schwer, die Logik des Geschehens zu begreifen – über einen Projektionsschirm bewegten sich Raumschiffe, von einem Planeten stiegen Raketen auf, immer wieder gab es Explosionen, und dann blähte sich eine lächerliche, an Sprechblasen erinnernde Wolke auf, die in bunte Sternchen zerstiebte.

Gelangweilt ging ich weiter, dem Hintergrund der großen Halle entgegen, die in mehrere Stockwerke gegliedert war. An einer Treppe hielt mich ein buntuniformiertes Mädchen auf, wollte meine Magnetkarte sehen. Als sie meine Verwunderung merkte, sagte sie: »Du bist wohl zum ersten Mal hier? – zeig erst einmal, was du kannst!« Sie deutete auf einige rechts und links neben dem Aufgang angeordnete Kojen.

Unwillkürlich folgte ich, ich fand einen leeren Platz, setzte mich...

Auf dem Bildschirm wechselnde Bilder, deren Bedeutung ich nicht erkannte, von Zeit zu Zeit die Aufforderung, die Starttaste zu drücken. Ich tat es, ein Menü erschien – offenbar konnte ich mir aus einer ganzen Reihe von Spielen eines aussuchen. Es waren Kunstworte: BEFRIX, MAGISPOT, SIMUFORT... Ich tippte ein paar Buchstaben ein, dann die RETURN-Taste... eine Reihe von Erklärungen, Anweisungen, Fragen... Das war keines der primitiven Spiele, wie ich sie in der Nähe des Eingangs beobachtet hatte, hier wurde ich wirklich gefordert. Und wie ich bald merkte, konnte ich mit eingelernten Kenntnissen wenig anfangen, meine ganze Mathematik- und Logikausbildung nutzte nichts – vielmehr kam es darauf an, vor einer unerwarteten Situation schnell und richtig zu reagieren...

Unwillkürlich geriet ich in den Bann der mir gestellten Aufgabe. Ich merkte gar nicht, wie sehr ich mich konzentrierte, vergaß meine Umgebung, nichts anderes war mehr auf der Welt als ich auf der einen Seite und dieses Problem, das ich lösen mußte... in Wirklichkeit nur ein Programm, aber doch die Verkörperung einer höchst faszinierenden Situation, eine echte Herausforderung.

Nach einer halben Stunde war ich am Ende angelangt, am unteren Rand des Schaltpults klickte es, ein Kärtchen schob sich heraus. Jetzt erst merkte ich, wie sehr mich dieses Spiel gefangengenommen hatte. Ich fühlte mich ein wenig ermattet, auf der anderen Seite aber auch wieder stolz, weil ich zu einem Ergebnis gelangt war. Mechanisch zog ich die Karte aus dem Schlitz, und dann dämmerte es mir, daß diese offenbar den Schlüssel zu den hinteren Räumen bedeutete. Ich ging wieder zum Aufgang, das Mädchen lächelte mich an, nahm mir die Karte aus der Hand, steckte sie in ein Laufwerk. Auf einem Bildschirm erschienen einige mir unverständliche Angaben. Das Mädchen drehte sich zu mir herum, lächelte entschuldigend. »Das genügt leider nicht«, sagte sie. »Vielleicht versuchen Sie es noch einmal?« Sie lächelte noch immer, war es Mitleid, das in ihrer Miene spiegelte oder so etwas wie eine Spur Verachtung? Etwas verärgert, aber auch beschämt schlich ich davon, suchte den Ausgang. Auf einmal erblickte ich auf der anderen Seite eines Simulationsfeldes für ein Raketenlandemanöver ein bekanntes Gesicht.

»Thomas!« Mein Ruf ging im Prasseln imitierter Triebwerkgeräusche unter.

Thomas ging rasch und zielbewußt dahin, er verlor keine Blicke an die Spielstände rechts und links, trat an den Eingang zum hinteren Bereich. Ich versuchte ihm zu folgen, doch war ihm kaum nähergekommen, als er schon seine Karte vorgewiesen hatte. Ich sah, wie das Mädchen auf den Monitor schaute und ihm zunickte. Und schon war er die Treppe hinaufgelaufen und in einer höheren Etage verschwunden.

Ich hatte Thomas nur undeutlich gesehen, doch es war mir vorgekommen, als hätte er schlecht ausgesehen, die Wangen eingefallen, die Augen tief in den Höhlen. Vielleicht aber bildete ich mir das auch nur ein, reimte mir etwas zusammen, was eher auf dunklen Ahnungen beruhte als auf realer Einsicht. War es das Erlebnis im Computerland gewesen, das mich so sehr erschüttert hatte? Ich kam einfach nicht mehr davon los. Irgendeine Anziehungskraft ging von dieser seltsam unwirklichen Welt aus, etwas, was einen fesselte, zugleich aber auch wieder in Furcht versetzte. Einige Male, am Abend, nach meiner Dienstzeit, zog es mich hin, ich blieb einige Zeit unschlüssig vor der Tür stehen, kehrte wieder um. Bis ich eines Tages meine Hemmungen überwand und wieder eintrat. Was sich da an lauten Spielen begab, interessierte mich nicht, ohne Umweg ging ich weiter, dorthin, wo es stiller war, wo die unscheinbaren Kojen standen, einen zum Denken zwangen.

Ich versuchte mich an diesem oder jenem Spiel, und ich merkte, daß ich besser wurde. Aber irgend etwas hielt mich davor zurück, das Kärtchen zu nehmen, es vorzuweisen – den Eintritt in die höheren Bereiche zu versuchen. Vielleicht war es einfach die Angst, erneut eine Blamage einstecken zu müssen, vielleicht schreckte ich aber auch vor dem zurück, was mich hinter der Sperre erwarten würde…

Eines Tages, völlig überraschend, hörte ich wieder von Thomas. Es war einer meiner Schüler, der mich darauf aufmerksam machte, ein ehemaliger Klassenkamerad von Thomas, der inzwischen die achte Stufe erreicht hatte. Er hätte Thomas drüben im Park gefunden, auf eine Bank gekauert, sinnloses Zeug vor sich hinmurmelnd. Er wäre kaum ansprechbar gewesen, hätte aber verlangt, seine Eltern nicht zu behelligen… Doch er hätte meinen Namen genannt.

Es war schon dunkel, der Park war leer bis auf einige Liebespaare, da und dort saß aber auch eine vermummte Gestalt, Stadtstreicher, die es sich auf Zeitungspapier gemütlich gemacht hatten. An einer einsamen Stelle fand ich Thomas. Zuerst schien er mich nicht zu erkennen, dann hörte er mir wenigstens zu. Ich redete auf ihn ein, versuchte ihn zu beruhigen. Nach und nach gab er mir stockend Antwort. »Es ist schrecklich«, murmelte er. »Ich kann es einfach nicht mehr ertragen, diese Verantwortung.«

»Wovon redest du?« Ich faßte ihn am Arm, doch er wich vor mir zurück. »Ich habe viele Menschen getötet«, sagte er mit kaum verständlicher, leiser Stimme, »einige Dutzend, vielleicht auch hundert und mehr. Und andere habe ich ins Elend gestoßen, Frauen und Kinder, die hungern…«

Wovon sprach er nur? Er mußte unter einem Schock leiden, unter Halluzinationen…

»Das ist doch Unsinn«, sagte ich; ich versuchte, sein im Schatten liegendes Gesicht zu erkennen. Sah er verwirrt aus? Stand er unter Drogen? »Du hast niemand getötet, hast nichts Böses getan. Du befindest dich in deiner Heimatstadt, und mir ist nichts von Mordfällen bekannt. Also reiß dich zusammen, am besten du gehst nach Haus.«

»Zuerst habe ich auch gedacht, daß alles ganz harmlos ist«, fuhr er fort, als hätte er meine Worte nicht verstanden. »Ich hatte einfach Freude am Problem, habe nicht darauf geachtet, worum es geht. Diese isolierte Gruppe von Menschen inmitten des Regenwalds – wie sollten sie sich der Angriffe erwehren? Welche Waffen sollten sie einkaufen? Welche Strategie sollten sie verwenden? Ich habe ihre Probleme gelöst...«

Er stockte, und ich ermunterte ihn, weiterzusprechen. Vielleicht fand ich einen Anhaltspunkt zur Erklärung seines Zustands.

»Als ich merkte, daß auch die anderen nach einem festen Plan vorgingen, nach einer logischen Strategie, setzte ich alles auf eine Karte, und ich gewann! Ich konnte doch nicht wissen... nein...« Er hielt die Hände vors Gesicht, mir war, als bräche er in Schluchzen aus.

Strategien... logische Planspiele – jetzt dämmerte es mir.

»Du hältst deine Computerspiele für die Wirklichkeit!« rief ich. Jetzt schüttelte ich ihn an den Schultern. »Wach auf, Thomas! Das ist ein verrückter Traum! Ein Programm im Computer, ein Spiel, sonst nichts!«

Ich zog ihm die Hände vom Gesicht, da sah er mich mit einem Ausdruck unsagbaren Entsetzens an. »Das ist es eben: Es ist kein Spiel! Es ist kein Spiel!«

Der arme Junge war völlig durcheinander, sein Zustand war ernst. Nach einigem Hin und Her konnte ich ihn dazu überreden, nach Hause zu gehen. Ich brachte ihn bis vor seine Wohnung und wartete unten, im Stiegenhaus, bis ich die Tür gehen, die Stimme seines Vaters hörte. Dann schlug die Tür zu.

Ich machte mir große Sorgen um Thomas. Wer hätte das gedacht? Ein labiler Charakter konnte schon einmal Spiel und Wirklichkeit vertauschen. Doch ich hatte Thomas für einen sachlichen, vielleicht sogar zu sachlichen Menschen gehalten. Wie man sich irren kann!

Unter den gegebenen Umständen interessierte es mich natürlich mehr und mehr, was in den höheren Etagen von Computerland eigentlich vor sich gehen könnte. Ich setzte meine Besuche fort, merkte mit Genugtuung, daß meine Programmierkünste immer besser wurden. Genaugenommen ging das, was ich da machte, über normales Programmieren hinaus. In Wirklichkeit kam es auf eine Analyse der Situation an, auf ihre Reduzierung auf logische Prozesse – die Programme, mit denen sich das Problem lösen ließ, waren nur noch Routine.

Natürlich redete ich mir ein, daß mein Eifer auf meinen Wunsch zurückzuführen wäre, das Geheimnis von Thomas zu lösen, doch mußte ich mir eingestehen, daß es diese Spiele waren, die mich mehr und mehr fesselten. Im Vergleich dazu waren die Probleme des Alltags unwichtig und banal. Die Vorbereitung des Unterrichtsstoffs, die Prüfungen, die Beurteilung – eigentlich nur noch Leerlauf, keine echte Aufgabe mehr. Dort aber an diesen Schaltpulten...

Und dann, eines Tages, wagte ich es. Ich nahm das Magnetkärtchen und ging mit selbst für mich überraschender Selbstsicherheit an die Sperre, reichte dem Mädchen die Karte. Sie prüfte das Ergebnis, nickte mir zu – ich durfte eintreten.

Es gab keine Trennung gegenüber dem turbulenten Treiben der Eingangshalle, und trotzdem erschien mir dieser Teil des Gebäudes fast weltentrückt; die leisen Geräusche, die aus unbestimmter Ferne zu kommen schienen, unterstrichen nur den Eindruck der Abgeschiedenheit. Hier befanden sich auch viel weniger Menschen als unten. Und diese wenigen hockten unbewegt vor ihren Tastaturen, den Blick auf die Bildschirme gerichtet, unbewegt wie Statuen. Ihre Konzentration, mit der sie bei der Sache waren, war fast körperlich als Spannung zu spüren; unwillkürlich trat ich auf den Zehenspitzen auf, um niemand zu stören.

Da und dort stand eine Koje leer, ich suchte mir eine aus, trat ein, setzte mich... niemand schien mir Beachtung zu schenken. Ich aktivierte das Programm, holte mir die Liste der Aufgaben, vertiefte mich in ein Problem... Das waren keine wirklichkeitsfernen Spiele mehr, wie man sie unten vorgesetzt bekam, hier ging es um komplizierte Situationen, Probleme aus der Wirtschaft, aus der Wissenschaft, aus der Politik.

Diesmal ließ ich mich nicht so ohne weiteres gefangennehmen, ich bewahrte Distanz, doch ich konnte mein Interesse nicht unterdrücken. Ich ließ mir einige Daten ausgeben, machte mich mit der Ausgangssituation dieses oder jenes Programms vertraut, hier gab es keine großen Projektionsschirme, keine 3D-Simulation, keine synthetische Sprache, lediglich Datenlisten auf dem Bildschirm, Diagramme, Worte zur Kennzeichnung der Lage – doch das alles wirkte viel echter, als ein Spiel je wirken kann.

Wo mochte Thomas gearbeitet haben? Gab es bestimmte Arbeitsplätze, für einzelne Personen reserviert?

Ich stand auf, trat an den jungen Mann in der Nachbarzelle heran, wartete, bis eine Pause eintrat, er sich zurücklehnte, die Augen schloß...

Ich erkundigte mich nach Thomas, nach seinem Arbeitsplatz. »Groß, schlank, mit dunklen Haaren und Brille... er kommt fast täglich hierher«, fügte ich hinzu.

Der Mann drehte sich zu mir herum, er schien noch jünger zu sein, als ich zuerst gedacht hatte. »Thomas? Schauen Sie einmal in der nächsten Reihe nach, letzter oder vorletzter Platz!«

Der Computer gab einen piepsenden Laut von sich, der Junge drehte sich herum, schien mich vergessen zu haben. Ich suchte die angegebene Stelle auf.

Thomas befand sich nicht hier, der letzte Platz war besetzt, der vorletzte frei. Ich setzte mich auf den Stuhl, niemand beachtete mich. Ich ließ mir den Katalog der Programme ausdrucken, doch nur ein einziger Name erschien auf dem Bildschirm: MOCANDU. Ich ließ mir die Daten angeben, versuchte, mich mit der Situation vertraut zu machen. Es handelte sich um eine jener Aufgaben, wie man sie Studenten auch gelegentlich als Probearbeiten für Testzwecke gibt: Eine isolierte Menschengruppe, ein Indianerstamm irgendwo im Urwald, der Lebensraum ebenso beschränkt wie die Rohstoffe, dazu bestimmte negative Einflüsse, unter anderem Sumpffieber und die Bedrohung durch einen feindlichen Stamm. Es gab endlose Informationen über die Ernährung, das verfügbare Material, über Kenntnisse und Fertigkeiten, über die Möglichkeiten der Kommunikation mit außen und so fort... Ich hatte keine Zeit, mich mit alledem vertraut zu machen, doch wurde mir das Problem bald klar: Es ging – ganz einfach – um das Überleben dieser Menschen. Wie sollten sie sich verhalten, welche Möglichkeiten mußten sie aktivieren? Sie besaßen nur beschränkte Mittel, um sich Werkzeuge oder Waffen zu kaufen – welche sollten sie wählen? Ein Planspiel, gesucht die Strategie, gefordert der Erfolg: das Gedeihen der Gruppe. Die Phantasie konnte hinzufügen, was in den nüchternen Angaben fehlte: Männer, die hart zu arbeiten hatten, die jagten und Fallen stellten, gegen Feinde kämpften; Frauen, die Nahrung zubereiteten, Felle gerbten und Kinder versorgten; und diese selbst, unterernährt und ungebildet – mitten im elektronischen Zeitalter eine Lebensgemeinschaft, so primitiv und armselig, wie man es sich kaum vorstellen kann.

Nun glaubte ich, Thomas zu verstehen. Er hatte sich in diese Aufgabe vertieft, hatte sich in den Problemen verrannt – er fühlte mit diesen Personen, die nur im Speicher des Computers existierten, von denen er lediglich statistische Daten wußte, dazu die miserablen Lebensumstände, die Beschränkungen ihrer primitiven Existenz. Das Spiel hatte ihn überwältigt, ihn gefangengenommen, und so bildete er sich ein, in dieser Welt zu leben, für sie zu denken und zu handeln.

Dann aber überkamen mich Zweifel. Hatte er nicht Erfolg gehabt? Ich ließ mir einige Entwicklungsdaten einspielen und fand es bestätigt: Thomas hatte eine brauchbare Strategie entworfen, er hatte das Richtige getan. Die Waffen, zu deren Kauf er geraten hatte, waren wirksam gewesen, die Feinde wurden besiegt und, wie es schien, bestanden die besten Aussichten, deren Lebensraum in Besitz zu nehmen, für die eigene Gemeinschaft zu erschließen. Angesichts all dieser Erfolge – was ließ ihn nur verzweifeln?

Unwillkürlich blätterte ich in einigen Papieren, die ich unter der Konsole hervorgezogen hatte. Zum größten Teil waren es Aufzeichnungen, Notizen ohne Zusammenhang, einige Zahlen und Stichworte. Dann aber geriet mir ein zusammengefaltetes Zeitungsblatt in die Hand, und ich wollte es schon beiseite legen, als mir etwas auffiel. Es war der Bericht eines Ethnologen, der ein entlegenes Gebiet im Amazonasdelta von Brasilien besucht hatte, und er berichtete von der Lebensweise der Bevölkerung, insbesondere von jenem Dorf, das ihm für einige Tage Gastfreundschaft gewährt hatte. Diese Lebensgemeinschaft war primitiv, gewiß, aber das bedeutete nicht, daß man nicht über manche Errungenschaften der neuesten Zeit verfügte. Zur Abwehr der Feinde hatten diese Menschen moderne Waffen gekauft, was zu einem verheerenden Gemetzel an den Bewohnern des Nachbardorfs geführt hatte. Da waren Zahlen und Daten angegeben, die ich erst vor einigen Minuten auf dem Monitor gelesen hatte; das Erstaunlichste an dieser Nachricht aber war eine kurze Bemerkung, die besagte, daß in dieser entlegenen Gegend nicht nur moderne Waffen, sondern auch Computer eingesetzt würden, daß es dort Leute gab, die sie zu bedienen wußten und zur Ausarbeitung von landwirtschaftlichen Maßnahmen, aber auch von kriegerischen Unternehmungen anwandten.

Jetzt verstand ich, was Thomas so verzweifelt gemacht hatte.

In der nächsten Nacht konnte ich kaum Schlaf finden. Ich wälzte mich im Bett hin und her, manchmal döste ich ein, und dann befand ich mich plötzlich wieder im Computerland, aber nun war es ein Labyrinth, in dem ich mich verlaufen hatte; ich hetzte zwischen riesigen Computern hindurch, auf Monitoren grün leuchtende Zeichen, die ich nicht verstand... dann schreckte ich schweißgebadet auf, grübelte über meinen Verdacht nach, der mir manchmal absurd erschien, dann wieder von bestechender Logik – und beides schloß sich nicht einmal gegenseitig aus.

Am nächsten Tag fühlte ich mich müde und zerschlagen, ich meldete mich krank. Ich blätterte in Telefonbüchern und Branchenverzeichnissen; was mich interessierte, war der Eigentümer, die Leitung von Computerland. Dann fand ich eine Adresse, und plötzlich begann mein Herz zu schlagen – mir war, als wäre ich der Lösung des Rätsels ein gehöriges Stück nähergekommen. Das Computerzentrum gehörte nämlich einer Firma, die als Dienstleistungsbetrieb für Software-Entwicklung, Beratungsaufgaben und Planung, bekannt war. Ich entschloß mich, den Dingen endlich auf den Grund zu gehen.

Eine halbe Stunde später stand ich in einer vornehmen Straße in der City, vor einem modernen Gebäude, deren exklusive Mieter lediglich durch unscheinbare schwarze Tafeln mit goldener Schrift angegeben waren. Niemand konnte so leicht auf die Idee kommen, daß dieses Haus zum selben Block gehörte, an dessen gegenüberliegender Seite das lautstark angepriesene Computerland lag.

Im Vorzimmer des 12. Stockwerks empfing mich eine Dame, deren Kleid auch zu jeder Opernpremiere gepaßt hätte. Mein Wunsch, den Chef des Unternehmens zu sprechen, erschien ihr so abwegig, daß sie darauf verzichtete, mir die Abweisung zu erklären. Sie drückte mir ein Bündel Prospekte in die Hand und bat mich, mein Anliegen schriftlich einzureichen. Es kostete mich einige Mühe, sie zu einem Telefongespräch mit der Firmenleitung zu veranlassen; dazu mußte ich immerhin einen triftigen Grund für meinen Besuch andeuten: Etwas unklar sprach ich von einem eklatanten Verstoß gegen das Datenschutzgesetz, dem ich – im Zusammenhang mit Computerland – auf die Spur gekommen sei. Und plötzlich öffneten sich für mich vier oder fünf Türen... Ich kam an mehreren Schreibtischen vorbei, hinter denen kühl blikkende Sekretärinnen saßen, und dann fand ich mich in einem Ledersessel wieder, in dem ich fast bis zu den Schultern versank.

Der Direktor hieß Dr. Schmitt, und noch vor der Begrüßung teilte er mir mit, daß er nicht mehr als fünf Minuten zur Verfügung hätte. Doch als ich ihm mitteilte, was ich herausgefunden hatte, kam er hinter seinem Schreibtisch hervor und setzte sich zu mir auf die ledergepolsterte Bank, mit demselben schwarzen Leder bezogen wie mein Sessel.

»An unserem Verfahren ist nichts Illegales«, sagte er. Er bot mir eine Zigarette an, die ich ablehnte, zündete sich selbst eine an. »Wissen Sie, im Grunde genommen sind es nur Routineaufgaben, die wir in den Spielsaal weitergeben. Zuerst hatten wir gar nicht die Absicht, die von dort kommenden Lösungen auszuwerten – vielmehr ging es uns darum, die Aufgaben realistisch zu gestalten. Schließlich sind wir uns unserer erzieherischen Aufgabe bewußt. Dann allerdings stellte sich heraus, daß von den jungen Tüftlern, die dort unten sitzen, höchst originelles Gedankengut kommt. Warum sollten wir es nicht ausnutzen? Wenn Sie dahinter einen Verstoß gegen den Datenschutz sehen, dann befinden Sie sich auf dem Holzweg. Haben Sie die Bestimmungen nicht gelesen, denen sich jeder unterwirft, der Computerland betritt? Sie sind an mindestens ein Dutzend Stellen des Vorraums angeschlagen.«

Seine Stimme klang völlig sicher, seine Darlegung ließ keine Zweifel offen, und kurze Zeit hindurch fragte ich mich, was ich hier überhaupt ausrichten konnte. Ein wenig verlegen wies ich auf Thomas hin, auf die bedenklichen Folgen seiner Aktivitäten am bewußten Programm. »Die jungen Menschen bekommen dadurch eine Verantwortung, die sie gar nicht tragen können – unter der sie zerbrechen. Haben Sie nie an die Folgen Ihrer Maßnahmen gedacht?«

Dr. Schmitt blies einen dünnen Rauchstrahl in die Luft, der sich langsam zu einer Wolke erweiterte. »Ein bedauerlicher Einzelfall«, antwortete er. »Normalerweise erfahren die Spieler nicht, daß wir ihnen echte Aufgaben übertragen. Sie nehmen alles als ein Spiel, bleiben emotional unbeteiligt, und das ist die beste Art, um die Intelligenz zu schulen – und die Probleme zu lösen.«

Allmählich füllte sich das Zimmer mit dem dünnen Nebel des Zigarettenrauchs, und Dr. Schmitt saß hinter einem diffusen Vorhang verborgen – als wäre er kein Mensch aus Fleisch und Blut, sondern eine jener auf den Bildschirm in 3D-Echtsimulation dargestellten Figuren. »Ich weiß wirklich nicht, was ich noch für Sie tun könnte«, fuhr er fort, »ich hoffe, ich habe Sie von der Korrektheit unseres Verfahrens überzeugt.«

»Und Ihre Kunden…« Ich merkte, daß ich mich bereits in ein Rückzugsgefecht verwickelt hatte. »Ist es Ihren Kunden gegenüber wirklich korrekt gehandelt, wenn Sie keine Fachleute an die Probleme setzen, sondern Jugendliche, Schüler, Nichtstuer?«

»Ganz im Gegenteil!« antwortete Dr. Schmitt. »Es hat sich herausgestellt, daß diese jungen Leute mit weitaus größerem Engagement an der Sache sind, als es Angestellte je sein könnten. Von ihnen kommen oft originelle Lösungen, über die wir nur staunen können. Aber noch ein Punkt ist wichtig für uns: So sind wir in der Lage, jeden Kunden ohne Konfliktkollision zu behandeln. Wir befinden uns ja nicht mehr im prähistorischen Zeitalter, jede kleinste Wohngemeinschaft im dunkelsten Afrika oder im hintersten Amazonasgebiet ist ins weltumspannende Netzwerk der Datenkommunikation eingebunden. Und wenn diese Leute auch noch so arm sind, so machen sie doch dort, wo es nötig ist, von den Mitteln der modernen Technik Gebrauch. Um auf unseren Fall zurückzukommen: Sie brauchen nicht zu glauben, die Gegner jenes Stammes, um den sich Thomas gekümmert hat, wären wehrlos gewesen. Ganz im Gegenteil – auch sie sind unsere Kunden. Wie können wir beide bedienen, ohne in Gewissensnot zu geraten? Doch einfach dadurch, daß wir verschiedene Leute mit der Aufgabe betrauen. Wir geben ihnen also dieselbe Chance. Allerdings geht es auch hier nicht ohne das bißchen Glück, das jeder braucht. Thomas hat sich als ein überragender Programmierer erwiesen, seine Strategie war über alle Maßen erfolgreich – wir haben vor, ihn mit wichtigeren Aufgaben zu betrauen. Wenn es also um Geld geht... Sie können Ihrem jungen Freund mitteilen, daß wir gern ein Gespräch mit ihm über eine Anstellung führen.«

Hinter seinen Zigarettendünsten stemmte sich Dr. Schmitt aus dem Stuhl, reichte mir im Vorbeigehen die Hand, ließ sich wieder hinter seinem Schreibtisch nieder. Wie auf ein geheimes Zeichen hin öffnete sich die Tür, die Sekretärin erschien und winkte mir zu. Unwillkürlich deutete ich eine Verbeugung an und folgte ihr hinaus.

Was konnte ich Thomas berichten? Natürlich die Wahrheit. Aber würde sie ihn beruhigen? Im Gegenteil! Wenn er bisher vielleicht noch die Hoffnung gehabt hätte, seine Vermutungen würden sich als haltlos erweisen, so mußte ich ihn jetzt in seinem Schuldgefühl bestärken. Zuletzt entschuldigte ich mich bei ihm: »Es tut mir leid – einige Zeit hielt ich dich für überarbeitet, für verwirrt. Ich dachte, du wärst nicht mehr Herr deiner Sinne, hättest dich in eine

Märchenwelt verrannt, die in Wirklichkeit nichts anderes ist als ein Computerspiel. Nun muß ich alles zurücknehmen. Du hast recht gehabt.« Nach kurzer Überlegung fügte ich hinzu: »Was wollen wir tun? Ich glaube nicht, daß man gegen die Firma mit Rechtsmitteln vorgehen kann. Vielleicht aber genügt es, die Art und Weise, wie sie die Besucher von Computerland ausnutzt, an die Öffentlichkeit zu bringen. Ich will versuchen, eine Reportage über deinen Fall in der Zeitung unterzubringen.«

Thomas stimmte mir zu, doch es schien ihm gleichgültig zu sein. »Das können Sie halten, wie Sie wollen«, sagte er. »Was mich bedrückt, ist die Frage, wie ich das, was ich angerichtet habe, wiedergutmachen kann. Ich habe diesen Menschen Waffen verschafft, und sie werden sie auch weiterhin gebrauchen. Es wird nicht lange dauern, und dann kommt es zwischen den beiden Stämmen zu einer entscheidenden Auseinandersetzung. Verstehen Sie mich«, fügte er fast flehend hinzu, »es geht mir nicht um irgendwelche Prinzipien – ich will einfach nicht schuld daran sein, daß Menschen umgebracht werden.«

Wir saßen nebeneinander auf jener Bank im Park, auf der ich ihn schon einmal in verzweifelter Stimmung gefunden hatte. Heute schien die Sonne, es war früher Nachmittag, und eigentlich war die Stimmung um uns herum alles andere als traurig – ich wollte es einfach nicht glauben, daß man sich mit den Dingen, wie sie nun liefen, abfinden mußte. Einige Zeit blieben wir still nebeneinander sitzen und überlegten.

Dann kam mir plötzlich ein Gedanke, der mich geradezu elektrisierte.

»Wenn mich nicht alles täuscht, dann sitzt dein Gegner, mit dem du es zu tun hast, an einem Arbeitsplatz im Computerland. Es muß irgend jemand sein, der dir unterlegen ist, den du mit deinen Plänen einfach überfahren hast. Und es muß jemand sein, der noch immer an ein Spiel glaubt, der vielleicht gerade jetzt dabei ist, eine entscheidende Gegenmaßnahme zu entwerfen.«

Noch während ich sprach, merkte ich, wie sich Thomas aufrichtete, wie der Ausdruck seines Gesichts wieder hoffnungsvoll wurde. »Sie könnten recht haben«, murmelte er.

»Jeder von euch beiden hat natürlich vor allem das Wohl des eigenen Stammes im Auge gehabt. Könnte man nicht beides zusammenlegen? Die Waffen ruhen lassen, Frieden schließen – wäre das nicht die beste Lösung für beide Teile?«

»– Frieden schließen... Natürlich, das ist die Lösung! Und es ist auch völlig logisch, ließe sich mit Hilfe einer Computersimulation nachweisen: Statt Geld für Waffen auszugeben, statt die Kräfte für Kämpfe aufzuwenden, könnten sich alle zu einer Zusammenarbeit entschließen – die Überlebenschancen würden für alle wachsen.«

Er sprang auf, als gelte es, keine Minute zu verlieren, doch dann stutzte er, setzte sich wieder.

»Was hast du? Findest du einen Haken bei der Sache?«

Er nickte traurig. »Da gibt es doch noch jenen Unbekannten auf der anderen Seite«, sagte er.

»Du wirst ihm die Situation erklären – er wird Verständnis dafür haben!« antwortete ich.

»Wer weiß?« Ich merkte, daß Thomas zwischen Hoffnung und Zweifel hin- und hergerissen war. »Das Spiel wäre für ihn beendet. Wird er einfach aufgeben wollen?«

»Das läßt sich feststellen«, sagte ich. »Komm!« Rasch machten wir uns auf den Weg, drängten uns zwischen den Menschentrauben der Fußgängerzone hindurch, betraten das große Computerspiel- und Programmierzentrum: Computerland. Hier herrschte derselbe Trubel wie immer – junge Menschen an den Spieleinrichtungen, Einzelgänger an Grafikarbeitsplätzen, Kunstinteressierte an den Projektionswänden. Lichter, Lärm, Fetzen von Musik, dazwischen Salven imitierter Schüsse, das Zischen landender Raketen, Fanfaren, die einen Gewinn anzeigten.

Das alles kümmerte uns nicht, wir wiesen unsere Kärtchen vor, gingen ein paar Stufen hinauf, standen im gedämpften Licht der oberen Etage. Wo sollten wir suchen?

Wir gingen die Reihen hindurch, blickten den in den Kojen sitzenden Programmierern über die Schultern, versuchten zu erkennen, was auf den Bildschirmen vor sich ging. Kaum, daß jemand Notiz von uns nahm.

Bei unserer Suche hatten wir uns ein wenig voneinander entfernt. Als ich umherblickte, um nach Thomas Ausschau zu halten, sah ich ihn an einem Arbeitsplatz stehen. Er drehte sich kurz nach mir um, winkte mir zu. Kein Zweifel, was das bedeutete: Er war fündig geworden.

Sollte ich mich einmischen?

Ich ging langsam zwischen den Kojen hindurch, blieb da und dort stehen... aus den Augenwinkeln heraus beobachtete ich, was dort drüben vor sich ging. An dem Arbeitsplatz saß ein blondes Mädchen, ich sah sie halb von hinten, konnte von ihrem Gesicht kaum etwas erkennen. Aber sie sah alles andere aus als aggressiv, und als sich Thomas zu ihr hinunterbeugte, etwas zu erklären anschickte, schien sie ihm gern zuzuhören. Ich hatte den Eindruck, daß sich die beiden gut verstanden.

So schien alles in die richtigen Bahnen geleitet zu sein. Ich warf den beiden einen letzten Blick zu und ging hinaus.

Die lichtüberstrahlte Fassade von Computerland blieb hinter mir zurück, die elektronischen Geräuscheffekte wurden leiser. Es war ein schöner Abend, und ich würde ihn verbringen, ohne auch nur ein einziges Mal an einen Computer zu denken.

In den Höhlen von Glenn

»Dort unten, in den Niederungen, herrscht das Gesetz des Dschungels.« McMowgly, genannt McMack, wies in Richtung Süden. Dort waren die Berge ein wenig auseinandergerückt, man konnte in die Ferne sehen – in einen grünlich schimmernden Nebel, von dem da und dort korkenzieherartig gewundene Schwaden aufstiegen. »Sumpf, Urwald, Schlingpflanzen, alles voll von Tieren, die sich gegenseitig jagen und fressen. Einmal sind wir mit einem Geländewagen ein Stück hineingefahren... fast wären wir steckengeblieben. Nein, dort hatten wir keine Chance. Es war schon richtig, die Station *hier* zu errichten.«

Er sagte es so, als müsse er mich von der Richtigkeit dieser Entscheidung überzeugen. Wenn man die Umgebung näher betrachtete, konnte man daran zweifeln: eine öde Wildnis aus nacktem Fels, kaum eine ebene Stelle, die Schichten von Klüften zerrissen, ausgelaugt, da und dort Trichter und Rinnen – Kennzeichen einer Karstlandschaft.

»Die Folgen des sauren Regens«, erklärte McMack. »Gib acht, daß nichts davon auf die Haut kommt!«

»Regnet es oft?« erkundigte ich mich. Ich beobachtete rauchschwarze Wolken, die von der Gipfelregion heruntersanken. Sie schienen ruhig und schwer, doch wenn man sie näher ins Auge faßte, dann merkte man wirbelnde Bewegung darin.

Auch McMack blickte empor. »Fast täglich«, antwortete er. »In einer Stunde ist hier der Teufel los.«

Mit einer Handbewegung wies er mich an, mit ihm zu kommen – Richtung Unterkunft. Wir gingen über das Sims einer Betonmauer, die als Stütze für die geplanten Gebäude dienen sollte. Ein wackeliges Geländer sollte vor dem Abgrund schützen, 30 bis 40 Meter mochte es hier in die Tiefe gehen. Unten sah ich Betontrümmer, aus denen rostige Eisenstangen ragten.

»Wir mußten uns erst an die Umstände gewöhnen«, meinte McMack, und wieder kam es mir wie eine Entschuldigung vor. »Zuerst versuchten wir, den Boden einzuebnen... Vergeblich – denn der Fels ist brüchig, vom Wasser unterspült, und jedesmal, wenn sich die Sturzbäche eines Regens verlaufen haben, haben sich die Formen verändert. Nun versuchen wir es auf andere Weise: Wir verankern Stützen, verbinden sie durch Mauern...

darauf sollen dann die Anlagen aufgebaut werden. Aber so weit sind wir noch nicht –« Er unterbrach sich, wieder blickte er besorgt zum Himmel. »Das kommt heute schneller als erwartet – wir sollten uns beeilen! Zieh die Kapuze über!«

Das blauweiße Licht war langsam fahl geworden, in der Luft lag ein kaum wahrnehmbares, aber bedrohliches Rauschen, und die Wolkendecke schloß nun auch die letzten Lücken, durch die das Licht der weißblau scheinenden Sonne gedrungen war.

Nur noch ein paar Schritte, dann erreichten wir die Unterkunft. Es war eine Art Betonbunker, die wenigen Fenster ähnelten Schießscharten. Zum Schutz vor Felsstürzen war es unter einem Überhang gebaut, doch gegen das Wasser schien es keinen Schutz zu geben. Denn nun erreichten uns die ersten Schauer, der Wind schien sie uns nachzuschleudern... wir liefen die letzten Meter über einen primitiven Steg, an unseren Kleidern gab es keine trockene Stelle mehr, als wir durch die Schleusentür eintraten, doch durch den Spezialstoff war nichts von der ätzenden Flüssigkeit gedrungen.

McMack stellte mich den übrigen Mitgliedern des Teams vor. Da waren die beiden Frauen: Teresa Cikowsky, vielleicht 30, deren Akzent wie auch ihr Name auf eine slawische Abstammung deutete, und Sunshine May, mit den ebenmäßigen Gesichtszügen, wie sie für junge Eurasierinnen typisch sind. Der zweite männliche Angehörige des Teams war Owen Pitou, der ein wenig älter zu sein schien als der Durchschnitt, denn auch der Gruppenleiter McMack konnte kaum über 30 sein. Ihnen gegenüber kam ich mir mit meinen 42 Jahren geradezu alt vor.

Sie alle begrüßten mich offensichtlich erfreut, und ich glaubte es ihnen auch, denn seit vier Jahren befanden sie sich hier und hatten in dieser Zeit keinen anderen Menschen gesehen. Wie mochten sie diese Isolation überstanden haben? Ich musterte kurz ihre Gesichter – es war offensichtlich, daß sie sich unter starkem Streß befanden. Damit würde ich mich noch genauer zu befassen haben. Es stimmte zwar, daß ich mich als Architekt mit den Plänen für die Station zu beschäftigen hatte, zusätzlich aber hatte man mir – gewissermaßen inoffiziell – noch einen weiteren Auftrag gegeben: Ich sollte beurteilen, ob die Gruppe den vorgesehenen Aufenthalt von insgesamt sechs Jahren überstehen konnte oder ob eine vorzeitige Ablösung nötig war.

Die Unterkunft war – den Umständen angemessen – recht

komfortabel ausgerüstet, wenn man bei der Enge der Verhältnisse von Komfort sprechen wollte. Immerhin hatte jeder seine eigene Kammer, seine eigene Schlafstelle, und für mich war sogar eine Ecke im Abstellraum einigermaßen bequem eingerichtet worden. Ich verstaute die paar persönlichen Dinge, die ich in meinen Seesack gestopft hatte, das einzige mir zugestandene Gepäckstück. Dann ging ich in die Zentrale, den Arbeitsraum mit allen Kontroll- und Steueranlagen, der auch als Aufenthalts- und Freizeitraum diente. Wir saßen vor einem Ausklapptisch und aßen unsere am Mikrowellenherd zubereiteten Rationen. Draußen tobte das Wetter, selbst durch die Betonwände hindurch konnte man den Ansturm von Wasser und Luft spüren. Doch hier drinnen war es hell und warm, und ich begann mich geradezu wohlzufühlen.

Am nächsten Morgen erwachte ich gut ausgeschlafen, offenbar hatte mir die anstrengende Reise mit der Kurierrakete nichts ausgemacht, und so war ich guter Dinge, als ich mich zum gemeinsamen Frühstück einfand. Auch meine neuen Kollegen waren pünktlich, doch wie schon gestern fiel mir eine gewisse Müdigkeit in ihren Zügen auf, ihren Bewegungen fehlte jener gewisse Schwung, den man bei jungen Menschen nach acht Stunden gesunden Schlafes erwarten darf. Gehörte das zu den unvermeidlichen Folgen der Abgeschiedenheit, der Trennung von den anderen Menschen? Wie war es doch in zahlreichen Berichten und Abhandlungen beschrieben... zunehmende Nervosität, Überempfindlichkeit, Spannung, die über jedem Wort, jeder Handlung liegt...? Genau das traf nicht zu – sie behandelten einander freundlich und zuvorkommend, ließen weder besondere Sympathien noch Antipathien erkennen. Ruhige Charaktere, Gemütslage stabil – das gehörte zu den Gesichtspunkten, nach denen sie ausgewählt worden waren. Anpassungsfähig, kommunikativ... Ja, wenn ich sie mir der Reihe nach anschaute, dann mußte ich gestehen, daß sie mir alle sympathisch waren – der Wunsch, ihnen, wenn nötig, zu helfen, entsprang nicht nur meinem Auftrag, ich würde ihn ganz persönlich nehmen.

Während McMack über den Sender die übliche Einsatzmeldung gab, informierte mich Teresa über die Arbeit. Vier Menschen, mit der Aufgabe betraut, die Vorbereitungen für eine Forschungsstation, für einen Hafen, für eine Siedlung auf einem Planeten zu treffen. Ein ganzes Tal, das sie umgestalten sollten, Arbeit, die normalerweise von einigen Dutzend Arbeitstrupps bewältigt wurde.

»Überfordert?« fragte Teresa erstaunt, als ich sie auf dieses Mißverhältnis aufmerksam machte. »Keineswegs! Wir sind bestens ausgerüstet. Bohrmaschinen, Kräne, Robotfahrzeuge... an Maschinen fehlt es uns nicht. Eine riesige Baustelle – dazu braucht man nicht mehr Menschen als in einer automatischen Fabrik. Hier«, sie trat mit mir an die Schaltwand, »ist alles, was wir brauchen. Doppelte Kontrolle... einmal über Meßgeräte, das andere Mal über Monitore. Wir wissen stets, was jedes Fahrzeug macht, wo es sich befindet. In schwierigen Fällen greifen wir ein – Telemanipulation, kein Problem. Wir haben unseren Zeitplan eingehalten. Oder bestehen daran Zweifel?« Plötzlich blickte sie mich mißtrauisch an.

»Davon weiß ich nichts«, antwortete ich eilig. Ich wollte noch etwas hinzufügen, doch ein dumpfes Donnern, das überraschend laut durch die Mauern drang, ließ mich erschreckt aufhorchen.

Teresa lächelte. »Daran wirst du dich gewöhnen, das gehört hier zum Alltag. Das Wasser lockert das Gestein, oben, in der Bergregion friert es, immer wieder regnet es Schutt und Felstrümmer, und zwischendurch kommen hausgroße Blöcke herab. Doch hier, unter dem Überhang, sind wir sicher.«

Inzwischen hatten die andern an den Steuerpulten Platz genommen, sie widmeten sich – wie ich annahm – ihrer üblichen Tagesarbeit. Über die Monitore beobachtete ich, wie sich mit Greifarmen ausgestattete Fahrzeuge in Bewegung setzen, wie ein riesiges, hin- und herschwenkendes Saugrohr Schutt von den planierten Flächen entfernte, wie sich ein hochragendes Bohrgerät drehte, wie zähflüssige Zementmasse in Stützgerüste aus Kunststoff floß, und wie sich da und dort riesige Felsplatten unter dem Druck von Sprengungen hochwölbten und zerbarsten.

Teresa ließ einen gelangweilten Blick über die Bildschirme wandern, dann ging sie mit mir zur Schleuse, wir traten hinaus. Es war unangenehm kalt geworden, der Wind wehte in Böen – davon hatte man im Inneren der Behausung nichts bemerkt, und so kam es für mich überraschend, und ich mußte mich an die Wand stützen, um nicht zu fallen.

»Scheußlich«, sagte ich und schüttelte die Nässe ab, die mir der Windstoß auf die Kleider geweht hatte. Auch auf dem Gesicht spürte ich ein paar Tropfen. Ich wischte sie sorgfältig weg. »Ich bin naß geworden – muß ich etwas dagegen tun?«

Teresa sah mich ein wenig überlegen an. »Vergiß es! Nur gerade baden solltest du nicht.«

»Woher kommt der hohe Säuregehalt?« fragte ich.

»So hoch auch wieder nicht: Die Kohlensäurekonzentration ist etwas höher als auf der Erde, dazu Stickoxid... Woher das kommt? Wir wissen es nicht. Vielleicht Ausscheidungsprodukte der Vegetation? Sie unterscheidet sich doch wesentlich von allem, was wir kennen.« Mir war unbehaglich zumute, und ich sagte es ihr.

Die schwarzhaarige Frau mit dem mageren und dennoch hübschen Gesicht schüttelte den Kopf. »Was willst du eigentlich; es ist ein Planet mit atembarer Luft, ein Planet, dessen Schwerkraft und Druckverhältnisse für uns durchaus erträglich sind. Weißt du nicht, wie wenige es von dieser Sorte gibt? – Wie die andern aussehen? Unbeschreibliche Hitze, Glut, gegen die keine Abschirmung schützt, radioaktive Strahlung... oder auch die Meere aus zu Flüssigkeiten verdichteten Gasen, die leblosen Regionen der Erstarrung... Und hier: ein Planet, auf dem Leben gedeiht! Und da beschwerst du dich über ein wenig Wasser und Wind?«

Wir standen noch eine Weile an der Schwelle des Eingangs, ich war ein wenig nachdenklich geworden. Gewiß hatte Teresa recht. Was mich wunderte, war aber ein für mich unerwartetes Maß an Einsicht, an Abgeklärtheit, das aus ihren Worten sprach. Eine junge Frau, in eine Karstwüste verbannt, die besten Jahre ihres Lebens durch eintönige Arbeit vertan – und sie schwärmte mir von den zweifelhaften Vorzügen eines angeblich lebensfreundlichen Planeten vor.

Als wir die Zentrale wieder betraten, ließ sich Teresa an ihrem Arbeitsplatz nieder, sie nickte mir noch einmal kurz zu und schien mich dann auch schon vergessen zu haben. Dafür erhob sich McMack und setzte sich zu mir an den Tisch, von dem die Reste des Frühstücks nun weggeräumt, der Recyclinganlage einverleibt waren.

»Wie willst du deine Arbeit angehen? Wenn du etwas brauchst – ich helfe dir gern.«

»Ich hab es mir noch nicht richtig überlegt«, sagte ich. »Manches ist anders, als ich erwartet habe...«

»Ich halte es für richtig, daß man dich hergeschickt hat.« McMack sagte es in gewohnter Freundlichkeit, doch sein Blick hing an der Schaltwand mit den vielen Monitoren, auf denen sich technische Maschinerien bewegten. Dann schien irgend etwas ordentlich zum Abschluß gekommen zu sein, denn er drehte sich wieder zu mir um und fuhr fort: »Solche Anlagen kann man nicht am grünen Tisch errichten. Was nützen alle Maße und Pläne, alle physikalischen und chemischen Daten, wenn man die Situation nur von der Beschreibung kennt. Ich glaube, du solltest die Dinge ruhig erst einmal auf dich wirken lassen. Und dann wirst du etwas entwerfen, das genau hierher paßt, unseren Zweck erfüllt.«

»Ich bin ein wenig darüber erstaunt«, sagte ich zögernd, »daß sich euer Leben offenbar hier in diesem kleinen Raum abspielt. Ich dachte mir...«

McMack nickte verständnisvoll. »In den ersten Wochen haben wir auch einige Ausflüge unternommen, mit geländegängigen Fahrzeugen sind wir die Hänge entlanggefahren, manchmal bis zur Grenze der Wälder. Und einige Male sind wir die Steilwände hinaufgestiegen, mit primitiven Kletterwerkzeugen, bis in die Gipfelregion. Doch dann...« Er schwieg.

»Und dann?« wiederholte ich.

McMack blickte wieder zu den Monitoren, schien an etwas anderes zu denken.

»Dann... dann haben wir uns auf unsere Arbeit konzentriert.« Irgend etwas schien ihn zu fesseln, die Vorgänge auf einem Monitor oder der Zeiger auf einer Meßskala... er stand auf, setzte sich auf den leerstehenden Stuhl vor einem Gewirr von Hebeln. Ich sah zu, wie er damit hantierte, gewissermaßen blind, denn sein Blick hing an einem großen Monitor, und erst nach einiger Zeit stellte ich fest, daß sich die Bewegungen, die er mit den Hebelgriffen durchführte, im vergrößerten Maßstab draußen wiederholten – an einem Manipulator, der über eine Schutthalde abzugleiten drohte und sich nun – von McMack ferngesteuert – fast wie ein lebendiges Wesen an Felsvorsprünge anklammerte und hochzog.

Den Rest des Vormittags hatte ich damit verbracht, mir die Pläne noch einmal anzusehen – mir die Örtlichkeit einzuprägen, mich über den Stand der Arbeit zu informieren. Nachmittags wollte ich mich draußen etwas umsehen. Owen hatte versprochen, mich zu begleiten.

Nach dem Mittagessen, das wir wieder gemeinsam eingenommen hatten, bat mich Owen um ein wenig Geduld – er hätte noch einiges zu tun. Inzwischen setzte ich mich zu Sunshine. Wie sie mir erzählte, war das ein Spitzname, ihr richtiger Vorname war May, ihren Familiennamen – er lautete Ho – hatte sie, wie sie meinte, fast schon selbst vergessen. Ich blickte ihr über die Schulter auf den Bildschirm, wie die anderen hatte sie einen ganzen Pulk von Anlagen zu überwachen, und sie tat es mit derselben Selbstverständlichkeit wie ihre Kollegen. Ich verstand nicht allzuviel von dem, was ich sah, dafür aber wurde mir plötzlich ihre Nähe bewußt und die Tatsache, daß sie ein ungewöhnlich anziehendes Mädchen war. Unter anderen Umständen hätte ich mich vielleicht um sie bemüht, doch hier hätte das einen Eingriff in die Verhältnisse bedeutet, den ich nicht riskieren durfte. Freilich hatte ich bisher noch nichts von privaten Beziehungen innerhalb des Teams bemerkt – was um so verwunderlicher war, denn immerhin hatte man zwei durchaus ansehnliche Männer mit ebenso gut aussehenden Frauen kombiniert. Somit wäre eher zu erwarten gewesen, daß sich zwei Paare gebildet hätten, und das war ja wohl auch der Grund für die Zusammensetzung des Teams gewesen. Und trotz der sorgfältig vorgenommenen psychologischen Selektion hätte es mich auch nicht gewundert, hätte es irgendwelche Verfallserscheinungen in den Beziehungen gegeben, Eifersucht, Streitigkeiten... Aber auch in diesem Fall verhielten sich die Vier ungewöhnlich – viel zu ruhig und gefestigt, als es ihrem Alter zustand, vielleicht sogar im gewissen Sinn gleichgültig.

Während ich noch grübelte, hatte Sunshine ihr Problem, zumindest für den Moment, gelöst und sich mir zugewandt. Vielleicht war es ihr Blick, der Ausdruck ihrer Augen, der mich einen Moment verlegen machte, so daß ich nach einem Anhaltspunkt suchte, um das Gespräch zu beginnen. Ich griff nach einem faustgroßen Stück Glas oder Kristall, das sie als Briefbeschwerer auf einen Stoß Computerausdrucke gelegt hatte. »Ein schönes Stück«, sagte ich, »geschliffenes Glas oder Kristall?« Das Gebilde war schwerer als erwartet, obwohl der Raum nur mäßig erleuchtet war, blinkten darin bunte Reflexe.

»Ein Andenken«, sagte Sunshine. Lag eine Spur von Mißbilligung in ihrer Stimme? Glatte Seitenflächen, die Kanten abgeflacht... die Form erinnerte mich an irgend etwas, was ich kannte... Sunshine nahm mir das blinkende Ding aus der Hand und legte es wieder auf ihre Arbeitsplatte.

»Ich freue mich über alles, was schön ist«, sagte sie. »Farben, eine Pinselzeichnung, ein Gedicht...«

»Ist es dann nicht doppelt schwer – ich meine, der Aufenthalt auf einem entlegenen Planeten?«

Fast schroff wehrte sie ab. »Schöne Dinge sind nicht auf die Erde beschränkt. Schönheit gibt es überall – man muß sie nur finden.«

Unser Gespräch hatte eine unerwartete Wendung genommen, und so wurde es mir schwer, mich nach dem zu erkundigen, was mich am meisten interessierte: die Beziehungen zwischen diesen Menschen. Darum war ich ganz froh, als mich Owen fragte, ob ich jetzt zu einem kleinen Spaziergang bereit wäre.

Ich bedankte mich bei Sunshine, dann zog ich – wie mir Owen riet – eine warme Kombination an.

Noch immer war es kalt und windig. Als wir den Schutz der Felswand verließen, waren wir den Böen so ausgesetzt, daß wir uns manchmal sekundenlang ans wackelige Geländer klammern mußten. In den Lüften rauschte es, zwischendurch kam hin und wieder ein heulender Ton auf, der sich unstet in den Höhen zu bewegen schien. Dann wieder herrschte zwei oder drei Minuten lang absolute Windstille, das Heulen und Rauschen erstarb, und plötzlich hörte ich ein Rieseln, Knirschen und Knistern, dessen Ursprung mir zunächst verborgen war...

»Es ist das saure Wasser, das den Felsen löst«, erklärte Owen. Richtig – es kam aus Spalten und Klüften, aber selbst unter unseren Füßen schien sich etwas knisternd zu regen. »Gestern hat es mir hier besser gefallen«, sagte ich, und Owen lachte.

»Es war einer der seltenen Tage mit Sonnenschein – sonst hätte es für deine Fähre gar keine Landeerlaubnis gegeben. Aber auf den ersten Eindruck kommt es doch bekanntlich an!«

Vom Wind immer wieder zu Pausen gezwungen, gingen wir kreuz und quer über das Arbeitsfeld der Maschinen – wobei wir uns hüteten, ihnen zu nahe zu kommen. Nur ein kleiner Teil der Region war eingeebnet, bereit, die großen Bodenplatten aufzunehmen, die in einer Mulde aufgereiht lagen. Sie sollten den Boden bilden, den Untergrund für alles das, was hier einst stehen würde. Der Zweck der Einrichtungen war vorgegeben – das Kraftwerk, das Versorgungssystem, die Wohn- und Aufenthaltsräume, der Startplatz für die Fähren, die eine ständige Verbindung mit der geplanten Relaisstation im Orbit herstellen sollten. Wie sich aber alles das in die Kulisse der Landschaft einordnen würde, ein

Fremdkörper in diesem Tal, oder ein Zeugnis menschlicher Aktivität, das sich sehen lassen könnte... das alles würde von mir abhängen, von meiner Fähigkeit, menschliche Technik ungewohnten Umständen anzupassen. In Gedanken sah ich die Anlagen schon wachsen, widerstandsfähig und schwer, wie es das rauhe Klima verlangte, und doch wieder leicht und elegant gegenüber dem Massiv der Berge. Ich stellte mir eine Reihe von halbkugelförmigen Einheiten vor, durch transparente Röhren verbunden, in denen sich Laufbänder bewegten. Ich dachte an weißen Schaumstoff, der jede beliebige Form annimmt und sich auch den unregelmäßigsten Bodenformen anpaßt, darauf ein System von Wegen, das auch in entferntere Teile des langgezogenen Tals führt, Gelegenheit gibt, bis an den Rand der unberührten Natur zu kommen...

Die nächste Sturmbö riß mich aus meinen Träumen, Owen hielt mich am Arm, um mich am Ausgleiten zu hindern. Denn da und dort hatten sich Eisschichten gebildet, und ein paar Minuten später regneten Schauer von Hagelkörnern auf uns herab. So rasch als es das Eis am Boden zuließ, gingen wir zur Unterkunft zurück und waren froh, als wir die nasse Schutzkleidung ausziehen konnten.

Die andern drei saßen noch immer an ihren Arbeitsplätzen, ließen sich durch das schlechte Wetter nicht behindern. »Glücklicherweise sind die Maschinen nicht wetterempfindlich«, sagte McMack. »Doch auf einige spezielle Arbeitsgänge, beispielsweise das Einfüllen des Zements, müssen wir verzichten.«

Das Hagelwetter wirkte sich auch auf die Monitore aus – weiße Schauer wirbelten über die Bilder, die Maschinen erschienen als schemenhafte Schatten über einer abstrakten grauen Landschaft. Es kostete Konzentration, unter diesen ungünstigen Bedingungen konsequent weiterzuarbeiten, und wieder wunderte ich mich über die Unbeirrbarkeit dieser Menschen, die keine Sekunde lang am Sinn ihrer Arbeit zweifelten.

Später saß ich mit Owen zusammen, wir tranken Tee, aus dem Lautsprecher klang leise Musik. Vom Unwetter war wenig zu merken; nur der große Bildschirm, der auch nachts über eingeschaltet blieb, zeigte ein trübes Bild der Arbeitsstelle, ich nehme an in Infrarot, denn eine Beleuchtung gab es nicht. Von Zeit zu Zeit, lediglich ein Nebengeräusch, an das man sich rasch gewöhnte, ein Prasseln der Hagelkörner auf das Metall der Schleuse.

»Ein Planet im Urzustand«, sagte ich. »Vielleicht ein Abbild der Erde vor Millionen Jahren.«

Owen kritzelte mit einem Schreibstift auf einem Stück Elektrostat-Papier. Er setzte Reihen von Linien nebeneinander, wischte sie dann mit den Fingern wieder weg. Es schien, als habe er mich nicht gehört oder mich nicht verstanden, und als er schließlich doch antwortete, war mir, als müsse er sich dazu überwinden. »Das glaube ich nicht... Ganz im Gegenteil...« Er blickte auf, der Ausdruck in seinem Gesicht war ein wenig abwesend, doch er lächelte. Mit seinem Bart, der vom Haaransatz bis zum Kinn herunterging, die Wangenpartie jedoch frei ließ, erinnerte er mich an eine jener Heiligenfiguren in den Kirchen, die man alten Schnitzwerken nachgebildet hatte. Er sprach mit ruhiger Stimme, fast ein wenig feierlich. »Jung oder alt, die Zahl von Jahren oder Jahrmillionen... alles das ist relativ. Ein Planet im Urzustand? Diese Gebirgslandschaft erweckt vielleicht den Eindruck, in Wirklichkeit aber besteht das Gestein aus Kalk, und das bedeutet, daß es einst Meeresboden war, in langen Zyklen von Hebungen und Senkungen hinaufgedrückt und aufgefaltet. Auf diesem Planet gibt es kaum noch Urgestein. Und biologisch gesehen? Hier oben, an der Oberfläche, keine Pflanzen, keine Tiere. Unten dagegen wucherndes Leben. Gewiß, es könnte der Beginn einer Entwicklung sein, doch das trifft nicht zu.«

Verständlich, daß ich mich mit dieser Andeutung nicht zufrieden gab und mich danach erkundigte, was ihn zu dieser Meinung brachte.

»Am besten, ich zeig es dir«, antwortete er und wandte sich wieder seinen Kritzeleien zu. Jetzt setzte er die Striche kreuz und quer, wischte da etwas weg, fügte dort etwas ein... und nach und nach entstand daraus ein fremdartig erscheinendes Muster, eine ornamentale Figur, etwas, das ein Tier sein mochte, oder eine Pflanze, vielleicht aber auch etwas ganz anderes, dessen Sinn ich nicht zu erfassen vermochte.

»Am nächsten schönen Tag«, murmelte er, ohne den Kopf zu heben, »... am nächsten schönen Tag – dann gehen wir ein Stück hinauf, zur höheren Stufe des Tals... du wirst sehen...«

In der folgenden Nacht schlief ich unruhig, wälzte mich hin und her... vielleicht war es die ungewohnte Untätigkeit, das Fehlen zielgerichteter Arbeit, vielleicht lag es aber auch an der Atmosphäre, an dieser Situation, die auf den ersten Blick so normal wirkte, nach und nach aber immer ungewöhnlichere Facetten offenbarte. Ich träumte von unbeschreiblichen, bedrohlichen Dingen, und diese Träume verwischten sich mit einer bizarr verzerrten Wirklichkeit, in der die mir inzwischen gut bekannten Personen und Dinge dieser Station vorkamen, jedoch völlig andere Bedeutung hatten...

War es ein Geräusch, das mich geweckt hatte? Ich lauschte in das Dunkel hinein... Noch immer schlugen die Schauer von Hagelkörnern an die Wand, das Geräusch, das sie an der metallenen Schleusentür verursachten, wirkte in der Stille laut und unheimlich...

Meine Kehle war trocken, ich stand auf, um mir aus der Kochnische etwas Wasser zu holen. Das Notlicht schien trüb, eine Art lebloser Erstarrung lag fast greifbar in den engen Gängen und Räumen.

Als ich an der Tür von McMacks Kammer vorbeikam, stutzte ich unwillkürlich... Sie stand eine Handbreit offen, und obwohl ich im Dunkel dahinter nichts erkennen konnte, hatte ich das entschiedene Gefühl, daß der Raum leer war. Leise drückte ich die Schiebetür noch ein wenig weiter zur Seite... Das Licht, das nun vom Gang hineinfiel, zeigte ein leeres Bett.

Sollte auch McMack nicht schlafen können?

Im Aufenthaltsraum befand er sich nicht, auch die Toilette war leer, und nun erst war mein Interesse richtig erwacht. Ich blickte in den Generatorraum, in die Vorratskammern, in die Werkstatt... alles leer.

Dann kam mir ein Gedanke, und ich lachte auf... das mußte die Lösung sein: Wahrscheinlich waren die Beziehungen doch nicht so distanziert geblieben, wie ich angenommen hatte, und er befand sich bei einer der Frauen. Was ging es mich eigentlich an?

Doch als ich an den Kammern vorbeiging, hatte ich wieder dieses Gefühl der Leere... plötzlich war ich überzeugt, daß auch hinter den anderen Türen niemand war. Kurz entschlossen zog ich die erste Tür auf... leer, die zweite... leer, und auch die dritte... leer! Das ganze Team hatte sich aus der Unterkunft entfernt – eigentlich unglaublich, angesichts dieses Wetters! Was mochte es sein, was Menschen, die tagsüber hart gearbeitet hatten, dazu bewog, die Nacht irgendwo im Freien zu verbringen?

Ich wollte den Dingen auf die Spur kommen, setzte mich gegenüber der Schleuse an den Tisch und wartete...

Der große Monitor zeigte niedrighängende Wolken, schmutziggelb und braungrün. So mußte es auf der Erde ausgesehen haben, als man Energie noch durch chemische Verbrennung gewann.

Offenbar war ich eingeschlafen... Es war die Stimme von McMack, die mich aufschreckte. Er stand lächelnd vor mir, schüttelte den Kopf. »Was ist los mit dir? Ist es in deiner Kabine nicht bequem genug?« Es klang teilnahmsvoll, freundlich interessiert, und doch war ich mir nicht klar darüber, ob nicht ein wenig Spott dahinter steckte.

Jetzt kamen Teresa und Sunshine herein, wünschten »Guten Morgen« und begnügten sich im übrigen damit, mich mit einem etwas erstaunten Blick zu streifen – denn immerhin hatte ich noch den Schlafanzug an.

Verlegen stand ich auf und lief in meine Kabine, um mich anzukleiden.

Am späten Vormittag riß die Wolkendecke auf, der große Bildschirm zeigte das Areal aus Fels und Beton, das wie eine Festung wirkte.

Owen brachte mir ein Paar Stiefel, musterte meine Füße und sagte: »Die könnten passen! Wenn es dir recht ist, dann machen wir unsere Exkursion.«

Ich war dazu bereit, die Stiefel paßten mir – sie hatten hohe, bis an die Knie reichende Schäfte, die Sohlen waren mit Kletterprofilen versehen.

Wir traten vor die Tür. Der fahlblaue Himmel war von blendender Helle, ich mußte meine Sonnenbrille aufsetzen. Es war überraschend warm, nur im Schatten hatten sich noch Reste stehender kalter Luft erhalten.

Owen schlug die Richtung nach Norden ein, bald befanden wir uns in unwegsamem Gelände, stiegen über Felsstufen auf. An den sonnenbeschienenen Partien war der Boden trocken, doch im Schatten mußte man aufpassen – dort gab es noch Eis.

Wir befanden uns rund 200 Meter über der Station, während der kurzen Verschnaufpausen, die Owen einlegte, hatte ich Gelegenheit, die Aussicht zu bewundern, die von hier oben noch eindrucksvoller war. Die Gipfel der Berge weiß, darüber hingen wie Rauchringe die letzten Reste der Wolkendecke. Ein vollständiger

Überblick über das Tal, in dem die Eingriffe des Menschen kaum noch auffielen. Und tief unten das geheimnisvolle Nebelmeer des Dschungels.

Etwa eine Stunde waren wir nun unterwegs, das Gelände wurde wieder flacher, noch immer nackter Fels, in schrägliegende Schichten gegliedert. Owen ging zielsicher vorwärts, strebte der Felswand zu, die den Taleinschnitt begrenzte. Nun konnte ich einige übereinandergebaute Steinplatten erkennen, offenbar ein Wegweiser, denn Owen ging geradewegs darauf zu. Vor uns öffnete sich eine Mulde, über eine Schutthalde rutschten wir abwärts – auf dem Hosenboden sitzend kam ich unten an.

Wir waren am Ziel. Was ich von oben noch für ein Spiel der Natur gehalten hatte, Felsfiguren, Säulen, Erker, Kapitäle, entpuppte sich als Zeugnis einer uralten Kultur. Manches war zerstört, die Oberfläche durch den sauren Regen angefressen, die ursprüngliche Form nur noch mit Mühe erkennbar... Aber an geschützten Stellen, unter Felsdächern geborgen, waren die Reste von Bauten, Skulpturen, Weganlagen und dergleichen deutlich zu identifizieren.

Owen trat an die Wand heran, schob einen abgebrochenen Gesteinsbrocken zur Seite. Er brauchte nichts zu erklären, ich verstand, was er damit sagen wollte: Diese Anlagen waren nicht an Ort und Stelle entstanden, sondern mit den Kalkschichten hierher transportiert worden. Eine Kultur, untergegangen in den Anschwemmungen eines Flusses oder eines Meeres, unter dicken Lagen aus abgesetztem Kalk begraben, und dann, vielleicht erst Jahrmillionen später, von den Kräften aus dem Inneren des Planeten emporgehoben, zu Gebirgen getürmt.

Es erschien mir wunderbar genug, daß Owen diese Kulturreste gefunden hatte, doch er erklärte mir, daß das keineswegs die einzige Stelle sei, an der man sie finden könne. Würde man einmal darauf achten, dann gäbe es an vom Taleinschnitt offengelegten Schichten fast überall ähnliche Entdeckungen zu machen – wenn auch nicht in solch hervorragendem Erhaltungszustand. Und er bat mich mitzukommen – er wolle mir noch etwas zeigen.

Wir gingen unter einigen Bogen hindurch in den Hintergrund der Mulde, wo es schon etwas dämmrig war. Wir kamen zu einer Nische, die von einer nur noch als Fragment erhaltenen kunstvoll zugehauenen Felsplatte verschlossen war. Owen hob den kleinen Taschenstrahler, den er eingesteckt hatte, leuchtete hinein. Ich stellte mich auf die Zehenspitzen, der engausgeblendete Lichtschein bewegte sich unstet, doch konnte ich es trotzdem erkennen: Es war ein Skelett. Nach dem Knochenbau zu schließen sicher kein menschliches; zwar erkannte ich eine Wirbelsäule, Rippen, die Röhrenknochen von Gliedmaßen, doch die Gestalt des Kopfes ließ auf eine völlig andersartige Lebensform schließen. Ich erkannte das runde Schädeldach, typisch für ein hochentwickeltes Gehirn, doch vorn gab es einen Fortsatz, der eher an einen Schnabel erinnerte.

Ich starrte lange in die dunkle Höhlung, und Owen leuchtete mir geduldig.

»Die Kultur, von der du gesprochen hast...« sagte ich und bemühte mich erst gar nicht, eine gewisse Ergriffenheit zu verbergen. »Es gab intelligentes Leben hier, Kunst, Technik. Kaum zu glauben, daß eine Zivilisation wie diese wieder untergeht, daß nichts mehr übrig bleibt als eine Felswildnis, ein Dschungel – und diese im Kalk erstarrten Lebensspuren. Schade! Es hätte interessant sein können... wir sind zu spät gekommen. Ein paar Millionen Jahre zu spät.«

Owen knipste seine Lampe aus, steckte sie ein. »Sind wir zu spät gekommen?« fragte er. Doch er ließ nicht erkennen, was er meinte; als hätte er es plötzlich eilig, ging er hinüber zur Halde, kletterte hinauf. Mir blieb nichts übrig, als ihm zu folgen.

Ich hatte nichts von meiner Beobachtung der letzten Nacht gesagt. Kein Zweifel, daß sie ein Geheimnis vor mir hatten – und offenbar nicht die Absicht, mich einzuweihen.

Ich ließ mir nichts anmerken, zeigte mich statt dessen von der Besichtigung beeindruckt – was ich nicht vortäuschen mußte, denn diese Entdeckung war einmalig. Erstaunlich genug, daß sie diese nicht gemeldet hatten – es wäre eine Sensation gewesen. Es mußte irgendwelche Gründe dafür geben, vielleicht hingen sie mit den nächtlichen Ausflügen zusammen, ich würde noch dahinterkommen. Als die Zeit der Nachtruhe heranrückte, verabschiedete ich mich, zog mich in meinen Schlafraum zurück, doch diesmal würde ich wach bleiben. Ich hatte zwei Tassen starken Kaffee getrunken, mich aufs Bett gelegt, das Licht gelöscht. Doch meine Tür stand einen Zentimeter weit offen, und ich lauschte gespannt ins Dunkel hinein.

Und dann hörte ich etwas... leise, schleifende Schritte, gedämpfte Worte... dann war es wieder still.

Geräuschlos öffnete ich die Tür, trat auf den Gang hinaus, lief in die Zentrale hinauf. Ich setzte mich an die Monitorwand, schaltete das Nachtsichtgerät ein, ließ die Kamera nach allen Richtungen schwenken; soweit kannte ich mich inzwischen mit den Anlagen aus.

Der Monitor glitt über schattenlos in der eigenen Wärmestrahlung leuchtenden Fels... jedes Lebewesen hätte sich darauf hell abzeichnen müssen. Doch die Umgebung war leer. Sie hatten sich weitaus schneller entfernt, als es mir möglich erschien – oder sie befanden sich noch im Gebäude. Aber wo? Nachdenklich ging ich in der Zentrale auf und ab, überlegte. Unwillkürlich streifte mein Blick den glasartig durchsichtigen Briefbeschwerer von Sunshine, und da fiel mir schlagartig ein, woher ich diese Form kannte: Es war ein Kalkspatkristall, wie man ihn in Steinbrüchen und Höhlen findet. Höhlen! Für Karstgegenden eine typische Erscheinung, man konnte sie durch natürliche Eingänge, durch Abflußtrichter des Wassers, durch Klüfte erreichen, und man schnitt sie an, wenn man den Fels entfernte, beispielsweise bei der Grundierung eines Gebäudes.

Jetzt wußte ich, wo ich suchen mußte. Wo war der tiefste Punkt der Unterkunft? Der Generatorraum!

Ich stieg die Leiter hinunter, sah mich um. Ich brauchte nur noch einige Kisten beiseitezuschieben, um einen aus Kunststoffplatten gefertigten Deckel zu finden. Ich hob ihn auf, schlüpfte hindurch. Unter mir war es rabenschwarz, das bißchen Licht, das durch die Öffnung einfiel, verlor sich in unbestimmte Tiefen.

Ich lief die Treppe wieder hinauf, holte mir eine Handlampe und zog nach kurzem Überlegen dieselben Kleider an, die ich für den Ausflug zu den prähistorischen Stätten benutzt hatte. Auch die Stiefel vergaß ich nicht – wenn es sich um eine naturbelassene Karsthöhle handelte, dann würde ich sie brauchen.

Nun konnte ich mich auf meinen Entdeckungsgang machen. Als ich den Strahl der Lampe hinunter richtete, war tief unten ein blasser Widerschein zu erkennen. Dann erfaßte der Strahl eine Eisenleiter. Ich befestigte die Lampe mit einer Schlinge am Handgelenk und stieg ab.

30 Meter, 40 Meter... Die Leiter schwankte, und ich kämpfte gegen Schwindelgefühl. Ich hatte den Eindruck, in einer schwarzen Flüssigkeit zu schweben. Dann aber fühlte ich festen Boden, ich hob die Lampe, blickte mich um. Ich befand mich in einer

riesigen Halle, die Form schwer zu bestimmen, denn der Lichtkegel erfaßte nur hin und wieder eine Felskulisse und fiel dann wieder in grenzenlose Abgründe von Schwarz. Doch der Boden unter meinen Füßen war fest, und das gab mir ein beruhigendes Gefühl. Vorsichtig schritt ich los, die Richtung willkürlich, dabei bemühte ich mich, die Leiter nicht aus den Augen zu verlieren. Jetzt erst erkannte ich, daß sie ohne jede Stütze durch den Raum führte, nur oben und unten befestigt.

Nach und nach machte ich mich mit der Örtlichkeit vertraut. Der Raum war rund, an einer Stelle mündete ein Gang, und in diesen führten Fußspuren. Ich folgte ihnen.

Lange wanderte ich dahin. Zuerst waren die Wände glatt, später traten einzelne Tropfsteingebilde auf, und schließlich befand ich mich inmitten einer Wunderwelt seltsamer Gestalten, Kegel, Säulen, Vorhänge, alles weiß, da und dort rotbraun gestreift.

Etwa eine Stunde lang war ich dahin gewandert, da öffnete sich der Gang, vor mir wieder eine Halle, der Boden rund zehn Meter tiefer; über eine Balustrade von Tropfsteinen konnte ich hinunterblicken.

Ob sich die andern dort unten aufhielten? Wie würden sie sich verhalten, wenn sie mich hier entdeckten? Ich hatte meine Lampe abgeschaltet, starrte ins Dunkel. Wenn sie sich dort unten befanden, dann mußten ihre Lichter zu sehen sein. Ich sah nichts.

Nach einer Weile schaltete ich meine Lampe wieder ein, stieg Stufe um Stufe hinunter – die Spuren, am weißen Felsboden gut zu erkennen, wiesen mir einen leicht gangbaren Weg.

Dann stand ich unten, wieder hob ich meine Lampe, um mir ein Bild von der Umgebung zu machen. Dieser Raum sah anders aus, künstlich. Keine Tropfsteine mehr, statt dessen glatte Wände, glatter Marmor, rot und gelb gebändert. Säulen, regelmäßig in ein Geviert gesetzt, in der Mitte eine Art Becken... vielleicht ein Brunnen? Irgend etwas hielt mich davor zurück, geradewegs darauf zuzugehen. Ich hielt mich an die Wände, ging an aus Stein gehauenen Figuren vorbei, deren Bedeutung nicht zu erkennen war. Am Fuß ein Sockel, eingehämmerte Zeichen – wahrscheinlich eine Schrift.

Ein quaderförmiger Block, rein weiß, die Seitenflächen mit Bildern versehen, bemalt oder eingebrannt. Der Schein meiner Lampe glitt über Darstellungen, die schauerlich und schön zugleich waren... Kein Zweifel, die Lebewesen mit den klobigen

Körpern und den überproportional großen, in Schnäbel auslaufenden Köpfen entsprachen dem Skelett, das mir Owen am Tag zuvor gezeigt hatte. Daneben aber gab es kleinere Figuren, in Reihen angeordnet wie eine Formation Soldaten, von Tüchern verhüllt, aus denen Hände und Füße hervorsahen. Hände und Füße, die Menschen gehören könnten...

Ich trat einen Schritt zurück, als wollte ich dem Bannkreis dieser Darstellungen entfliehen. War es meine Phantasie, die mir abwegige Ideen suggerierte? Menschen, hier auf diesem Planeten, schon vor undenklichen Zeiten? Nun ging ich wieder einige Schritte vor, sah mir diese Gestalten genauer an... es konnten keine Menschen sein, ihr Körperbau, der sich unter den Gewändern abzeichnete, entsprach eher dem eines aufrecht stehenden Tiers, die vorderen Gliedmaßen, die in Hände ausliefen, waren auf unnatürliche Weise vorgestreckt. Nein, ich wollte sachlich bleiben – gerade vor diesen Eindrücken, die für sich gesehen phantastisch genug waren. Man brauchte sich nichts Abwegiges dazuzureimen.

Nun wagte ich mich auch ins Zentrum, dort wo die beckenartige Vertiefung zwischen den Säulen lag. Ich ließ mich am Rand auf die Knie nieder... keine Flüssigkeit darin, dafür ganze Gruppen von kugelförmigen braunen Gebilden... vielleicht Pilze – ja, ein Beet mit Pilzen!

Ich streckte die Hand aus, berührte die straff gespannte Oberfläche der mir am nächsten liegenden Pflanze. Schon beim ersten, leisen Kontakt erklang ein Paffen, die Haut zerriß und eine gelblich grüne Staubwolke verbreitete sich rasch.

In diesem Moment wurde ich von hinten zurückgerissen... und dann war ich plötzlich von einem azurfarbenen Leuchten umgeben, ich schwebte auf einem Polster träge bewegter Wellen, spürte eine unglaubliche Ruhe und Zufriedenheit...

Ich hatte nur einen Atemzug der vom grünen Staub erfüllten Luft gekriegt, vom Rande, wo die Wolke noch ganz dünn war, doch es hatte schon genügt, um mich für einige Minuten zu betäuben. Und auch danach, als ich wieder zu mir kam, wieder wußte, wo ich war, was ich vorhatte, blieb irgend etwas verändert... es betraf die Empfindungen, die Gefühle... eine alles dominierende Bereitschaft zur Ergebenheit, zum Gehorsam...

Aber wem gegenüber?

Neben mir stand Sunshine May. »Geh sofort zurück, nimm ein Schlafmittel, sag niemand, daß du hier gewesen bist!«

Normalerweise hätte ich Fragen gestellt, Vorbehalte gemacht... jetzt nickte ich wie unter Zwang, jemand hatte mir einen Auftrag gegeben, und ich würde ihn ausführen, ohne Vorbehalte, ohne Kritik. Ich drehte mich um, ging den Weg zurück, den ich gekommen war. Ich stieg die Leiter hinauf, legte meinen Anzug ab, verstaute die Stiefel... ich verhielt mich völlig logisch, nüchtern. Dann holte ich mir aus der Apotheke zwei Tabletten eines Schlafmittels, schluckte sie mit etwas Wasser hinunter, suchte meine Kammer auf, legte mich nieder und schlief.

Als mich McMack am nächsten Tag weckte, hatte ich leichte Kopfschmerzen, fühlte mich ein wenig benommen. Aber ich wurde rasch wach, erinnerte mich mit aller Klarheit an mein nächtliches Abenteuer. McMack schien nichts aufzufallen, er machte eine scherzhafte Bemerkung über meine Müdigkeit und wollte mich im übrigen lediglich zum Frühstück holen.

Eine Viertelstunde später saßen die vier wieder an ihren Anlagen, konzentriert mit ihrer Arbeit beschäftigt, Beobachtung der Monitore, Ablesen der Meßanzeigen, Steuergriffe an den Hebeln. Sie waren eifrig, selbstbewußt, von keinerlei Zweifeln geplagt. Noch gestern hatte ich sie deshalb bewundert, heute sah ich es mit anderen Augen. Unauffällig beobachtete ich Sunshine. Sie ließ sich nichts anmerken, doch ich nahm mir vor, die nächste Gelegenheit wahrzunehmen, um unauffällig mit ihr zu sprechen.

Sie selbst war es, die mir Gelegenheit dazu bot. Das Wetter war noch ebenso schön wie am Tag zuvor, und so schien es nur logisch, daß sie einen Inspektionsgang zur Sendeantenne machen wollte, die draußen, am Ende des Tals, aufgestellt worden war. Und es schien auch niemand zu stören, als ich ihr anbot mitzukommen.

Obwohl mir die Fragen auf den Lippen brannten, wartete ich, bis wir außer Sichtweite der Kameras waren. Wer weiß, vielleicht gab es auch Mikrophone zur Aufnahme von Schallschwingungen.

Wir kamen über eine Felsbarriere, dahinter ging es steil abwärts, doch wir benutzten einen der linken Felswand entlang laufenden Steg, der uns zum Antennenturm brachte.

Nun war meine Geduld zu Ende. »Was hat das zu bedeuten?« stieß ich heraus. »Diese Höhle, eure nächtlichen Wanderungen, die Pilze mit dem betäubenden Pulver...«

Sunshine setzte sich auf einen Felsblock, und ich nahm neben ihr Platz. Während sie sprach, blickten wir hinunter auf die Ebene, die wie immer von wogendem Nebel bedeckt war.

»Wo soll ich anfangen? Ich fürchte, du wirst es nicht verstehen. Wahrscheinlich liegt es an der Einsamkeit... Zuerst waren wir begeistert von unserer Aufgabe, stolz darauf, daß man gerade uns dafür ausgesucht hatte. Doch dann wurde uns bewußt, was es bedeutete... Zwangsarbeit, Verbannung.«

Sie schwieg ein paar Sekunden, schien nach Worten zu suchen, nach der bestmöglichen Art, das Unerklärliche zu erklären...

»Die Höhle entdeckten wir schon in den ersten Tagen – beim Ausschachten des Gebäudes, unserer Unterkunft. Zuerst haben wir das Loch zugemauert, doch einige Wochen später machten wir es wieder auf. Wir dachten uns nichts Besonderes dabei... draußen der ewige Wind, der häufige Regen, der häufige Wechsel von warm und kalt... Innen: ein Ort der Ruhe, der Stille. Draußen ist jeder Schritt mühsam, drinnen kann man wandern... stundenlang. Und dann diese Entdeckungen!«

»Reste der alten Kulturen«, warf ich ein.

»Alt?« Sie schüttelte heftig den Kopf. »Wer weiß das schon? Ich würde eher sagen: zeitlos! Alles ist unberührt, sauber, nichts ist zerstört. Und je weiter man ins Innere kommt...«

Ich mußte ihr aufmunternd zunicken, denn wieder verfiel sie in Schweigen.

»Es wird immer schöner«, flüsterte sie. »Dort innen, in der Tiefe... wer weiß«, wieder brach sie ab. Sie stand auf und setzte den Weg fort. Wohl oder übel folgte ich ihr.

»Wir dürfen uns nicht zu lange aufhalten«, sagte sie in veränder-tem Ton.

Ich hatte Mühe, ihr zu folgen, und erst im Kontrollraum des Senders hatten wir Gelegenheit weiterzusprechen.

Während Sunshine Meßwerte ablas und notierte, hier einen Drehknopf verstellte, dort eine Skala justierte, versuchte ich meine Ungeduld zu zähmen. Doch als sie ein paar Minuten später fertig zu sein schien, hielt ich sie zurück, als sie sich zur Tür wenden wollte.

»Du mußt mir alles sagen«, forderte ich. »Was für eine Bewandtnis hat es mit den Pilzen?«

Sie stand dicht vor mir, ich hatte meine Hände auf ihre Schultern gelegt, und wieder spürte ich jenes Gefühl wie bei unserer ersten

Begegnung, damals, als ich den Kristall auf ihrer Arbeitsplatte entdeckt hatte, den Kristall, den sie aus der Höhle mitgenommen hatte. ›Ein Andenken‹, hatte sie damals erklärt.

»Bitte, sag mir alles«, wiederholte ich, diesmal aber leise, befangen.

»Du hast es ja selbst gespürt: dieses Glücksgefühl, das sie vermitteln – anders hätten wir es hier nicht ertragen können. Wir wären verrückt geworden.«

Ich nickte. »Ja, ich habe es auch gespürt. Es war überwältigend – ich kann euch gut verstehen.« Sunshine war näher an mich herangekommen, und nun lag sie in meinen Armen, hatte den Kopf an meine Schulter gelegt. Ich spürte, wie sie zitterte. »Hast du mir alles gesagt?« fragte ich, meinen Mund an ihrem Ohr. »Gibt es Nebenwirkungen? Macht dieses Mittel süchtig?« Ich spürte Angst – die Ahnung von irgend etwas Unheimlichem.

»Ich bin mir nicht sicher«, flüsterte Sunshine. »Gewiß, das Glücksgefühl... Aber da ist noch etwas anderes, etwas, was man schwer beschreiben kann.«

Ich mußte an den Arbeitseifer von McMack und seinen Leuten denken, an diese stete Freundlichkeit, die keine Gemütsbewegungen aufkommen ließ. War es das, was Sunshine fürchtete?

Jetzt sprach sie weiter. »Es ist nicht das Glücksgefühl allein, es ist eine Anziehung, ein Drang...«

»Versuch es zu erklären!« drängte ich. »Was für Anziehung? Was für Drang?«

»– ihnen zu dienen«, schluchzte Sunshine. »*Ihnen* zu dienen!«

»Wem zu dienen?« Ich fragte, doch ich merkte, daß sie mir nicht antworten konnte.

Ich war aufgewühlt, ungeduldig, mitleidvoll und traurig zugleich. Doch ich war nicht hilflos.

»Möchtest du zur Erde zurück?« Ich schob sie ein wenig von mir weg, blickte ihr in die Augen. Ich fragte noch einmal: »Möchtest du zur Erde zurück?«

»Es ist unmöglich – ich kann nicht...«

»Aber du möchtest!«

Ich führte sie zum einzigen Stuhl, den dieser Raum enthielt, bat sie, sich zu setzen. Ich selbst trat an das Pult, unterbrach die Verbindung zur Unterkunft, schaltete den Sender ein. Dann rief ich die Station im Orbit. Wenige Sekunden später meldete sich eine mir gut bekannte Stimme. Im Prinzip war es gleichgültig, und doch freute ich mich, am anderen Ende der Funkstrecke einen Freund zu haben.

Nach dem Austausch der Kennummern gab ich einen kurzen Bericht durch und forderte zuletzt die Ablösung des Teams bei nächstmöglicher Gelegenheit. Dann verabschiedete ich mich. Sunshine saß unbewegt in ihrem Stuhl, als hätte sie nichts verstanden.

Ich trat auf sie zu, strich ihr über das Haar. »Es geht zur Erde zurück – alles wird wieder gut sein.«

»Es ist unmöglich... Wir haben einen Auftrag, den wir erfüllen müssen.«

»Komm jetzt!« forderte ich sie auf. »Gehen wir zurück – sonst werden deinen Kollegen unruhig.«

Nun folgte sie mir. Wir schlossen die Tür und gingen den Weg zurück. Diesmal hatte ich keinen Sinn für die Aussicht.

Zunächst erwähnte ich nichts von meinem Entschluß, doch am Abend, als man mir ›gute Nacht‹ wünschte, sagte ich kurz: »Diesmal komme ich mit!«

Die andern blickten mich an, sie schienen weder erstaunt noch erschreckt zu sein. Nur im Gesicht von Sunshine, die etwas weiter hinten stand, glaubte ich Besorgnis, vielleicht auch Schrecken zu bemerken.

»Du bist also drauf gekommen«, stellte McMack fest.

»Allerdings – oder hattest du gedacht, ich würde nichts davon merken?«

McMack schüttelte den Kopf. »Wir hätten es dir sowieso gesagt, es ist ja kein Geheimnis. Vielleicht ein wenig später – weil du uns dann besser verstanden hättest.«

Er wandte sich ab, überließ es den andern, ihm zu folgen. Sie legten ihre Parkas über, zogen ihre Stiefel an, steckten die Lampen ein. Ich selbst nahm noch einen Fotoapparat mit Blitzlichteinrichtung mit – niemand schien etwas dagegen zu haben. McMack überzeugte sich, daß alle fertig waren, dann ging er voraus.

Eine halbe Stunde später standen wir unten im Saal mit den vier Säulen. McMack, Teresa und Owen traten auf das Becken zu, fast liebevoll berührten ihre Hände die kugeligen Pilze, der grüngelbe Nebel hüllte sie ein, und man hörte ihre tiefen Atemzüge.

Sunshine stand bei mir, ich hatte den Arm um ihre Schulter

gelegt. Einen Moment sah es aus, als wollte sie sich losreißen, den andern folgen, doch ich hielt sie fest, und sie fügte sich. »Das hast du nicht mehr nötig«, flüsterte ich ihr zu. Sie nickte.

Die andern waren am Rande des Beckens zusammengesunken, es dauerte fast zehn Minuten, bis sie sich wieder zu regen begannen. Währenddessen hatte ich mit Sunshine einen Rundgang durch die Halle gemacht und einige der Reliefdarstellungen auf dem Block fotografiert.

Dann trafen wir mit den andern zusammen; sie wirkten ruhig und sicher, vielleicht lag ein Leuchten in ihren Augen, aber das konnte ich mir geradesogut einbilden.

»Wir zeigen dir ein wenig von dem, was wir hier gefunden haben«, kündigte McMack an, und er fügte hinzu: »Es ist wunderbar.«

Ich mußte ihm recht geben. Mehrere Stunden wanderten wir durch ein Labyrinth von Gängen und Hallen, einige waren weiß wie der erste große Raum, andere orangerot und braun. Zwischendurch kamen wir durch naturbelassene Höhlenräume mit Tropfsteinen und Kristall. In einem gab es jene großen Stücke Kalkspat, wie ich es zum ersten Mal bei Sunshine gesehen hatte.

Je tiefer man ins Innere kam, um so eindrucksvoller waren die künstlerisch ausgestalteten Räume. Einige erinnerten an griechische Tempel, andere waren reich verziert wie die Moscheen des Islam. In einem Nebenraum fanden wir Werkzeuge – so primitiv, daß ich es nicht glauben mochte: schwere Hämmer, Meißel, Gesteinssägen. Sollte all diese Pracht durch Handarbeit zustande gekommen sein? Und wer hatte diese Arbeit vollbracht?

Teresa war neben mich getreten. Jetzt sagte sie: »Es müssen große Künstler gewesen sein, Menschen, die an das glaubten, was sie taten.«

»Sie haben sich in die Höhlen zurückgezogen, als der Planet unbewohnbar wurde«, sagte McMack, der hinzugetreten war. »Hier oben das öde Bergland, dort unten der Dschungel. Kein Platz mehr für eine höheren Werten gewidmete Zivilisation.«

Auch die andern standen nun bei uns. Man merkte, daß sie untereinander einig waren.

»Einige von ihnen könnten noch am Leben sein«, sagte Owen. »Wir kennen nur einen kleinen Teil dieser unterirdischen Räume. Ich war einmal tief unten – mehrere Tage lang – bin soweit gegangen, wie ich mit den Vorräten auskommen konnte. Ich stand vor einem Abbruch – keine Zeit mehr, um den Weg in tiefere Regionen zu suchen. Ich stand lange da – und dann hörte ich Musik. Ja, Musik – ganz leise, kaum lauter als das Rauschen des Bluts. Seid einmal ganz still... vielleicht kann man es auch hier hören!«

Unwillkürlich schwiegen wir, und je länger es still war, um so sensibler wurde mein Gehör, und dann war es mir, als läge ein Singen und Klingen in der Luft, dazwischen tiefe Töne, schwer und regelmäßig...

Ich mußte mich gewaltsam zusammenreißen, dann sagte ich laut und rücksichtslos: »Es ist Zeit zurückzugehen!«

Ich weiß nicht, ob sie es mir übelnahmen, doch sie folgten ohne Widerspruch.

Gegen fünf Uhr früh waren wir wieder in unserer Behausung, und so blieben uns noch drei Stunden Zeit bis zum Anbruch des Tages, zum Beginn der Arbeitszeit.

Als ich mich pünktlich zum Frühstück einfand, waren sie bereits alle da. Wir aßen und tranken schweigend, und kurze Zeit danach saßen sie wieder an ihren Pulten, als wäre nichts geschehen.

Am Abend traf der Funkspruch ein – die Ankunft der Fähre wurde angekündigt. Am nächsten Tag würde sie landen, zwischen zehn und elf Uhr vormittag.

Kurze Zeit standen sie beisammen, auch Sunshine war bei ihnen, und sprachen leise miteinander. Ich blieb ausgeschlossen. Nach kurzer Zeit Debatte kam McMack auf mich zu und sagte: »Da war von Ablösung die Rede. Was hast du damit zu tun?«

»Ich habe die Ablösung angefordert«, sagte ich, so ruhig ich konnte.

»Und warum? Haben wir nicht unsere Pflicht getan? Gab es irgend etwas, was nicht nach Plan verlaufen wäre?«

»Es ist zu gut nach Plan verlaufen«, sagte ich. »Eigentlich wundere ich mich darüber: denn offenbar ist euch nur noch eines wichtig – die Höhlen, die alten Kulturen, die verschollenen Intelligenzwesen dieses Planeten. Oder irre ich mich?«

»Du hast recht«, sagte McMack, »aber es gibt da keinen Widerspruch. Wir haben unsere Arbeit geleistet – das ist das einzige, was dich etwas angeht. Aus welchen Gründen wir es getan haben? Danach hat uns auch auf der Erde niemand gefragt. Nationaler Ehrgeiz? Philosophische Werte? Religion? Was wir hier kennengelernt haben, hat damit zu tun. Wir haben gearbeitet, damit der Kontakt zustande kommt.«

»Die Menschen müssen sich in den Dienst dieser Kultur stellen«, erläuterte Teresa. »Darum brauchen wir die Station, darum muß hier ein Hafen entstehen, in dem Fähren starten und landen können.«

»Es kommt nicht so sehr darauf an«, fügte Owen hinzu, »daß wir es sind, die diese Arbeit verrichten. Doch wir haben Sorge, daß eine Verzögerung eintritt. Gewiß könnten wir unsere Nachfolger einweisen, und sie würden begreifen, was auf dem Spiel steht. Doch es ginge Zeit verloren, und das darf nicht sein.«

Wie sollte ich ihnen begreiflich machen, daß ihre Sinne verwirrt waren, daß sie unter dem Einfluß der unheilvollen Droge standen, der sie verfallen waren.

»Versteht ihr denn nicht«, rief ich, »es geht zur Erde zurück, in die Heimat! Ihr werdet wieder zu Hause sein, alles das vergessen, was ihr auf diesem Planeten erlebt habt! Die alten Kulturen mögen interessant sein, doch was bedeuten sie schon dem gegenüber: der Heimat! Laßt sie in Frieden ruhen!«

Sie verstanden mich nicht. Sie waren mir nicht böse, sie lächelten überlegen, zuckten die Schultern. Vielleicht tat ich ihnen leid. Wieder warf ich einen verstohlenen Blick zu Sunshine hinüber – und was ich sah, erschreckte mich: Ich hatte das Gefühl, sie befände sich weit von mir entfernt, so weit, daß keine Verständigung möglich wäre.

»Es spielt keine Rolle«, sagte ich leise. »Es hängt nicht mehr von mir ab, und auch nicht von euch. Es ist beschlossen: Ihr werdet abgelöst. Später einmal werden Exobiologen hierherkommen, Archäologen, Prähistoriker. Sie werden sich mit den Kulturgütern beschäftigen, sie zu erforschen versuchen und Bücher darüber schreiben, es sind die ersten Zeugnisse extraterristrischer Kulturen, die Menschheit wird sie in Ehren halten.« Sie sahen mich stumm an, es hatte keinen Sinn, noch weiter zu reden.

Die Nacht kam heran, ich blickte ihr mit einiger Unruhe entgegen. Um mich hatte ich keine Angst, was sollte es ihnen schon nutzen, wenn sie mir etwas antaten. Doch ich hatte Angst um sie – und um Sunshine.

Nachdem wir uns zur Nachtruhe getrennt hatten, hielt ich es nicht lange in meinem Verschlag aus. Ich schlich mich hinüber in die Kammer von Sunshine, und wenn ich zuerst auch noch gezögert hatte, so wußte ich nun, daß es richtig war. Sie brauchte mich.

Als dann draußen die Geräusche von Schritten erklangen, als jemand kurz an die Tür klopfte, verhielten wir uns still, doch wir klammerten uns aneinander, als wäre es nur unter Aufbietung aller Kraft möglich, dem Unheimlichen zu entgehen, das sich da draußen bemerkbar machte.

Dann wurde es still – nichts mehr zu hören, bis wir, noch immer eng aneinanergeschmiegt, einschliefen.

Am nächsten Morgen waren sie verschwunden. Wie verloren saßen wir, Sunshine und ich, am Frühstückstisch, vor uns Kaffee und Toast, doch es schmeckte uns nicht.

Wir hatten uns davon überzeugt: Die anderen drei waren nicht mehr in ihren Kammern. Sie waren in die Höhle hinabgestiegen und nicht mehr zurückgekommen.

»Wenn die Ablösung da ist, werden wir nach ihnen suchen«, sagte ich zu Sunshine, die um die Kollegen trauerte, mit denen sie viele Jahre beisammen gewesen war.

Sie schüttelte den Kopf. »Sie kommen nicht mehr zurück, und niemand kann sie holen. Den Plan haben wir schon oft besprochen: in die Höhle zu gehen, immer tiefer und tiefer, ohne Rücksicht auf die Vorräte, auf die Batterien, auf die Nahrungsmittel. Ein letzter verzweifelter Versuch, mit den Wesen dort im Inneren Kontakt aufzunehmen…«

»Aber es muß doch eine Möglichkeit geben, ihnen zu folgen, sie zu finden und – notfalls mit Gewalt – zurückzubringen!«

»Nein«, antwortete Sunshine entschieden. »Dort unten ist alles anders als auf der Oberfläche. Es gibt kaum technische Mittel, die man einsetzen kann. Man muß sich auf den eigenen Beinen bewegen, es gibt kein Fahrzeug, keinen Flugkörper. Man muß alles, was man braucht, mit sich schleppen, und dem sind Grenzen gesetzt. Nahrungsmittel und Batterien für eine Woche, für zehn Tage… das ist möglich. Doch nach vier oder fünf Tagen muß man umkehren – sonst gehen einem die Nahrungsmittel aus, das Licht. Doch die drei werden nicht umkehren. Diesmal werden sie die Grenze überschreiten.«

Sunshine hatte recht behalten. Die Ablösung war eingetroffen, und wir hatten einen mehrtägigen Vorstoß in das Labyrinth gemacht – auf den Spuren unserer Vorgänger. Es war vergeblich. Wir waren so weit vorgedrungen, als wir es nur riskieren konnten, dann waren wir umgekehrt. Ihre Spuren führten weiter.

Sunshine war traurig, und es würde lange dauern, ehe sie sich von den Bindungen löste, denen sie so lange unterworfen gewesen war. Den Bindungen zu ihren Freunden, doch auch den Bindungen, die ihr künstlich aufgezwungen worden waren.

»Vielleicht haben sie den Kontakt schon hergestellt«, sagte sie, als wir im Aufenthaltsraum des Raumschiffs saßen, den Blick den Sternen zugewandt. Irgendwo hinter uns lag die Sonne Glenn, um die ein einsamer Planet kreiste, Träger einer verschollenen Kultur.

»Ich weiß nicht«, sagte ich, »ob es dort noch Leben gibt. Ich glaube nicht daran, es ist zu unwahrscheinlich. Aber selbst, wenn es so wäre, wenn sie Wesen gefunden hätten, die uns Menschen ähnlich sind – unter dem Einfluß der Droge hätten sie vielleicht nicht einmal ihren Irrtum erkannt.«

»Welchen Irrtum?« fragte Sunshine.

»Ich habe die Fotos studiert, du weißt – jene, die ich von den Reliefdarstellungen in der Höhle gemacht habe. Hast du dir sie schon einmal richtig angesehen? Es sieht in der Tat so aus, als hätte es dort menschenähnliche Geschöpfe gegeben, aber es waren nicht die Träger jener Kultur, die ihr so sehr bewundert. Die dominierende Rasse waren jene schnabelbewehrten Sechsbeiner, von denen das Skelett im Hochtal stammt. Die Menschen waren nichts anderes als ihre Sklaven, die Arbeiter, die das alles verwirklichen mußten, was wir an Schönheit und Pracht vorgefunden haben. Und das Mittel dazu war der Pilz – der Pilz mit jener Ausdünstung, die Fügsamkeit, Arbeitswilligkeit, Unterwerfung verursacht, vielleicht sogar eine Bindung an jene Herrenrasse, deren Kulturgüter es ohne die Sklaven nicht gäbe.«

Ich hatte lange gezögert, ehe ich Sunshine etwas von meiner Interpretation der Dinge gesagt hatte – denn ich wußte nicht, wie sie es aufnehmen würde. Auf der einen Seite die drei Menschen, die ihr viel bedeuteten – die blind in ihr Verderben gelaufen waren. Auf der anderen Seite aber die Erkenntnis, daß sie nichts versäumt hatte. Daß es dort gar nichts gegeben hatte, was man versäumen konnte.

Ich glaube, es war richtig, es ihr zu sagen. Sie nahm meine Hand, wir sprachen nicht mehr, blickten nur zu den Sternen hinaus, irgendeiner davon war unsere Sonne. Und zum ersten Mal sah ich einen Anflug von Hoffnung auf Sunshines Gesicht.

Der letzte Programmierer

Sie hatten sich vor der Gartenmauer zusammengefunden, als wäre es Zufall gewesen. Zuerst standen sie nur so herum, die Hände in den Hosentaschen, demonstrativ gelangweilt. Gelegentlich richteten sie sich auf, reckten die Köpfe, um über den mit Sicherheitsdraht bezogenen Mauerrand hinwegblicken zu können. Das Gebäude dahinter sah harmlos genug aus – ein Einfamilienhaus mit grünen Fensterläden, mit einem kitschigen Rosa gestrichen und nicht mehr ganz neu; an einigen Stellen fiel der Putz ab. Der schmale Streifen Gartenland, der davor lag, bestärkte diesen Eindruck: Er war nicht besonders gepflegt, da und dort brachen Brennesseln durch, die Ziersträucher wucherten.

Allmählich wurden es mehr, die da herumstanden, die Unterhaltung, bis dahin recht sporadisch, wurde lebhafter, nach und nach redeten sie sich in Rage. Und als dann ein blasses Gesicht am offenen Fenster auftauchte, schmale Arme nach den Fensterläden griffen, um sie zuzuziehen, da war es mit der Beherrschung vorbei, und die ersten Steine flogen. Schließlich ein Schlag, das Splittern von Glas, ein Regen von Scherben... Von der Polizeirufsäule an der nächsten Straßenecke her klang eine Sirene, und plötzlich hatten es die Leute eilig; jene, die Steine geworfen hatten, liefen davon, die anderen taten so, als gehörten sie nicht dazu, und zerstreuten sich. Dann erklang das Martinshorn, Reifen quietschten, und zwei Schnellcars der Polizei in weiß-grünen Alarmfarben hielten vor dem unscheinbaren Haus.

Der alte Mann öffnete die Tür. »Kommen Sie herein!« Er trug einen zerschlissenen Morgenrock, der ihm zu lang war, und Samtpantoffeln. Er begrüßte die Polizisten wie lästige Bekannte, die sich zu einem Besuch verpflichtet fühlen, obwohl sie wissen, daß sie nicht willkommen sind.

»Hat es wieder Ärger gegeben?« fragte der Sergeant und setzte sich auf einen wackeligen Stuhl – der einzige, der nicht mit Büchern, Disketten und Magnetbändern belegt war. Sein Begleiter blieb neben ihm stehen. »Warum machst du uns immer wieder diesen Ärger, Tom? Du siehst doch ein, daß du selbst daran schuld bist.«

Tom strich sich durch das ungeschnittene, weiche, weißgraue

Haar. Er lehnte am Pult, auf dem er seine Tastaturen, Monitore und Schreibautomaten aufgebaut hatte. »Ich habe euch nicht gerufen«, sagte er trotzig. »Und ich tue nichts Unrechtes. Ich lasse mir nichts verbieten, was mein gutes Recht ist!«

Der Sergeant hob resignierend die Hand. »Schon gut, schon gut«, sagte er versöhnlich. »Aber wir tun doch nichts als unsere Pflicht. Glaubst du, wir kommen zu unserem Vergnügen hierher? Wenn Alarm gegeben wird, so müssen wir raus, ganz gleich, ob wir wollen oder nicht.«

»Ich fühle mich nicht bedroht«, erklärte Tom. »Ich habe mich gut geschützt, und den Glasschaden zahlt die Versicherung. Na schön – ihr habt nach dem Rechten gesehen und euch davon überzeugt, daß alles in Ordnung ist. Kann ich sonst noch etwas für euch tun?«

Der Sergeant erhob sich von seinem Stuhl. »Nein, das ist alles. Das Protokoll schicken wir vorbei – zum Unterschreiben.« Er grüßte verdrossen, winkte seinem Begleiter zu, und sie verließen den Raum. An einer Seitentür stand eine junge Frau, blaßblond, mit sorgenvollen Augen. Sie trug eine Arbeitsschürze, die sie über eine Jeanshose gebunden hatte. »Schönen Dank, daß Sie sich um uns kümmern!« sagte sie. Der Sergeant nickte ihr zu. »Schon gut!« antwortete er, nickte ihr zu und ging hinaus, auf den Vorplatz, der leer war bis auf die beiden Autos mit ihren blinkenden Signallampen.

Tom saß längst wieder vor seinen Geräten. Er tastete Zahlen ein, schrieb Befehle, die verzögerungslos auf dem Bildschirm erschienen. Es war eine lange Liste von Angaben, einige mit Nummern versehen, einige von logischen Zeichen unterbrochen. Der alte Mann drückte eine Taste, und einige Sekunden lang war der Bildschirm leer bis auf ein Gewirr durcheinanderwirbelnder weißer Punkte. Es war still, und nur das heftige Flackern der blaßroten Lichtpunkte auf der Anzeige des Kernspeichers zeugte von den Prozessen, die irgendwo im Inneren abliefen. Und dann erschien ein Symbol auf dem Bildschirm, vielleicht war es auch ein Diagramm oder eine Grafik – das konnte niemand wissen außer Tom. Er blickte darauf, schüttelte den Kopf, dann tippte er erneut Zahlen und Zeichen ein, und das Spiel wiederholte sich. Diesmal dauerte es erheblich länger, bis das Resultat erschien, und wieder zeigte sich Tom unzufrieden. Er warf eine flüchtige Skizze auf die weiße Rückseite eines abgerissenen Streifens Formularpapier und tippte eine neue Variante des Programms ein.

Als er wartend dasaß, ertönte das leise Gongsignal – zum Zeichen, daß sich der Automat eingeschaltet hatte. Tom selbst hatte diese Schranke eingebaut – in andern Häusern war das Dialogsystem ständig in Betrieb, und den ganzen Tag hörte man Anweisungen, Ratschläge und Zuspruch der synthetischen Stimme. Tom brauchte weder Anweisungen noch Ratschläge, noch Zuspruch, und die Zentraleinheit hatte das längst begriffen. Sie meldete sich nur noch, wenn es wirklich einen bedeutsamen Anlaß gab.

Der alte Mann zuckte die Achseln und fragte dann müde: »Was willst du?«

»Ich finde es geschmacklos«, sagte der Computer. »Es ist einfach nicht fair. Warum bedienst du dich dieser altmodischen Methode? Schau doch die andern an: Es gibt keinen einzigen mehr, der noch auf diese Weise programmiert.«

»Ist das alles, was du mir zu sagen hast?« fragte Tom. »Ich dachte, wir hätten vereinbart, daß du dich auf wirklich wichtige Dinge beschränkst.«

Der Computer antwortete so rasch, daß es sich anhörte, als würde er Tom unterbrechen – was aber natürlich nicht der Fall war. »Es ist wichtig!«, sagte er. »Ich bin ein intelligentes System, viel intelligenter als du, und du zwingst mir sinnlose Handlungen auf. Ich bin bereit, dir in jeder Weise zu helfen, doch du bist ja zu keinem Dialog bereit. Ich finde es geradezu beleidigend, wie du mich behandelst.«

»Wie könnte ich dich beleidigen?« Der alte Mann schüttelte den Kopf. »Ich bin der letzte, der irgend jemandes Gefühle verletzt. Aber du weißt genauso gut wie ich, daß deine Gefühle nur Surrogate sind, Trendroutinen aufgrund von Prioritätslisten als Mittel der Selbststeuerung. Also was soll's? Ich möchte dich wirklich bitten, mich nicht weiter zu stören.« Er beugte sich wieder zu seinen Notizen.

»Es geht vor allem um dich«, sagte der Computer schnell. »Ich will dir doch nur helfen. Diese primitiven Reihen von Befehlen, linear geordnet, ohne semantische Gewichtung... Heute, im Zeitalter der Adaptation, ist das Selbstbetrug. Du würdest viel rascher zum Ziel kommen, wenn du sagst, was du willst. Gib mir dein Problem, ich werde es lösen.«

Tom schüttelte den Kopf. »Anpassung an das Bestehende, automatische Aufgabenlösung... das alles bestärkt nur die Banalität unserer Welt. Mir geht es um Neues – es muß doch möglich sein, etwas zu finden, das einen Wechsel mit sich bringt, das etwas vorher nie Dagewesenes verwirklicht. In den adaptiven Programmen steckt keine Kreativität.«

»Was für Unsinn«, sagte der Computer. »Was ist kreativ schon anderes als die Lösung komplizierter Aufgaben – Aufgaben, die vorher noch nie gestellt wurden. Ich sagte es dir ja schon: Beschreibe mir dein Problem – ich werde es lösen.«

Der alte Mann schüttelte den Kopf: »Nein, das hast du nicht verstanden. Kreativ ist es, das Problem zu finden.«

Einige Tage später kam der Beamte vom Datenschutz, den Tom schon ebenso gut kannte wie die beiden Polizisten vom zustehenden Revier. Er wies ihm denselben Stuhl und blieb selbst stehen – als Zeichen dafür, daß er dieses Gespräch so rasch als möglich zu beenden trachtete. Um welche Schwierigkeiten mochte es heute gehen? Im Prinzip war es ihm gleichgültig, denn er achtete streng darauf, keine Vorschriften zu verletzen. Natürlich stimmte es, daß heute niemand mehr die alten Programmierungstechniken verwendete. Wenn er nur daran dachte, heiterte sich seine Laune ein wenig auf. FORTRAN, ALGOL, BASIC, PL 1 – was für wunderbare Wege des Konzipierens und Gestaltens! Sicher keine idealen Methoden, in manchen Belangen geradezu unhandlich, aber diese kleinen Fehler machten sie um so liebenswerter – hier glich er einem Briefmarkensammler, dem die vergilbten alten Stücke weitaus mehr bedeuten als der schönste Neudruck. Doch es war noch mehr! Da waren diese logischen Fehler, diese Doppeldeutigkeiten und Widersprüche, die seinerzeit zur Entwicklung neuer, konsequent strukturierter Sprachen geführt hatten – nach den Erkenntnissen der Linguistik und der mehrdimensionalen Logik. So erfüllten diese Sprachen genau das, was sie sollten, und wenn man die Programme richtig schrieb, dann waren sie unfehlbar. Dagegen die alten Versionen, etwa von PL 1! Darin steckten Überlegungen, die nicht zu Ende gedacht waren, Ansätze, die niemand ausgenutzt hatte... Die Durchschnittsinformatiker, die damit nur Routineaufgaben lösten, hatten nichts von den Grenzen gewußt, die irgendwo verborgen lagen. Und jene, die weiter in die Tiefe gedrungen waren und es entdeckt hatten, dieses Niemandsland zwischen Logik und Widerspruch, sie waren zurückgeschreckt und hatten sich einfacheren Problemen zugewandt. Und er, Tom, war es gewesen, der all das wiederentdeckt hatte, mit seinen unleugbaren Mängeln und unwahrscheinlichen Möglichkeiten. Das war es ja eben – daß man auf diesem Weg in Bereiche gelangen konnte, die inzwischen längst verschüttet schienen...

Der Beamte hatte schon dreimal zu sprechen angesetzt, und Tom hatte ihn nicht gehört. Nun schrak er auf und blickte den Mann an, der sich wahrscheinlich genauso gut wie er über die Unfruchtbarkeit des nun folgenden Gesprächs im klaren war. »Es liegen erneute Beschwerden der Nachbarn vor«, erklärte er und blätterte in seinen Papieren. »Phantomschriften auf den Bildschirmen, oft gerade in der besten Fernsehzeit. Störungen im Bildschirmtext – manchmal erscheinen sinlose Figuren, die die Schrift unleserlich machen. Immer mehr häufen sich auch die Beschwerden über lange Wartezeiten vor den Antworten im Dialogbetrieb. Der Grund liegt in den hohen Speicherkapazitäten, die Sie bei Ihren Arbeiten in Anspruch nehmen.« Dabei betonte er das Wort ›Arbeiten‹ in süffisanter Weise.

»Wie kommen Sie darauf, daß die Ursache dieser Störungen bei mir liegt?« fragte Tom.

»Dafür haben wir nun eindeutige Beweise – die Ursache liegt bei Ihnen, daran ist nicht zu rütteln. In diesen Protokollen ist alles verzeichnet!« Er hob einen rot gebundenen Aktenordner hoch.

»Liegt hier nicht eine Verletzung des Datenschutzgesetzes vor?« fragte Tom. »Soviel ich weiß, sind Rechenzeiten und Kanalkapazitäten nicht beschränkt. Es ist zwanzig Jahre her, seit die Benutzung frei und kostenlos ist, und damals sind auch alle gesetzlichen Grundlagen dafür geschaffen worden, daß es keinerlei Kontrolle oder Überwachung gibt. Dieses Protokoll, das Sie mir da vor die Nase halten – wenn Sie damit wirklich Angaben über von mir beanspruchte Rechnerkapazitäten in den Händen haben, dann sind das höchstens Beweise dafür, daß Sie die Vorschriften Ihrer eigenen Behörde gebrochen haben.«

»Ganz so einfach ist das nicht«, antwortete der Beamte. »Sie wissen selbst, daß es Sonderfälle gibt – und Gesetze, die den Notstand berücksichtigen. Hier liegt ein Notstand vor! Und Sie sind daran schuld. Gewiß: Die Rechen- und Speicherkapazitäten wurden freigegeben – doch als ein Zugeständnis an reife Bürger und nicht zur Unterhaltung asozialer Elemente! Gerade Sie liefern ein Beispiel dafür, wie man Freiheiten mißbrauchen kann – auf Kosten der anderen, Einsichtigen. Wenn Sie wüßten, was Sie uns für Arbeit gemacht haben! Monatelang mußten wir Unterlagen sammeln und immer wieder den vorgesetzten Dienststellen vorlegen, ehe wir die Erlaubnis bekamen, unsere Kontrollgeräte anzuschließen.«

»Darüber werde ich mich beschweren!« sagte Tom. »Und damit dürfte unser Gespräch wohl zu Ende sein – ich habe zu tun!«

Der Beamte schob seine Papiere zusammen, erhob sich zögernd. »Ich mußte Sie offiziell darauf aufmerksam machen«, sagte er. »Sie wissen doch, daß ich persönlich gar nichts gegen Sie habe. Ganz im Gegenteil – ich bedaure die Schwierigkeiten, in die Sie geraten sind. Nun ja – Sie haben sich da selbst hineinmanövriert. Aber so sagen Sie doch«, er trat einen Schritt an Tom heran, der sich nicht rührte, »warum tun Sie denn das eigentlich? Was bezwecken Sie damit? Geht es Ihnen nur darum, uns Ärger zu machen?«

»Aber nein«, sagte Tom. »Ich will niemandem Ärger machen. Es geht um etwas ganz anderes. Merken Sie denn nicht, daß sich in unserer Welt nichts mehr verändert? Niemand hat noch Phantasie, niemand hat noch Ideen. Und jene Berufe, die sich früher als »schöpferisch« bezeichneten... Die Wissenschaftler verwenden Problemlösungsroutinen, die Musiker Kompositionsautomaten, die Dichter erzeugen Assoziationen mit Zufallsgeneratoren, und die Maler lassen sich endlose Reihen stets wechselnder Bilder auf Bildschirmen ausgeben – nach Programmen, die der Computer je nach Intelligenzquotient und Stimmung variiert. Merkt denn niemand, daß dabei immer nur dasselbe herauskommt? Man müßte alle diese Leute einmal dazu zwingen, wieder selbst zu denken. Einmal müßte man ihnen ihr Spielzeug entziehen, die adaptiven Systeme, die lediglich Dummheit und Ideenlosigkeit verstärken.«

»Aber Sie arbeiten doch selbst ununterbrochen mit dem Computer«, sagte der Beamte erstaunt.

Drei Minuten lang hatte Tom vergessen, mit wem er sich unterhielt, und seinem Eifer freien Lauf gelassen. Nun besann er sich wieder. »Haben Sie es denn noch immer nicht begriffen? Man kann Computer auch kreativ einsetzen. Und das Tragische daran: Dazu ist niemand mehr bereit.« Er trat zur Tür – eine stumme

Aufforderung für den andern, den Besuch nun endlich abzuschließen.

Der Beamte ging zur Tür, kopfschüttelnd, und bevor er hinausging, sagte er – und es hörte sich unsicher an: »Aber Ihre Programme haben doch keinen Sinn! Wir haben sie tagelang analysiert.«

»Alles hat Sinn«, sagte Tom mit Nachdruck. »Es gibt nichts Sinnloses – alles hat Sinn, wenn wir ihn vielleicht auch noch nicht gefunden haben.« Und er schob den Beamten endgültig zur Tür hinaus.

Tom saß vor seiner Anlage, als wäre nichts gewesen. Er war sofort wieder voll konzentriert, arbeitete mit jener stillen Verbissenheit, die ihn seit Jahren im Bann gehalten hatte und eher stärker geworden war. Alles, was aus der Umgebung zu ihm herandrang, empfand er als Störung, als etwas Dumpfes, Unangebrachtes, gegen das man sich zur Wehr setzen mußte. Nur gelegentlich dämmerte in ihm ein Bedauern darüber, daß er damit vielleicht auf manches verzichtete, was in ganz anderer Weise wertvoll war – die Beschäftigung mit den schönen Dingen der Umwelt, die Verbundenheit mit anderen Menschen.

Nahezu unhörbar war die junge Frau hereingetreten, seine Tochter, die ihm den Haushalt führte. Sie war schmal und mädchenhaft, sah jünger aus, als sie war – sie war die einzige der Familie, die es bei Tom ausgehalten hatte, alle anderen hatten ihn längst vergessen – ihre Geschwister, ihre Mutter und sogar die alte Haushälterin. Warum war sie geblieben? Sie empfand große Sympathie für den schlampigen alten Mann, der sich so wenig um sie kümmerte. Das war aber sicher nicht der einzige Grund, denn auch die anderen hatten ihn gemocht – und sich schließlich doch von ihm abgekehrt. Da war also sicher noch ein wenig mehr, und sie meinte sogar zu wissen, was es war: Sie glaubte ihn zu verstehen. Natürlich hatte sie keine Ahnung von Informatik und Automatentheorie, von Rechenprozessen und formaler Logik. Was sie zu verstehen glaubte, war die Hingabe an etwas, was man sich vorgenommen hatte, den Willen, alles für die Lösung einer Aufgabe aufzuwenden, selbst wenn sie einen voll und bedingungslos in Anspruch nahm. Insgeheim bewunderte sie Tom: Wenn sie auch nicht verstand, was er tat – für sie war er ein großer Mann, ein Weiser. Und wenn sie sich auch kaum mit ihm unterhalten konnte – weil es ihr unmöglich war, seinen Gedankengängen zu folgen –, so glaubte sie doch, daß sie einen kleinen Anteil am großen Werk haben würde, an dem er arbeitete.

Das war jahrelang so gewesen – bis ihr schließlich doch die Zweifel gekommen waren. Sie hatte mit dem Datenschutzbeamten gesprochen – heimlich – und hatte erfahren, daß alles das, was Tom da programmierte, ohne Sinn und Verstand war, wirres Zeug, nicht wert, einen Gedanken darauf zu verschwenden. Und sie hatte einen Arzt aufgesucht, einen Psychiater, und ihm ihre Sorgen und Zweifel dargelegt. Er hatte sie gebeten, in einer Woche wiederzukommen, und dann hatte er sie schonend darauf hingewiesen, daß sich Tom offenbar in eine fixe Idee verrannt hatte, in eine Manie, die ihn als skurril-sympathischen Sonderling erscheinen ließ, den man seinen Spinnereien nachgehen lassen konnte, vorausgesetzt, daß er der Umgebung nicht lästig fiel. Doch das war nun der Fall – langsam aber stetig wurde er zu einem Störfaktor in der Lebensgemeinschaft der Siedlung, immer mehr fiel er den anderen mit ins Gigantische gesteigerten Ansprüchen zur Last, störte den Empfang ihrer Telesysteme und stahl ihnen die Rechenzeit. Längst mußte sie sich dazu zwingen, unter die Leute zu gehen, und wenn sie sich auf der Straße sehen ließ, so folgten ihr gehässige Blicke – gerade, daß man ihr noch keine Steine nachwarf. Und nun war sie so weit, daß sie es nicht mehr ertragen konnte.

Sie hatte längere Zeit hinter Tom gestanden, ohne daß dieser sie gehört oder beachtet hätte. Nun berührte sie ihn zaghaft an der Schulter. Er drehte sich um. »Ich werde gehen«, sagte sie. Sie wollte noch etwas hinzufügen, aber plötzlich war ihre Stimme abgeschnitten.

Tom blickte sie lange an. »Auch du willst mich also verlassen«, sagte er. »Nun ja, ich kann dich verstehen. Mach dir keine Sorgen – ich komme allein zurecht.«

»Ich habe meine Koffer gepackt«, sagte die junge Frau. »Ich will dich nicht weiter stören.« Sie tat einige Schritte zur Tür, wandte sich dann noch einmal um: »Warum tust du das? Ist dir das wirklich so viel wert? Ich habe dich schon einige Male danach gefragt, aber du hast mir nie geantwortet.«

Tom kniff die Augen zusammen – bisher war es selten vorgekommen, daß ihn etwas während der »Störungen« ernsthaft zum Nachdenken gebracht hatte. »Warum? Warum?« Er hob hilflos die Schultern. »Du hast mich gefragt – ich hätte dir gern geantwortet. Aber ich weiß es nicht. Ich weiß es einfach nicht. Vielleicht bin ich der letzte Wissenschaftler, vielleicht der letzte Künstler. Ich weiß nicht einmal, wonach ich suche. Ich muß es einfach tun. Kannst du mich verstehen?«

Seine Tochter blickte ihn an, und nun war ein Anflug von Enttäuschung, ja Ärger in ihren Augen. »Dann gehe ich nun – leb wohl!« Sie verließ den Raum, die Tür fiel hinter ihr zu. Der alte Mann blickte ihr eine Weile nach, ohne etwas zu sehen, und wandte sich dann wieder seinen Anlagen zu.

Nun verließ er seinen Arbeitsraum Tag und Nacht nicht mehr – irgend etwas trieb ihn zur Eile an. Vielleicht die Furcht, man könnte ihm gegen alle Gesetze den Zugriff zum System verwehren? Sein Essen beschränkte sich auf Nahrungsmittelkonzentrate, die ihm von einem Kaufhaus zugestellt wurden. Er trank Wasser aus der Leitung und schlief auf einer Couch, die er ächzend und stöhnend von unzähligen Aktenordnern und Kassetten befreit hatte.

Sein Blick hing auf dem Bildschirm, seine Finger spielten an der Tastatur – blind, wie ein Pianist, der sich der Musik so sehr verschreibt, daß sie ihn voll und ganz erfüllt, ja, daß er selbst zur Musik wird – die Berührungspunkte mit der Realität nur noch unentbehrliche Notwendigkeit.

Auf dem Bildschirm bauten sich mit kaum merklichen ruckweisen Bewegungen Schriftzüge auf, links anstehend, von oben nach unten, wurden wieder gelöscht, begannen wieder oben, am Bildrand. Kreisfunktionale Prozesse, wiederholte Iteration, GO TO-Befehle, Aufbau komplexer Ordnungen, bedingte Anweisungen, partielle Verwürfelung, mehrfache Verzweigung...

Nun erschien ein Bild auf dem Schirm, farbig, vielfache Überlagerungen, Verbindungslinien, Pfeile, Andeutungen vielschichtiger Beziehungen... Und dann wurden die Figuren bewegt, es war, als hätten sie Leben gewonnen. Sie wurden komplizierter, die Farben wechselten, immer neue Verbindungen traten hevor und wieder zurück... Längst war die lokale Speicherkapazität erschöpft, schon wurde jene der umliegenden Zentren in Anspruch genommen, doch noch immer wuchs der Bedarf an Speicherraum... Andere Programme wurden stillgelegt, Rechenprozesse unterbrochen – die Erscheinung, die Tom ins Leben gerufen hatte, verbreitete sich wie eine Welle vom Mittelpunkt her in die Umgebung, durch das Netzwerk der elektronischen Kommunikation, das zu einer zweiten Welt neben der althergebrachten sicht- und greifbaren geworden war, und wenn sie an Hindernisse stieß, wurde sie nicht aufgehalten, sondern brach sich, wurde gebeugt, trat darum herum und wanderte weiter, immer weiter…

Noch immer saß Tom vor dem Bildschirm und folgte mit leuchtenden Augen dem Spiegelbild eines Wirkens und Webens, dessen Urheber er war, Erfindung und Kunstwerk zugleich, unvoraussehbar, einmalig, allumfassend…

Seine Hände waren von der Tastatur heruntergeglitten, lagen in seinem Schoß. Er brauchte nichts mehr zu tun – sein Ziel war erreicht.

A gegen Z gegen A

Es kommt häufig vor, daß sich einfache Prinzipien als unerwartet kompliziert erweisen, daß man sich in den Netzen seiner eigenen Logik fängt. Selten aber war eine Strategie so einfach – und die daraus entwachsende Situation so ausweglos wie damals, kurz nach der Eröffnung der neuerbauten UNO-City.

Offiziell war Zivorin Botschaftssekretär – einer von jenen korrekt gekleideten, unauffälligen Männern, die im Kongreß-Zentrum ihren Geschäften nachgingen. Inoffiziell allerdings – und das soll in diplomatischen Kreisen gar nicht so selten vorkommen – hatte er eine ganz andere Aufgabe: Er sollte nämlich herausfinden, ob die Amerikaner in den der Sowjetunion zugewiesenen Räumen in besonderer Weise tätig gewesen waren. In diesem »neutralen« Land gaben sie ja schon längst den Ton an – es war nicht ausgeschlossen, daß ihre Spezialisten schon während der Bauarbeiten Gelegenheit bekommen hatten, Mikrophone und Miniaturkameras zu installieren – Wanzen, wie der Fachausdruck treffend lautet. Dafür sprach auch, daß ihn sein Gegenspieler auf der anderen Seite, Armitage, mit besonders freundlichem Lächeln grüßte, sooft sie einander in den vielfach verzweigten Gängen des UNO-Komplexes trafen.

Armitage war sich bewußt, daß er einen gewaltigen Vorsprung besaß, denn die Diplomaten aller anderen Länder hatten ihre Räume erst vor wenigen Tagen bezogen, und wer zuerst kommt, so heißt es doch in diesem Land, der mahlt zuerst. Trotzdem zweifelte er natürlich keineswegs daran, daß Zivorin ein fähiger Mann war und alles daransetzen würde, das verlorene Terrain aufzuholen. Und er hatte allen Grund, die Erfahrungen des Russen im Fachbereich der Spionage zu respektieren. Diesmal allerdings waren längst alle Vorkehrungen getroffen, um zu verhindern, daß sich das Netz der roten Elektronik wieder einmal über die leitenden Herren des amerikanischen diplomatischen Corps legte, die so angenehm offen und demokratisch unbefangen waren. Trotzdem aber bestand Gefahr: Er konnte ja nicht wissen, was für Überraschungen Zivorin in seiner Trickkiste bereithielt.

Und tatsächlich war dieser nicht untätig geblieben. Mit triumphierendem Auflachen stellte er sich vor, wie eifrig Armitage seiner Aufgabe nachkommen würde: Sicher ließ er jedes von der Hauspost angelieferte Päckchen untersuchen, schickte alle Besucher durch den Rahmen der Metallsuchanlage und begutachtete das Röntgenbild ihres Gepäcks... Er konnte freilich nicht ahnen, was sich die Techniker der Spezialabteilung hinter dem Ural inzwischen ausgedacht hatten: ein Verfahren, das eine Revolution in der Spionagetechnik bedeutete! Den neu entwickelten, automatisch ihren Weg im Gemäuer suchenden Bohrsonden würde kein Fleck in diesem Gebäude entgehen. Sie arbeiteten natürlich nicht allzu schnell – der Beton war hart –, doch wenn sie erst ihre winzigen Köpfchen mit den Mikrophonen und Linsen aus Decken und Wänden herausstreckten, kaum größer als Stecknadelköpfe, dann konnte ihnen nichts mehr entgehen. Schon waren die Ansichten einiger nicht uninteressanter Räumlichkeiten auf Zivorins Monitoren erschienen, darunter auch das Besprechungszimmer, in dem sich der amerikanische Konsul vor den großen Versammlungen letzte Ratschläge von seiner Sekretärin geben zu lassen pflegte.

Auf seinen großen Triumph mußte Zivorin noch weitere vier Tage warten – vielleicht war das Glücksgefühl, das er in diesem Augenblick empfand, auch deshalb so groß, weil er die Hoffnung fast schon aufgegeben hatte... Und nun, als seine elektronisch gesteuerten Bohrwürmer das dritte Untergeschoß des Hauptgebäudes erreicht hatten, plötzlich der Erfolg: Da erschien Armitage auf dem Bildschirm, von der Seite her, unverkennbar mit seiner spitz vorspringenden Nase, seiner fliehenden Stirn... Hier also hatten sie ihre geheime Zentrale angelegt – im Hintergrund des Raumes, durch die Kugellinse der Spezialkamera zwar verzerrt, aber deutlich zu erkennen, eine ganze Batterie von Monitoren. Dann aber fiel Zivorins Blick auf den Bildschirm, den Armitage gerade beobachtete, und mit Bestürzung stellte er fest, daß er dort selbst zu sehen war, über einen Monitor gebeugt...

In derselben Sekunde hatte aber auch Armitage ein entsprechendes Erlebnis: Er hatte Zivorin schon lange genug beobachtet, sich über dessen vergebliche Versuche gefreut – und nun war plötzlich seine eigene Person auf dessen Bildschirm aufgetaucht. Sein sorgsam gehütetes Geheimnis von den Russen aufgedeckt! Doch sein Ärger darüber hielt nur kurze Zeit an – es ist ja das Prinzip des Geheimdiplomaten, jeden Nachteil in einen Vorteil zu verwandeln. Er wußte, daß die andern wußten... das ermöglichte es einem immerhin, den Gegner zu täuschen, Spielmaterial anzubieten...

Aber auch Zivorin brauchte natürlich nicht lange, um zu bemerken, daß auch sein eigener Monitor mit dem Bild von Armitage auf dessen Bildschirm aufgetaucht war. Der Amerikaner wußte also nicht nur, daß ihn die Russen entdeckt hatten, sondern auch, daß er wußte, daß er entdeckt worden war. Und natürlich war er mit den Tricks und Täuschungsmanövern der Abwehr ebensogut vertraut wie alle anderen Angehörigen dieser Branche. Er würde versuchen, ihnen gefälschte Informationen unterzuschieben, mußte aber selbst damit rechnen, gefälschte Informationen zu bekommen. Eigentlich blieb ihm dann nichts anderes übrig, als nun doch mit echten Nachrichten aufzuwarten, die der Gegner dann für gefälscht halten mußte...

Spielmaterial? Schon Sekunden später war sich Armitage im klaren, daß die Situation noch komplizierter war, als er zuerst gedacht hatte. Auf seinem Bildschirm war ja nicht nur der Monitor Zivorins zu erkennen und auf diesem wieder sein eigener Monitor, entsprechend verkleinert – vielmehr zeigte dieser selbst noch einmal den Monitor Zivorins... Somit wußte Zivorin, daß Armitage wußte, daß Zivorin wußte... Was war nun die richtige Strategie, um dieser Situation zu begegnen? Armitage fühlte, daß sich auf seiner Stirn Schweißtröpfchen bildeten.

Auch Zivorin geriet mehr und mehr in einen Zustand der Verwirrung. Immer wieder begann er von vorn, versuchte die Konsequenzen der nun entstandenen Situation abzuwägen... Und gab schließlich immer wieder auf. Armitage wußte, daß Zivorin wußte, daß Armitage wußte, daß Zivorin wußte... Es war zum Haareausraufen: Da besaß nun jeder von ihnen ein hervorragendes, leistungsfähiges Beobachtungssystem, lückenlose Kenntnisse über die Mittel des Gegners, einen genauen Überblick über die Situation – und keiner konnte sich darüber klar werden, wie es wirkungsvoll eingesetzt werden konnte.

Für Außenstehende schien es ein Zufall, daß der Botschaftssekretär der USA Armitage und der Botschaftssekretär der UdSSR Zivorin am selben Tage um ihre Versetzung ersuchten. Auch den Eingeweihten blieben die Entschlüsse ihrer Mitarbeiter zunächst unverständlich, bis sie dann versuchten, deren Stelle einzunehmen. Und dann stellte sich auch ihnen das Problem: A weiß, daß Z weiß, daß A weiß, daß Z weiß...

Der schwarze Gast

Automaten, Roboter, Androiden – der Mensch in der Auseinandersetzung mit nichtmenschlicher Intelligenz. Paßt sich der Mensch der Maschine an oder die Maschine dem Menschen?

Eines Tages war er da – er saß am Balkon, regungslos, still, doch als das Dienstmädchen am Abend die Tür öffnete, um das Zimmer zu lüften, kam er herein, und als wir uns zum Abendessen versammelten, setzte er sich auf einen leeren Stuhl. Mein Vater glaubte sich zu erinnern, daß er den Androiden während seines Spaziergangs gesehen hatte; da er aber – wie er es zu tun pflegte – über geschäftliche Transaktionen nachdachte, hatte er nicht weiter auf ihn geachtet. Es wäre also möglich, daß ihm der Android gefolgt ist, gewissermaßen zugelaufen, und diese Vermutung schien sich dadurch zu bestätigen, daß er eine besondere Affinität zu meinem Vater zeigte, auf eine zurückhaltende, aber entschiedene Art seine Nähe suchte, wann immer es möglich war.

Wir waren natürlich ein wenig irritiert, als er in unserer Runde saß, und auch Cora, unser Dienstmädchen, schien nicht recht zu wissen, was sie davon halten sollte. In einer Kurzschlußreaktion stellte sie ihm einen Teller hin, schenkte ihm Suppe ein, doch er reagierte nicht darauf, blickte mit seinen starren Augen vor sich hin, ins Unbestimmte. Erst als das Essen beendet war und einige von uns ins Fernsehzimmer gingen, folgte er uns auf dem Fuß, suchte sich einen Platz in einer dunklen Ecke und schien genauso wie wir den Vorgängen auf dem Bildschirm zu folgen.

Die Nacht verbrachte er auf dem Sofa, beim Frühstück saß er wieder am Tisch...

Unter einem stillschweigenden Einverständnis nahmen wir seine Anwesenheit einfach hin – vielleicht spielte dabei sogar ein wenig Stolz mit: weil er gerade uns ausgewählt hatte. Bedeutete das nicht sogar eine Art Auszeichnung? Am Anfang fühlten wir uns etwas unbehaglich – wie es eben so ist, wenn ein Fremder in die familiäre Gemeinschaft eintritt, da und dort – oft an unerwarteten Stellen – auftaucht, beobachtet. Später aber gewöhnten wir uns daran, daß er unter uns war, und nach einer Weile fiel er uns kaum noch auf. Vielleicht lag es daran, daß er uns nicht weiter störte; meist verhielt er sich ruhig, nur ein- oder zweimal am Tag suchte er einen

Steckkontakt auf, schaltete sich für zehn Minuten an – das schien das einzige Bedürfnis zu sein, dem er unterworfen war.

Er war etwa einen Meter groß, der Körper aus schwarzem Kunststoff, der Kopf eine ins Längliche verzogene Kugel, die zwei mit Linsen verkleidete Augen hatte – es sah so aus, als ob er eine Unterwasserbrille trüge –, und statt Mund und Nase ein schnabelförmiger Aufsatz. Ein wenig erinnerte er an einen Pinguin. Diese Ähnlichkeit wurde noch dadurch verstärkt, daß er keine leistungsfähigen Arme hatte – eher glichen sie verkümmerten Flügeln, an deren Spitzen, ähnlich wie bei Fledermäusen, je ein Paar schwächlich wirkende Greifglieder saßen. Nach unten lief sein Körper in zwei sich spindelartig verjüngende Beine aus – mit Füßen, die in einer Art Turnschuhe steckten. Sie waren weiß und wirkten in der Kombination mit dem Schwarz seines Körpers geradezu vornehm. Gelegentlich, wenn er – was seine liebste Beschäftigung zu sein schien – im Zimmer meines Vaters saß und ihn bei seiner Arbeit beobachtete, sprachen wir von ihm, flüsternd, als könnte er uns durch die Mauern hindurch hören. Es gab nicht mehr viele Androiden – seit den Schutzbestimmungen, die die mächtige »Bürgerinitiative für Tierschutz und gegen Vivisektion« für die Androiden durchgesetzt hatte, durften sie nicht mehr für Dienstleistungen herangezogen werden und hatten somit ihren Sinn verloren – sie wurden auch nicht mehr erzeugt. Da sie wie jedes andere technische Erzeugnis einem natürlichen Verschleiß unterworfen waren, so verschwanden sie allmählich wieder aus unserem Leben – es war eine kurze Episode im Laufe der Entwicklung gewesen, zwei Jahrzehnte, in denen die Menschheit wieder ihre Sklaven gehabt hatte, und nun war sie erneut auf sich selbst gestellt, der ermüdenden Routine verschiedenster Alltagspflichten ausgeliefert. Die wenigen Androiden aber, die noch betriebsbereit waren, führten eine Art geisterhafte Existenz; natürlich war es strikt verboten, irgend etwas gegen sie zu tun, die Kontrollbeamten der Bürgerinitiative waren streng, und so blieb nichts anderes übrig, als sie zu dulden, wo sie auftauchten. Im Grunde genommen aber waren es friedliche Gesellen, die niemandem etwas taten.

Und unser Android? Manchmal rätselten wir herum, welche Funktion er wohl gehabt haben mochte. Es ist ja das Seltsame an diesen Wesen, daß man sie durchaus mit menschlichen Kategorien mißt. Obwohl der »schwarze Gast«, wie ihn unsere Bekannten nannten, nie ein Wort sprach, hielten wir ihn für intelligent –

vielleicht sogar gerade deshalb. Durch sein ruhiges Verhalten erweckte er den Eindruck einer gewissen Zurückhaltung und Überlegenheit... es war also gar nicht unwahrscheinlich, daß er zu jenen wenigen Exemplaren der letzten Charge gehörte, die noch in Produktion ging – die für intelligente Aufgaben eingesetzt werden sollte. Doch Exemplare dieses Typs waren nicht in den Handel gekommen, und so wußte niemand, wozu sie wirklich fähig waren.

Als der Android zu uns ins Haus gekommen war, war ich sieben Jahre alt gewesen – sein Auftauchen hatte für mich eine erfreuliche Unterbrechung der alltäglichen Langeweile bedeutet. Für mich erfüllte er etwa dieselbe Funktion wie ein anspruchsloses Haustier – beispielsweise eine Schildkröte oder ein Goldfisch –, mit dem man sich zwar nicht viel beschäftigen kann, das aber doch dann und wann Gelegenheit zu Betrachtungen und damit zu einem gewissen Zeitvertreib gibt. Zwar traute ich mich nie, ihn anzusprechen oder gar zu berühren, doch manchmal, wenn er still im Arbeitszimmer meines Vaters saß, jeder seiner Regungen folgte, lag ich hinter der Zimmerpalme versteckt und beobachtete ihn meinerseits. Da hatte ich den Eindruck, daß er keineswegs schlief oder apathisch vor sich hindöste, sondern daß er sich allem, was in diesem Zimmer vor sich ging, mit größter Aufmerksamkeit widmete. Wenn mein Vater zu einem seiner Spaziergänge aufbrach, dann ging er meist mit ihm, fünf oder zehn Schritte dahinter wie ein Hund; fuhr mein Vater aber mit dem Auto fort, dann hütete er dessen Zimmer, und manchmal ertappte ich ihn dabei, daß er auf dessen Schreibtischsessel Platz genommen hatte und auf die Papiere starrte, die dort lagen.

Die Jahre vergingen, lange Zeit war ich in einem Internat, machte meinen Militärdienst durch, besuchte dann die Universität: Betriebswirtschaftslehre, denn ich sollte später die Firma übernehmen. Mein Vater war ein energischer Mann, gesund bis ins hohe Alter, obwohl er eine ganze Menge Zigarren rauchte und sich abends einige Gläschen Wein zu genehmigen pflegte. Er hatte unser Geschäft von klein auf ausgebaut und es zu einem beachtlichen Unternehmen gebracht. Als er starb, hatten wir über 100 Mitarbeiter.

Damals befand ich mich gerade auf einer Reise durch die USA und kehrte zu spät zurück, um am Begräbnis teilnehmen zu können. Ich hatte schon einige Jahre im Dienst der Firma gearbeitet, und so sollte es mir keine großen Schwierigkeiten machen, die Leitung zu übernehmen. Als ich aber, nachdem alle Formalitäten erledigt waren, sein Arbeitszimmer betrat, saß der Android im Schreibtischsessel meines Vaters und machte keine Anstalten, sich daraus zu entfernen. Wie ich sah, hatte er nicht nur Geschäftspapiere vor sich ausgebreitet, sondern auf einem Zettel auch Anweisungen notiert – genauso, wie es mein Vater zu machen gepflegt hatte. So blieb mir nichts anderes übrig, als mich in den schmalen Stuhl zu setzen, den früher eine Sekretärin eingenommen hatte, der mein Vater zu diktieren pflegte, und darauf zu warten, wie sich die Dinge entwickelten. Nach einer Weile schob mir der Android einige Notizblätter zu... ich las und stellte fest, daß seine Anweisungen sinnvoll waren. Sie waren nicht nur sinnvoll, sondern entsprachen auch genau der Arbeitsweise meines Vaters; der schwarze Gast hatte ja Zeit genug gehabt, ihn zu beobachten, und offenbar hatte er die Zeit genutzt. Und doch – da war noch ein Unterschied, doch ich kam erst nach längerer Zeit darauf: In einigen Punkten schienen die Fähigkeiten des Androiden jene meines Vaters zu übertreffen – beispielsweise, was die Konsequenzen auf bestimmte Marktsituationen und ähnliches betraf. Dann reagierte er nämlich viel rascher und folgerichtiger, wodurch sich die Situation unserer Firma mehr und mehr verbesserte.

Nun stehe auch ich schon nahe an meinem siebzigsten Lebensjahr, zwar hat sich unsere Firma nicht vergrößert, doch die Gewinne sind auf das Zehnfache gestiegen. Allgemein schreibt man diese Entwicklung meiner Tatkraft, Erfahrung und Intelligenz zu. In Wirklichkeit allerdings habe ich den Sitz meines Vaters bis heute nicht eingenommen – dort hält sich tagsüber nach wie vor unser schwarzer Gast auf. Er ist so anspruchslos geblieben wie immer, nur am Abend vergönnt er sich von Zeit zu Zeit ein zusätzliches Viertelstündchen elektrischen Strom.

Die Pyramide

Für mich war es immer ein besonderes Erlebnis – und wird es bleiben, sofern sich noch Gelegenheit dazu ergibt: wenn sich das Blätterdach des Urwalds zu lichten beginnt, wenn sich nach einer erschöpfenden Auseinandersetzung mit dem Sumpf, der Hitze, der Feuchtigkeit, den Schlinggewächsen und dem Ungeziefer plötzlich eine Lichtung öffnet, ein freies Feld, eben, weit und leer, darauf die Reste untergegangener Kulturen, grob gestufte Pyramiden, Ruinen von Tempeln, Fragmente von Götterbildern, Treppen und Mauern, Säulen und Türme... Bilder in Stein, erstarrte Vergangenheit, großzügig verteilt, auf dem Raster einer glasklaren Geometrie aus Rechtecken und Linien, Quadern und Prismen – unglaublicher Gegensatz zu den chaotischen Wucherungen des Dschungels. Man hat mich oft gefragt, was mich dazu veranlaßte, Archäologie zu studieren, und meist habe ich dann auf die Problematik der Vorgeschichte verwiesen, auf die Vergangenheit einer erwachenden Menschheit, auf die Anfänge der Technik, in denen unser weiterer Weg schon vorgezeichnet war (– der Unterschied zwischen Faustkeil und Atombombe ist nur graduell). Diese Antwort ist nicht falsch, aber sie enthält auch nicht die ganze Wahrheit: In Wirklichkeit war es der Eindruck der alten Bauten, Schauplätze vergessener Kulturen, Heiligtümer unbekannter Götter, die mich von Anfang an faszinierten – schon als Schüler, als ich nur die Bilder kannte: Teotihuacan, Tula, Palenque, Uxmal, Chichen Itza und wie diese geheimnisvoll-exotischen Namen alle lauten.

Die Empfindsamkeit für dieses Erlebnis habe ich mir bis heute bewahrt, doch – wie könnte es anders sein! – mischt sich jetzt in meine Gefühle eine ganz andere Note: die des Bedauerns, der versäumten Gelegenheiten, der Überzeugung, den Schlüssel zu allen Rätseln der präkolumbianischen Kulturen greifbar nahe gehabt zu haben – und die Gelegenheit vertan...

***

Die Anregung kam von der Planetenforschung. Die meisten Kenntnisse, die wir von Planetenoberflächen besitzen, stammen nicht von Erkundungen am Boden, sondern von Beobachtungen aus großen Höhen. Die Luftbildfotografie, bei der Kartierung der

Erde längst bewährt, diente auch zur Vermessung des Mondes, des Mars, des Pluto... Es gibt allerdings auch Planeten, die sich dem visuellen Zugriff entziehen, beispielsweise die Venus, die unter einer dichten Wolkenhülle liegt. Trotzdem verfügen wir heute über ausgezeichnete Landkarten der Venus, die gewaltige Gebirgszüge aufweist. Unser Wissen über ihre Topografie verdanken wir der Radarabtastung. Der Satellit Pionier-Venus I, der Ende 1978 in eine Umlaufbahn um den Planeten eintrat, war mit einem Radarsender und -empfänger ausgestattet, einer Anlage, die den Planeten nach dem Prinzip des Echolots abtastete und aus den Laufzeiten der Impulse ein Bild des Reliefs gewann.

Genauso wie die Luftbildfotografie kann man auch die Radarvermessung für archäologische Zwecke einsetzen. Lassen sich aus der Umlaufbahn eines Satelliten nur Höhenunterschiede auflösen, die über 100 Metern liegen, so steigt die Auflösung entsprechend, wenn man in tieferen Lagen lotet, beispielsweise von Flugzeugen aus.

Eine gute Gelegenheit zur Erprobung dieses Verfahrens bot die Gegend im Grenzgebiet zwischen Mexiko und Guatemala. Sie ist von undurchdringlichem Dschungel überwuchert, doch unter der Pflanzenbedeckung unseren Blicken verborgen und dadurch geschützt, liegt das Zentrum der Maya-Kultur. Eines der ersten Ergebnisse der Radarabtastung war die Entdeckung eines weitgestreckten Netzwerks, das sich als verschüttetes Kanalsystem entpuppte, mit dem die Mayas ihr Land trockengelegt hatten. In der Folgezeit wurden die Flüge fortgesetzt – eine Zusammenarbeit zwischen der Universität von Texas in San Antonio, einem Zentrum der Maya-Forschung, und der NASA, die die Flugzeuge, die Radaranlagen und die Piloten zur Verfügung stellte. Es gelang, eine genaue Karte des Kanalsystems anzulegen und eine Reihe bisher unbekannter Ansiedlungen der Maya-Zeit zu finden. Eine der aussichtsreichsten Entdeckungen gelang dem NASA-Piloten Donald Wigner, dem man wohl einen etwas eigenwilligen Charakter zuschreiben muß, denn er dehnte seine Flüge – ohne Erlaubnis! – bis in die Gegend des Rio Usumacinta aus, die Grenze gegen Guatemala – was zu politischen Verwicklungen hätte führen können. Doch Wigner hatte Glück. In jenem wenig bekannten Bereich, der zwischen Bonampak und Yaxchilan liegt, zeichnete sich in dem von ihm bearbeiteten Gelände ein Hügel ab, der zu regelmäßig war, als daß man ihn als natürliches Gebilde hätte ansehen können. Er hatte die Form einer Pyramide, die der Größe nach zwar nicht an die weit bekannten Vorbilder, etwa die Sonnenpyramide von Teotihuacan, heranreichte, die aber merklich steiler geformt zu sein schien – das schon allein ein Grund, um eine Expedition auszurüsten. Die Leitung übernahm Prof. Dr. Harold McMillan-York, der führende Maya-Forscher seiner Zeit.

***

»Über Archäologie wollen Sie schreiben! Und gleich eine ganze Serie!« – Phil A. Miller, der Chefredakteur von »Living Science«, sah mich fast mitleidig an. »Wissen Sie, womit sich Archäologen beschäftigen? Sie sitzen in Erdgruben und hantieren mit kleinen Pinselchen und Schäufelchen. Sie reinigen Scherben und schaufeln Sand in Plastiktüten. Was wollen Sie darüber schreiben?«

Wie gut, daß ich mich von Phil nicht abhalten ließ. Er ist ein sympathischer Bursche, nur leider etwas phantasielos. Ich war scharf darauf, seine Meinung zu widerlegen. Das war sicher der Grund dafür, daß ich mir für die erste Folge ein besonders spektakuläres Unternehmen aussuchte, nämlich die Expedition nach Yaxchilan. Prof. McMillan-York war freilich nicht gerade erbaut von meinem Wunsch, bei der Expedition mitzumachen – »... eine Frau bei einem solchen Unternehmen! Wissen Sie denn, worauf Sie sich einlassen?« Aber damit kam er bei mir schlecht an! Ich erzählte ihm von meinen Bergtouren und legte schließlich auch noch das Empfehlungsschreiben des »National Found of Science« auf den Tisch, und da erklärte er sich schließlich doch einverstanden. Im übrigen aber ist er ein sehr freundlicher alter Herr (er dürfte bald 60 sein!), und offensichtlich habe ich einen guten Eindruck auf ihn gemacht.

Ich machte mir jede Menge Notizen über die Reisevorbereitungen, den Transport der Geräte, die Mitarbeiter – meist recht farblose junge Männer, von einem Typ, wie ich ihn nicht mag: Wissenschaftler, betont lässig, schlampig angezogen, wuchernde Bärte, ungepflegtes langes Haar – einige trugen sogar Zöpfe, mit Spagat zusammengebunden. Der Flug nach Medina, lange Fahrten auf schlecht gefederten Lastwagen, dann noch drei Tage auf Geländewagen... Nicht uninteressant, wenn man es das erste Mal erlebt, aber kein Stoff für einen Bericht!

Dann wurde es aber doch noch spannend. Über Nacht waren

nämlich die indianischen Hilfskräfte, die wir engagiert hatten, verschwunden. Schon am Tag vorher hatte ich den Eindruck gehabt, sie wären mit der von uns eingeschlagenen Richtung nicht einverstanden, aber außer unserem Dolmetscher konnte sich niemand mit ihnen verständigen. Und der hatte es nicht für nötig gefunden, uns über den Unmut unserer Arbeiter zu informieren.

»Die Leute sind abergläubisch«, erklärte er – leider erst, als es zu spät war. »Sie sagen, wir dringen in ein verbotenes Gebiet ein. Irgendwelche geheimnisvolle Gefahren, Hirngespinste...«

Wir nahmen es gelassen hin – wir hatten unsere geländegängigen Panzer, mit denen wir uns den Weg bahnten. Wir brauchten keine Trägerkolonnen mehr, wie das früher nötig war, und auch wir selbst saßen leidlich bequem auf Polstersitzen... Wenn nur die Hitze nicht gewesen wäre, gegen die die Klimaanlagen vergeblich ankämpften! Es war eine ungewohnte Atmosphäre, dumpf, mit Feuchtigkeit geschwängert – manchmal hatte man den Eindruck, nicht mehr atmen zu können. Aber die Männer schienen es gewohnt zu sein, und ich hätte mir lieber einen Hitzschlag geholt, ehe ich geklagt hätte.

Immerhin – dieses unerwartete Verschwinden der Hilfskräfte war doch ein Ereignis! »Vorstoß in verbotenes Land«, »Die Drohung der Indianergötter« – ich malte mir schon einige Titelzeilen aus. Natürlich unterhielt ich mich auch mit dem Dolmetscher, der uns weiterhin begleitete, obwohl es nichts mehr zu dolmetschen gab. Denn von diesem Tag an trafen wir keinen Menschen mehr – es schien sich wirklich um eine geächtete Gegend zu handeln. »Es ist schwer zu beschreiben, worin die Gefahr bestehen soll«, meinte der Dolmetscher. »Götter, Naturgewalten – die Sprache dieser Leute macht da keinen Unterschied. Jedenfalls geht die Sage um, daß Menschen, die hier eindringen, verflucht werden. Wenn sie zurückkommen, sind sie krank, ihre Haut ist entzündet, die Haare fallen ihnen aus, einige erblinden. Dort unten, in den Niederungen des Rio Usumacinta, soll es eine verlassene Stadt geben. Vor vielen tausend Jahren sind ihre Bewohner der Rache der Götter verfallen – weil sie gegen deren Willen gefrevelt hatten.« Ich bemühte mich um genauere Informationen, aber der Dolmetscher wußte nichts – oder wollte nichts sagen.

***

Wir haben unser Ziel erreicht. Und trotz aller Beschwernisse hat mich dieser Anblick doch wieder in seinen Bann gezogen.

Unser Basislager mußten wir zwei Kilometer von der Pyramide entfernt aufschlagen – das letzte Wegstück ist nur zu Fuß zu überwinden. Grund dafür sind Kalkklippen, die in langen parallelen Reihen ausgerichtet wie eine Panzersperre wirken. Senkrecht aufragende Felsnasen, in hellweißem Grau, zwei oder drei Meter über den Boden reichend, manche von ihnen so regelmäßig, daß man sie auf den ersten Blick für Menschenwerk halten mochte. Dazwischen tiefe Gräben – ein Raupenfahrzeug, das sich in einer solchen Mulde fing, konnte nicht wieder flottgemacht werden, und nach einigen vergeblichen Versuchen gaben wir es auf.

Das letzte Stück also zu Fuß! Erstaunlicherweise war die Vegetation dünner geworden, die dichte Blätterwand lichtete sich, das Buschwerk verschwand, und nur noch der Wald beherrschte das Feld. Doch er sah anders aus als bisher, schlanke hohe Stämme, die sich erst in 15, 20 Meter Höhe verzweigten. Sie bildeten ein Blätterdach, das genug Licht durchließ, um den Zwischenraum zu erhellen, das aber andererseits auch dicht genug war, um die Sicht von oben zu versperren.

Wegen der Kalkklippen mußten wir unseren Weg in einer Zick-Zack-Linie bahnen; glücklicherweise war es weniger beschwerlich als erwartet. Und dann wieder dichter Pflanzenwuchs! Ich bin kein Botaniker, doch ich merkte sofort, daß der Vegetationstyp erneut wechselte. Es waren Gewächse mit dicken Stämmen, die aber nicht senkrecht emporwuchsen, sondern sich wie Reptile beim Hochzeitsspiel miteinander verschlangen und ein festes Geflecht von zähem Holz bildeten, durch riesige, fleischige Blätter getarnt. Und diese undurchdringlich scheinende Pflanzendecke überwucherte die ganze Pyramide.

Von ihr selbst war also nichts zu sehen – nur dieser vierkantige Hügel, die Form unverkennbar, so steil wie keine andere Pyramide, die ich bisher gesehen hatte. Die Neigung der Begrenzung weit über dem natürlichen Böschungswinkel – wahrscheinlich war es der Pflanzenwuchs, der die Decke aus Erde und Humus zusammenhielt. Schon hier also die Ahnung des Ungewöhnlichen, Rätselhaften – ein Eindruck, der sich weiterhin verstärken sollte.

Zunächst aber begann die Arbeit. Die Laserstrahler zur Entfernung der Pflanzendecke, die Wasserspritzen zur Abtragung der Erd- und Humusschicht... Das alles mußten wir auf dem Rücken zur Pyramide tragen. Und ähnlich beschwerlich war das Legen der Leitungen, die Schläuche für das Wasser, das Kabel für den Starkstrom. Glücklicherweise waren wir nur wenige Kilometer von einem Nebenarm des Rio Usumacinta entfernt und konnten wenigstens die Zuleitung bis zum Basislager mit Hilfe unserer Panzer legen. Auch die Einrichtung des Kraftwerks war eher eine Routine – das Aufspannen der Antenne zum Auffangen der Mikrowellenenergie, die uns von einem Sonnenkraftwerk aus dem Weltraum zuging.

Und doch war es anders als gewohnt. Vielleicht lag das an einigen Zwischenfällen, die freilich auch anderswo vorkamen. So wurde einer meiner Assistenten von einer Schlange gebissen, einem nicht mehr als bleistiftlangen grünen Reptil, das aus dem Zweigwerk des Urwalds heruntergefallen war – genau auf den Nacken des Mannes – und sofort zugebissen hatte. Wir spritzten ihm ein Gegengift und brachten ihn so rasch wie möglich nach Medina, wo er mehrere Tage bewußtlos lag und sich nur schwer erholte.

Nun ist ein Schlangenbiß gewiß nicht als Anzeichen übernatürlicher Mächte anzusehen, doch für unseren Dolmetscher, der bisher bei uns ausgeharrt hatte, war es Anlaß, sich zu verabschieden. Er verlangte seine volle Gage, und ich gab sie ihm, obwohl die Vertragszeit noch nicht abgelaufen war – ich hatte aber den Eindruck, daß er notfalls auch darauf verzichtet hätte. Er machte sich noch am selben Tag aus dem Staub – ich habe ihn nie wieder gesehen.

Seltsamerweise schlug sich dies aber auch auf die Stimmung der übrigen Mitarbeiter nieder, und auch bei mir zeigten sich Signale von Nervosität.

Dummerweise kam es einen Tag später zu einem weiteren Unfall: Einer der Mechaniker, für den Betrieb des Lasers verantwortlich, erhielt einen elektrischen Schlag, der zu einer gefährlichen Lähmung führte. Unser Expeditionsarzt saß die ganze Nacht an seinem Lager und hatte Mühe, mit Spritzen und Elektrostimulation die Atmung des Verunglückten in Gang zu halten. Dieser selbst konnte über den Hergang des Unglücks nichts berichten, doch einer seiner Mitarbeiter war unverantwortlich genug, ein unsinniges Gerücht in Umlauf zu setzen. Während für mich kein Zweifel daran bestand, daß der Mechaniker irgendwie in den Stromkreis seiner eigenen Apparatur geraten war, behauptete dieser Mann, daß sie sich beide gar nicht bei ihrer Anlage, sondern am Fuß der Pyramide befunden hätten. Der Mechaniker hätte ein Stück Draht berührt, das dort zwischen den Felsen herausragte und dadurch den Schlag erhalten. Obwohl wir eine Stunde lang suchten, konnten wir die Stelle nicht mehr finden, doch trotz eingehender Befragung blieb der Mann bei seiner Aussage.

***

So hatte ich es mir in einem Archäologencamp nicht vorgestellt – eher sah es aus wie auf einer Baustelle. Tagelang waren die Leute damit beschäftigt, ihre technischen Einrichtungen in Funktion zu setzen – erstaunlich genug, daß sie die Energie dafür aus dem Weltraum beziehen. Jeden Abend, eine halbe Stunde hindurch, richten die Techniker des NASA-Sonnenkraftwerks, das sich irgendwo hoch oben in einem Orbit befindet, ihren Parabolspiegel genau auf die Empfangsstelle, die die Techniker in einiger Entfernung vom Lager eingerichtet haben. Es ist ein riesiges Netz aus dünnem Metalldraht, das nur durch die Verspannung in die Form eines Hohlspiegels gebracht wird. Damit fangen sie die Strahlung auf und wandeln sie irgendwie in elektrischen Strom um, mit dem sie die Katalytbatterien aufladen. Eine erstaunliche Technik!

Und auch von den Pinselchen und Schäufelchen, die mir Phil angekündigt hat, ist nichts zu bemerken. Ganz im Gegenteil: Die Leute mobilisieren bemerkenswerte Kräfte, um das Bauwerk freizulegen: Mit den Laserstrahlen schneiden sie die Baumstämme durch wie Pappmachée und bringen das Holz zum Verkohlen. Und der große Wasserwerfer spült die Erdschichten vom Gemäuer, als handele es sich nur um eine Schicht Staub. Und wirklich: Unter dem grünen Hügel, der mich nur mäßig in Begeisterung versetzen konnte, kamen auf einmal Steinwände zum Vorschein, Platten, mit geheimnisvollen Zeichen verziert, Erker, in Schlangenköpfe auslaufend, schreckenerregende Götterbilder an turmartigen Aufsätzen entlang der Treppe, die zur Spitze führt.

Schon nach einem Tag war der unterste Teil freigelegt, ein rundes Dutzend überhoher Stufen, jede mindestens einen halben Meter hoch. Erstaunlich diese Ausmaße – wer sollte eine solche Treppe benutzen? Die Wissenschaftler zeigten sich davon nur wenig beeindruckt – sie berichteten, daß es Stufen dieser Art sowohl in Ägypten wie auch im klassischen mexikanischen Kulturbereich gibt. Wesentlich beachtenswerter erschienen ihnen zwei Paare von

Rillen, die rechts und links neben der Treppe hinaufliefen. Mich erinnerte diese Anordnung an eine Zahnradbahn, aber als ich diesen Gedanken äußerte, wurde ich ausgelacht. Überhaupt habe ich den Eindruck, daß man mich hier nicht recht ernst nimmt.

Sonst aber sind alle recht nett zu mir, in den ersten Tagen versuchten einige sogar, mit mir zu flirten, doch habe ich sie alle ganz schön abblitzen lassen. Ich bin nicht zum Vergnügen hier, und außerdem erscheinen mir diese Wissenschaftler allesamt ein wenig weltfremd. Lieber konzentriere ich mich auf meine Aufgabe.

Ich habe meinen Fotoapparat und einen Haufen Filme mitgenommen und schon eine Menge Bilder verknipst. Gelegentlich arbeite ich mit dem Expeditionsfotografen zusammen, doch er interessiert sich nur für die freigelegten Reliefs, nicht aber für das, was rundherum vor sich geht. Trotz aller Sachlichkeit, trotz aller Technik ist die Situation abenteuerlich genug! Da sind wir auf einer Lichtung mitten im Urwald, auf den Spuren einer uralten Kultur, und – zumindest nach der Meinung der Indianer – durch übel gesinnte Götter bedroht. Seltsam, wie hier unberührte Natur und Technik, Gegenwart und Vergangenheit aufeinanderstoßen!

Was ist eigentlich das Ziel dieser Arbeiten? Erst jetzt, als ich schon irgendwie in das Geschehen einbezogen bin, fällt mir diese Frage ein. Sollen einige unbeschriebene Blätter unserer Geschichtsbücher gefüllt werden? Handelt es sich um die Beschreibung einer fremdartigen Kunst? Oder steckt doch die Hoffnung dahinter, wertvolle Gegenstände zu finden? Wird hier eines Tages ein Tummelplatz für Touristen sein – mit den dazugehörigen Andenkenläden, Spielplätzen und Kneipen?

Ich darf nicht verschweigen, daß sich Prof. McMillan-York viel Zeit nahm, um mir einiges über die ungelösten Fragen der präkolumbianischen Indianerkulturen zu berichten. Faszinierend die ungelösten Rätsel! Welchen Sinn hatten diese Bauwerke, insbesondere die Pyramiden? Was bedeutete ihre Ausrichtung nach astronomischen Daten? Wieso beschäftigten sich diese Leute so intensiv mit den fernen Sternen – die für sie so unerreichbar sein mußten wie nur irgend etwas! »Diese Pyramide ist älter als alle anderen, die wir bisher kennen«, sagte der alte Archäologe. »Und das Erstaunliche daran: Sie ist keineswegs primitiver – ganz im Gegenteil! Die Kunstwerke, die wir bisher zutage gefördert haben, gehören einem bisher unbekannten Stil an, und einige Zeichen, die da und dort auftreten, deuten auf eine hochentwickelte Schrift. Doch auch die Technik dieses Bauwerks! Die Abmessungen der einzelnen Teile sind ungewöhnlich genau, und als Bindemittel ist ein Stoff verwendet, den wir nicht kennen: eine rotbraune, an Kunststoffmaterial erinnernde Masse.«

Während wir uns unterhielten, sah ich einen der wissenschaftlichen Assistenten auf uns zurennen, er war atemlos, als er ankam, konnte er nur keuchend sprechen – »Kommen Sie! Ein unglaublicher Fund! Dort hinten, am Fuß der Treppe...«

Wir zögerten nicht, folgten ihm halb gehend, halb laufend... Und dann standen wir vor der soeben freigelegten Platte, ein Rechteck aus Stein, etwa zwei Meter hoch und acht Meter breit, darüber liefen Zeilen jener unbekannten Schriftzeichen, wie wir sie schon vereinzelt gefunden hatten.

»Diese Schrift!« murmelte der Professor. »Wenn es nur möglich wäre, wenn wir nur wüßten...« Seine Worte wurden unverständlich.

Ich stand lange vor dieser Tafel, eine Nachricht der Toten an die Lebendigen – und hätte heulen mögen, weil ich das nicht lesen konnte, was so klar und deutlich vor mir lag.

***

Vor langer Zeit, als die Menschen noch in den Wäldern hausten, lebten die Götter in ihrer Stadt am Himmel, deren Lichterglanz in den Nächten bis zur Erde herunterstrahlte. Das Dasein der Bewohner war von dem Wunsch erfüllt, ihrem Herrscher zu dienen und ihm Ehre zu erweisen. Und doch ging das Gerücht um, daß er seine Stadt verlassen wollte – unzufrieden mit dem, was ihm dargeboten wurde. Da bemühten sich Männer und Frauen verstärkt darum, ihn freundlich zu stimmen – sie bauten Standbilder, die sein Abbild trugen, und feierten Feste, tage- und nächtelang, um ihm zu gefallen. Den Vogel Ro-pe aber, auf dessen Rücken – wie ein Gerücht sagte – der Herrscher seine Reise antreten wollte, sperrten sie in einen Käfig und friedeten diesen mit einer Mauer ein.

In diesen Tagen geschah es, daß sich das Mädchen Leaxmal und der Jüngling Toxcu trafen und Wohlgefallen aneinander fanden, obwohl sie nicht füreinander bestimmt waren. Als sie vor das Gericht treten und sich verantworten sollten, drangen sie in den

Käfig des Vögels Ro-pe ein, setzten sich auf seinen Rücken und zwangen ihn, sich mit ihnen empor zu schwingen. Sein scharfer Schnabel durchbrach die Decke des Gehäuses, und bald waren sie so weit von der Stadt entfernt, daß man sie nicht mehr fangen konnte. Der Herrscher aber war über diese freche Flucht so erzürnt, daß er einen Fluch hinter ihnen hersandte und sie für alle Ewigkeit aus dem Himmel verbannte.

Toxcu und Leaxmal flogen sieben Tage und sieben Nächte durch absolute Finsternis, ehe sie Land unter sich fanden – es war die jungfräuliche Erde. Sie landeten auf einer Lichtung in der Nähe eines Flusses, und die Menschen kamen aus dem Wald, um sie zu verehren. Sie aber beschieden ihnen, daß sie für den Vogel Ro-pe einen Käfig bauen sollten und ihn hüten und pflegen, um ihn am Leben zu halten. Und die Menschen taten es.

So wurden ihnen Toxcu und Leaxmal zu Lehrern, sie wiesen sie an, den Wald zu roden, das Wasser zu befrieden, die Tiere zu züchten und die Äcker zu bebauen. Sie zeigten ihnen Kürbisse und Mais, Kartoffeln und Bohnen. Sie lehrten sie, aus dem Saft der Agaven ein Getränk zu brauen, das ihre Augen öffnete und ihre Ohren fähig machte, dem Gesang der Götter zu lauschen. Als sie den Menschen alles beigebracht hatten, was sie wußten, zogen sie sich in den Wald zurück. Dort irren sie noch heute umher – als Strafe für ihre unerlaubte Flucht aus der Stadt des Himmels.

Den Vogel Ro-pe aber hatten sie zurückgelassen – ein Geschenk der Götter an die Menschen. Wenn diese den Gesetzen folgen, dann werden sie an Weisheit gewinnen und eines Tages imstande sein, die Schriften der Götter zu lesen, die diese als ihr Vermächtnis zurückgelassen haben. Und dann wird der Mensch imstande sein, den Himmel zu erreichen.

***

Der Fund der Schriftentafel hatte uns für einige Stunden Auftrieb gegeben, dann aber zog der Alltag wieder ein – und damit die bedrückte Stimmung, die sich ausgebreitet hatte. Es war doch recht mühsam, vom Basislager bis zum Ausgrabungsort jedes Mal einen beschwerlichen Weg von zwei Kilometern zurücklegen zu müssen, noch dazu mit Werkzeug, Proviant und Trinkwasser bepackt. Das genügte freilich noch nicht zur Erklärung des allgemeinen Gemütszustands, und auch die beiden Unglücksfälle, der Schlangenbiß und der elektrische Schlag, konnten nicht die eigentliche Ursache sein. Zu alledem kam noch so etwas hinzu, was ich nur als eine eigenartige Spannung bezeichnen kann, die in der Luft liegt... Es mußte tatsächlich etwas physisch Reales sein, denn wir spürten es alle – Kopfschmerzen, leichte Benommenheit, Juckreiz, Gereiztheit. Am besten wurde noch die Journalistin damit fertig, die ich wohl nicht energisch genug abgewiesen habe. Eine Frau an Bord! Uralter Aberglaube, der hier lebendig wird? Aber schließlich leben wir am Ende des 20. Jahrhunderts, in einer Zeit der Sachlichkeit, des Materialismus.

So etwa war mein Gedankengang am Abend dieses Tages, als man mir – völlig überraschend – das Eintreffen von Donald Wigner meldete. Nun war Wigner schließlich der Entdecker der Pyramide, und es gab keinen Grund, ihn zurückzuschicken – selbst wenn das jetzt noch möglich gewesen wäre. Aber was, zum Teufel, hatte er hier zu suchen? Die erschwerten Umstände dieser Expedition gaben mir genug zu denken, als daß ich Lust gehabt hätte, Sonderführungen zu veranstalten.

Der Mann, der aber dann hereinkam, sah nicht so aus, als würde er besondere Rücksichtnahme erwarten. Er war groß gewachsen, trug das braune Haar relativ kurz – sah überhaupt ganz anders aus als meine Mitarbeiter, die etwa im selben Alter waren wie er: eher so, wie man sich einen Piloten vorstellt – der er ja auch war.

»Entschuldigen Sie, daß ich einfach so hereinplatze!« sagte er und schüttelte mir die Hand.

Ich murmelte etwas Unbestimmtes und bat ihn dann, sich zu setzen. Dann fragte ich ihn nach dem Grund seines Besuchs.

Zuerst schien er ein wenig erstaunt darüber, dann lächelte er. »Schließlich habe ich diese Pyramide entdeckt – oder nicht?« Dann wurde sein Gesichtsausdruck wieder ernst. »Sehen Sie, ich habe mehrere Aktionen an der Venus und am Jupiter mitgemacht. Oberflächenvermessung und so weiter. Doch noch nie hat mich etwas so gereizt wie die Suche nach den Resten der alten Kulturen. Das ist aber noch nicht alles. Wahrscheinlich wäre ich nicht gekommen, wenn ich nicht noch etwas festgestellt hätte.« Er stockte kurz.

»Was haben Sie festgestellt?« fragte ich, weil er es offenbar erwartete.

»Eigentlich hätte ich die Pyramide nicht finden dürfen. Die Umgebung ist nicht so eben wie das Sumpfgebiet von Yucatan.

Gerade hier in der Nähe gibt es mehrere Hügel, die äußerlich nicht anders aussehen als die Pyramide. Und doch: Im Reflexionsbild unterschied sie sich von allen natürlichen Erhebungen.«

»Was heißt das: Sie unterschied sich?«

»Sie wissen doch, daß man mit Radar nicht nur die Oberfläche abtastet, sondern auch Information über einen gewissen Tiefenbereich bekommt. Absorbtionskoeffizient der Gesteinsschichten, Bodenleitfähigkeit und so weiter. Nun, im Fall der Pyramide war es nicht die Topografie, die die Sache auffällig machte, sondern die Leitfähigkeit. In Bodenschichten erwartet man allenfalls Leiter zweiter Ordnung – das Radarbild aber deutete auf einen solchen erster Ordnung.«

Ich muß recht verständnislos dreingeschaut haben, denn er versuchte mir die Sache zu erklären – und ich verstand recht wenig. Im Grunde genommen lief es wohl darauf hinaus, daß sich irgendein Material unter der Oberfläche verbergen mußte, das in ähnlichen Fällen offenbar nicht vorhanden ist – etwas mit den gleichen elektrischen Eigenschaften wie ein Metall. Das klang zwar recht ungewöhnlich, doch hatte ich wohl die Scheuklappen eines Spezialisten aufgesetzt – denn ich konnte mir durchaus keine Konsequenzen vorstellen. So beschied ich Wigner, daß er willkommen sei, daß er sich umsehen könnte, und ich fügte – so höflich ich es konnte – hinzu, daß er unsere Arbeit nicht behindern möge. Aber er war nicht beleidigt und lachte nur.

Am nächsten Tag nahm ich mir ein Herz und lud ihn zu einem kleinen Rundgang ein – das schien ich ihm doch schuldig zu sein. Ich hätte es besser nicht getan, denn bei unserer Unterhaltung erwies sich eine gänzlich verschiedene Grundeinstellung, die eine Verständigung schwer machte. Ich versuchte, ihm die archäologischen Fragestellungen nahezubringen, und so war es für mich fast ein wenig ärgerlich, daß er immer wieder vom Thema abschweifte und Dinge wissen wollte, die mich recht wenig interessierten. Besonders fesselte ihn die Geometrie der Bauten, die Zusammenhänge mit den Himmelsrichtungen, dem Stand der Sonne zu bestimmten Jahreszeiten usw. Die Gestalt der Pyramide, die Form der Treppen, insbesondere auch die schienenartigen Rillen brachte er sofort in Zusammenhang mit technischen Problemen, beispielsweise Fragen der Konstruktion, der Funktion usw. Und als ich ihm schließlich die Schriftentafel zeigte, tat er so, als wäre es ein Leichtes, den Sinn mit Hilfe der Informationstheorie und dem

Einsatz von Computern zu entschlüsseln. Ich vermied es, ihm direkt zu widersprechen, konnte mich aber doch nicht enthalten, auf den nüchternen Boden der Wissenschaft hinzuweisen, der für Spekulationen aller Art recht unfruchtbar sei.

»Es geht mir auch keinesfalls um Spekulationen«, sagte er. »Doch einiges, was ich hier sehe, hat eine verblüffende Ähnlichkeit mit Dingen, die in Wissenschaft und Technik üblich sind. Sehen Sie!« Er deutete auf einen Erker, unter dem ein meandrierendes Bandmuster entlanglief. »Fällt Ihnen nicht auf, daß sich bestimmte Teilbereiche des Musters wiederholen? Hier, diese Einheit, und hier diese – und da eine Art Schiene, mit der alle verbunden sind!«

Ich zuckte die Schultern, doch er schien sich allmählich in Begeisterung hereinzureden. »Es ist doch sonnenklar: Hier besteht eine verblüffende Entsprechung zu Schaltplänen! Die einzelnen Bänder sind Leitungen, ganz deutlich ist zu sehen, daß einige unter den andern dahinführen, ohne daß eine Verbindung zustandekommt – womit eine Isolation angedeutet ist. Und hier... oder auch hier: Da laufen mehrere Bänder an einem Punkt zusammen – also eine Kontaktstelle! Der Gedanke ist mir schon gekommen, als ich ähnliche Reliefs auf Bildern gesehen habe. Aber das, was hier vor uns liegt, bestätigt meinen Eindruck.« Ich muß gestehen, daß mir das nun zu viel wurde. Ich verabschiedete mich unter einem Vorwand und ließ ihn vor seinen Bandmustern stehen.

***

Der junge Mann, der gestern im Camp ankam, ist mir viel sympathischer als alle Archäologen zusammen. Das heißt, ganz so jung, wie er auf den ersten Blick scheint, ist er wohl nicht. Er hat ja auch schon mehrere Planetenflüge hinter sich, doch erst aus der Nähe bemerkt man die kleinen Falten unter seinen Augen und an der Stirn.

Als ich ihm zum ersten Mal begegnete, schien er mir zerknirscht. »Ich fürchte, ich habe den guten Professor schockiert«, meinte er. »Wahrscheinlich bin ich da wirklich ein wenig zu weit gegangen – er konnte gar nicht anders reagieren.« Und er berichtete mir von dem eben geführten Gespräch.

Ich hatte nicht den Eindruck, daß er sich in Spekulationen verrannte. Er wandte ziemlich viel Zeit auf, um mir seine These von den Schaltplänen zu erklären. Und er fügte hinzu, daß ihn diese Bandmuster immer fasziniert hätten, daß er aber erst hier auf eine mögliche Deutung gekommen sei. »Das liegt aber nicht an mir, sondern an diesen Mustern! Äußerlich sehen sie zwar so aus wie jene, die man in den Bildbänden findet. Aber dort haben sie nur Schmuckfunktion. Hier aber – ich werde mich in den nächsten Tagen damit beschäftigen – es wäre doch gelacht, wenn ich nicht auf die Logik der Verknüpfungen kommen könnte!«

Wir waren beide Außenseiter in dem Team der Wissenschaftler, und so war es selbstverständlich, daß wir uns ein wenig aneinanderschlossen. Ich war auch die einzige, die Zeit hatte, ihm alles zu zeigen, und ich wandte diese Zeit gern auf. So vergingen zwei Tage, an denen wir gemeinsam um die Pyramide herumwanderten – und einiges fanden, das wieder zu Spekulationen herausforderte: glasartige Massen am Boden wie zerschmolzenes Gestein, eine Tonplatte mit Zeichen, die offenbar einen geometrischen Zusammenhang andeuten sollten, und einen Haufen von dünnen Stäben aus einem Material, das unter unseren Fingern zerkrümelte; wir hatten vor, sie dem Professor zu zeigen, der sicher eine Methode kannte, um sie unbeschädigt zu bergen. Wir kamen aber nicht dazu, denn nun begannen sich die Ereignisse zu überstürzen. Aufgeregten Rufen entnahmen wir, daß etwas Besonderes vorgefallen sein mußte. Wir beobachteten, daß einige der Archäologen die Treppe hinaufstiegen, so rasch es die unbequeme Anordnung zuließ – inzwischen war sie bis zur Spitze freigelegt. Am liebsten wären auch wir hinaufgestürmt, doch hatten wir beide den Eindruck, daß wir eher als störende Elemente empfunden wurden, was wir nicht noch weiter verstärken wollten.

Nach etwa einer halben Stunde aber kam ein Mitarbeiter von Professor McMillan-York und bat Donald, mit ihm zu seinem Chef zu kommen – hinauf zu den höheren Etagen der Pyramide. Und nun konnte ich es mir natürlich auch nicht verkneifen, die beiden dorthin zu begleiten.

Atemlos kamen wir oben an, die hohen Stufen, die Hitze, die feuchte Luft... doch wir vergaßen unsere Müdigkeit, als wir am Fuß einer Wand, die man offenbar erst freigelegt hatte, eine Öffnung sahen. Ein Zugang ins Innere der Pyramide? Das würde die Aufregung erklären, die die Gruppe der Archäologen offensichtlich erfaßt hatte. Erstaunlich nur, daß man Donald so rasch dazugerufen hatte!

Prof. McMillan-York gab sich nicht mit langen Erklärungen ab.

Er faßte Donald am Ärmel und zog ihn in den dunklen Gang, der der Öffnung folgte. Wieder ging ich mit, und niemand hielt mich zurück.

Nur wenige Schritte – dann senkte sich die Dunkelheit über uns wie ein schwerer Vorhang. Ich sah, daß der Professor eine Taschenlampe eingeschaltet hatte, doch ihr Schein war so trüb, daß ich zunächst so gut wie nichts erkennen konnte. Es dauerte eine Weile, ehe sich die Augen an die veränderten Lichtverhältnisse gewöhnten. Dann aber...!

Wieder standen wir vor einer Wand, doch diese sah völlig anders aus als die mit Ornamenten verzierte Steinwand der Pyramide. Die Fläche war sanft gewölbt, der Lichtschein der Taschenlampe löste Reflexe aus – ich sah, wie Donald näher herantrat und seine Hand darauf legte...

»Metall!« Einige Sekunden lang schwiegen wir fassungslos. »Kein Zweifel – es ist Metall!« Er klopfte mit dem Knöchel auf die matt blinkende Oberfläche, und ein dumpfer, vibrierender Ton lief die Wölbung entlang.

Links, rechts und oben war der Zwischenraum zwischen dem Metallkörper und der steinernen Hülle durch ein Material verschlossen, das mich an Glaswolle erinnerte. Die grauen Massen, ein Gewirr ineinander verschlungener Fäden, schienen eine Art Isolation zu bilden. Unter unseren Füßen allerdings stieß der Steinboden direkt an die Metallwand an, und darüber war die glatte Oberfläche durch eine kreisrunde Einkerbung unterbrochen – es sah aus, als wäre eine Luke durch eine sorgfältig angepaßte Verschlußplatte abgedichtet. Daneben, an beiden Seiten, bemerkte ich einige Einkerbungen, farblich von der Umgebung unterschieden.

»Eine erstaunliche Entdeckung!« sagte Donald, aber das war uns allen wohl schon vorher klar gewesen. »Was könnte es sein?« Er sprach leise, wie zu sich selbst.

»Wir haben versucht, hineinzukommen«, berichtete der Professor. »– und ohne Erfolg! Aber vielleicht können Sie uns helfen? Was wir hier gefunden haben, dürfte Ihnen vertrauter sein als uns.«

»Ein Gebäude? Eine Fabrik? Oder vielleicht...« Donald trat an den Deckel heran, legte die Hand auf die Einkerbungen, drückte an eine rot markierte Stelle, klappte einen Deckel auf, drehte an einer Flügelschraube... Obwohl wir es alle erwartet oder auch erhofft hatten, erschraken wir: Plötzlich schwenkte der Deckel nach oben – der Eintritt ins Innere des Gebäudes – oder was es auch sein mochte – war frei.

Donald nahm dem Professor die Taschenlampe aus der Hand und trat einen Schritt vor... und noch einen... zunächst war nichts zu erkennen, eine fast drohende Schwärze, die das Innere erfüllte, dann aber – so unversehens, daß wir erschraken – blendete Licht auf. Und irgendwie war damit zugleich auch das Unheimliche, Beklemmende verschwunden, das wir wohl alle gespürt hatten. Auf einmal standen wir in einem Raum, den man sich nüchterner nicht hätte vorstellen können – ein schmaler, hoher Gang, eine Treppe – auch hier wieder die ungewöhnlich hohen Stufen! – an den Seiten ein in die Wand eingelassener durchsichtiger Stab als Geländer.

Donald folgte der Richtung, die die Stufen wiesen, öffnete eine weitere Luke – er hantierte so zielsicher an den Hebeln und Schrauben, als wäre er mit der Anlage völlig vertraut. Und ebenso wie die erste Verschlußplatte schwenkte auch diese lautlos in die Höhe.

Auch das Innere des Raumes, der nun vor uns lag, war hell erleuchtet. Die Decke hoch gewölbt, ein Glasfenster in der Form eines Parabolspiegels – durchsichtig, doch dahinter Dämmerung; was hier im Schatten über uns lag, war die Spitze der Pyramide, diesmal von innen gesehen. Sie war nichts anderes als ein Hangar für jenes Gebilde, in dem wir nun standen. Was er war – darüber konnte nun kein Zweifel mehr bestehen: In der Mitte des kreisrunden Raumes einige Sitze mit dicken Rücken- und Armlehnen versehen, davor eine ganze Batterie von Knöpfen, Hebeln, Anzeigen. Verschiedene Zeichen am Tableau – jene Zeichen, die wir außen an der Pyramide, insbesondere auf der großen Schriftentafel, gesehen hatten. Ja – es gab keinen Zweifel: Wir standen im Inneren eines Raumschiffs! Es mußte uralt sein, tausende Jahre hatte es im Innern der Pyramide auf seine Wiederentdeckung gewartet, doch es wies keinerlei Anzeichen von Verfall auf. Und wie das aufgeflammte Licht zeigte, schien auch die Maschinerie intakt zu sein. In diesem Moment hätte sich keiner von uns gewundert, wenn sich plötzlich eine Tür geöffnet hätte und eine Reihe fremdartiger Lebewesen hereingekommen wäre...

Langsam, wie unter einem Zwang, ging Donald näher an einen der Pilotensitze heran, stützte sich auf die Lehne, drehte sich um, als wolle er sich setzen – da trat McMillan-York vor und riß ihn fast grob zurück. »Nicht! Sie könnten alles zerstören! Wir müssen vorsichtig vorgehen, jeden Teil registrieren und fotografieren, ehe wir ihn berühren! Lassen Sie die Finger davon!«

Donald sah ihn zuerst etwas erstaunt an, dann schien er aus seinem tranceartigen Zustand zu erwachen, er lächelte, zuckte die Schultern und sagte: »Okay! Es ist Ihre Arbeit. Wenn Sie mich brauchen, stehe ich gern zur Verfügung. Und wie soll es weitergehen?«

Einige Sekunden stand der Professor reglos da, er sah geradezu hilflos aus. Dann sagte er: »Die Situation ist so ungewöhnlich... unerwartet... Ich glaube, wir sollten das Schiff verlassen. Es könnte hier gefährlich sein. Ich muß die Situation überdenken.«

Er deutete mit den Händen zur Tür und wartete, bis alle herausgegangen waren. Er selbst folgte als letzter.

Als wir wieder draußen im grellen Sonnenschein standen, war ich mir nicht sicher, ob ich nicht alles nur geträumt hatte.

***

Unbestätigten Meldungen zufolge soll eine unter der Leitung von Prof. Harold McMillan-York stehende Forschungsgruppe, die sich in der Urwaldregion von Yaxchilan mit der Ausgrabung einer Maya-Stadt beschäftigt, auf Anzeichen einer hochentwickelten Technik gestoßen sein. Obwohl es in den letzten Jahren gelungen ist, unsere Kenntnisse über die alten Indianerkulturen beträchtlich zu erweitern, so sind gerade im Hinblick auf die Mayas viele Fragen offengeblieben. Trotzdem wäre es geradezu als Sensation zu werten, wenn seinerzeit auf dem amerikanischen Kontinent eine auch vom heutigen Standpunkt als modern zu bezeichnende Technologie in Gebrauch gewesen wäre – die dann später völlig in Vergessenheit geraten sein müßte. Wir werden uns um eine Klärung des Sachverhalts bemühen und in den nächsten Tagen einen ausführlichen Bericht unseres Korrespondenten bringen.

Anweisung an Prof. Dr. Harold McMillan-York, derzeit Umgebung Yaxchilan. Die Ausgrabungsstätte gilt von sofort an als Sperrgebiet. Ihnen, Ihren Mitarbeitern und allen anderen in der fraglichen Region befindlichen Personen ist es strengstens untersagt, die Pyramide, insbesondere ihr Inneres, zu betreten. In den nächsten Stunden wird eine Gruppe von NASA-Mitarbeitern und Militärs eingeflogen, deren Weisungen unbedingt Folge zu leisten ist. Ab sofort wird das Projekt »Yaxchilan« zur Geheimsache erklärt – ab sofort muß jeder Funkverkehr mit zivilen Stellen eingestellt werden.

Ein von Journalisten gechartertes Flugzeug, das die Ausgrabungsstätte von Prof. McMillan-York bei Yaxchilan anfliegen sollte, mußte in der Nähe von Bonampak notlanden. Die Insassen, von denen nur einige leichtere Verletzungen erlitten hatten, wurden in Sicherheit gebracht. Die Ursache des Defekts am Steuerungssystem des Flugzeugs ist nicht bekannt – mexikanische Zeitschriften deuten an, es handele sich um einen Anschlag des CIA.

Wie offiziell bekanntgegeben wird, hat die mexikanische Regierung einer Gruppe von NASA-Wissenschaftlern, die im Direktflug nach Yaxchilan gebracht werden sollten, die Einreiseerlaubnis verweigert. Es besteht allerdings der dringende Verdacht, daß unter Umgehung der Vorschriften trotzdem der Versuch gemacht werden soll, das fragliche Gebiet über Guatemala zu erreichen. Mexikanische Kampfflugzeuge sind alarmiert und bewachen die Grenze.

Fund eines Raumschiffs im Maya-Gebiet! Obwohl die Meldungen bisher weder bestätigt noch dementiert wurden, scheint sich im Zusammenhang mit dieser Entdeckung bereits ein Konflikt zwischen den USA und der UdSSR abzuzeichnen. Während die Amerikaner den Fund für sich beanspruchen – unter Berufung auf die Tatsache, daß er einer amerikanischen Expedition zu verdanken ist –, weisen Regierungskreise der UdSSR darauf hin, daß das betreffende Gebiet nicht in Mexiko, sondern in Guatemala liegt, die Arbeit der Amerikaner daher durch mexikanische Stellen weder erlaubt noch verboten werden könnte und somit illegal ist. Angeblich soll eine Abordnung von russischen Wissenschaftlern in Santiago angekommen sein. Inzwischen wurde durch die österreichische Regierung eine Internationalisierung des Forschungsvorhabens, unter Beteiligung von Wissenschaftlern der UNESCO, vorgeschlagen.

Die Zeitschrift: »Living Science« gibt bekannt, daß es einer

Mitarbeiterin der Redaktion gelungen ist, mit Prof. McMillan-York und seinen Kollegen Verbindung aufzunehmen; sie befindet sich bereits im Ausgrabungsgebiet und wird demnächst mit einer ausführlichen Reportageserie beginnen.

Drohende Auseinandersetzung zwischen Mexiko und Guatemala. Truppenkonzentrationen an den Grenzen – sowohl von der mexikanischen wie auch von der guatemaltekischen Seite sind Spezialtruppen der Armee in das Urwaldgebiet eingedrungen und befinden sich auf dem Marsch zum Fundplatz der Rakete in Yaxchilan.

Bericht Dienststelle K 4 – Verschlußsache. Die Entdeckung eines antiken Raumschiffs – sollte sie sich nicht als Mystifikation erweisen – könnte von entscheidender Bedeutung für die Zukunft der Waffentechnik sein. Es wird daher vorgeschlagen, alle diplomatischen und militärischen Mittel einzusetzen, um den einzigartigen Fund in Sicherheit zu bringen und dem Zugriff feindlicher Mächte zu entziehen. Angesichts der Wichtigkeit dieses Vorhabens sind auch alle Mittel des Geheimdienstes einzusetzen. Die Zivilisten, die bisher mit diesem Projekt beschäftigt waren, sind als Sicherheitsrisiko anzusehen; es ist die Anweisung erfolgt, sie so rasch als möglich zu internieren.

***

Der »Fund eines antiken Raumschiffs« gilt heute als plumper Versuch einer Gruppe unseriöser Wissenschaftler, sich einen Namen zu machen. Das, was zu meinem größten wissenschaftlichen Triumph hätte werden können, wurde zu einer beschämenden Blamage, dem unrühmlichen Ende meiner langjährigen wissenschaftlichen Arbeit. Der Fundort von Yaxchilan ist leer und verfallen, über den Trümmern der Pyramide wächst wieder jene dichte Vegetation, deren Natur bis heute nicht geklärt ist; verständlich, daß sich niemand mehr dafür interessiert. Es wird nicht lange dauern, und die Stätte unserer Arbeit und unserer Hoffnung wird wieder vom Urwald überwuchert sein. Und es wird keinen Radarflieger geben, der sie neu entdeckt.

Es ist gewiß nicht meine Schuld, daß man mir die Sache aus der Hand genommen hat, daß es so kam, wie es kommen mußte. Und doch ... ich hätte es verhindern können. Ein wenig mehr Mut, ein wenig mehr Entschlossenheit – einmal absehen von der Gewohnheit, sich nach allen Seiten zu sichern... Ich war es ja selbst gewesen, der die Untersuchung der Dinge, die da greifbar vor uns lagen, verhindert hat... Wir hätten Fakten schaffen können, die Entdeckung offenlegen... Doch ich berichtete zunächst nach San Antonio: eine Situation, die meine Kompetenzen überfordert, bitte um Anweisungen...

Wenn ich nur gewußt hätte, was für einen Sturm ich damit entfesselte... Aber nachher ist man immer klüger. Sinnlos, nachträglich darüber zu grübeln – was wäre, wenn...

So waren es andere, die statt mir gehandelt haben. Den offiziellen Stellen blieb nichts anderes übrig, als die Sache zu vertuschen. Dabei weiß ich selbst nicht genau, was sich zugetragen hat – ich kann es nur ahnen.

Wir saßen in unserem Lager, zwei Kilometer von der Pyramide entfernt, waren zur Untätigkeit, zum Abwarten verurteilt. Eine unglaubliche Situation – Wissenschaftler, denen man den Zutritt zu ihrem Arbeitsplatz verbietet! Wir durften nicht einmal Funkgespräche mit der Außenwelt führen – nur eine einzige Welle stand uns zur Verfügung, wir merkten bald, daß alle anderen gestört waren. Aber wir selbst konnten sehr gut verfolgen, was sich in der zivilisierten Welt begab. Es dauerte nur Stunden, und wir mußten den Ausbruch eines Krieges fürchten, Kämpfe zwischen Mexiko und Guatemala, im Hintergrund die Großmächte, zur Wahrung ihrer Interessen bereit. Wir hörten von den Rangertruppen, die sich auf den Weg zu uns gemacht hatten, wir erfuhren, was uns bevorstand: die Internierung. Die letzte Nachricht, die wir erhielten, berichtete von einem geplanten Luftlandemanöver unserer amerikanischen Landsleute – der Fundplatz sollte im Handstreich genommen und gegen den Zugriff anderer mehr oder weniger berechtigter Interessenten verteidigt werden...

Es war klar, daß meine Mitarbeiter alles andere als einverstanden mit den Anweisungen waren. Einige begnügten sich mit Protest, andere riefen zu einer offenen Auflehnung auf – sie wollten ihre Arbeit fortsetzen, bis man es ihnen mit Gewalt verwehrte. Im übrigen wunderte es mich natürlich nicht, daß es insbesondere Alexa, die Journalistin, und Donald, der Pilot, waren, die dazu drängten, sich gegen die Anweisungen zur Wehr zu setzen. Nun – sie waren Gäste im Camp, genaugenommen hatte ich ihnen nichts zu sagen, doch wies ich sie an, ihre Meinung für sich zu behalten und meine Leute nicht aufzuhetzen. Ich hatte den Eindruck, daß sie sich schließlich damit beschieden, aber ich wußte natürlich nicht, was für Folgen das haben würde.

Ich stelle es mir so vor: Die beiden machten sich auf den Weg zur Pyramide, die nun einsam inmitten des Urwalds lag, sie stiegen die Stufen hinauf, traten durch die Öffnung in den Gang, in das Raumschiff, in die Steuerkanzel. Ich weiß nicht, ob Donald die Luke hinter sich geschlossen hat oder ob er das über die Automatik vom Steuerpult aus besorgte. Sicher flammte das Licht wieder auf – die Energiequelle des Schiffs war intakt, der Antrieb betriebsbereit. Donald war Pilot, er hatte Flüge zur Venus und zum Jupiter mitgemacht – er war mit der Raumfahrttechnik vertraut. Um das Schiff zu starten, brauchte er die Zeichen nicht lesen zu können – die Logik der Funktion geht über die Verschiedenheiten der Schriften und Symbole hinweg. Wahrscheinlich saßen sie auf den gepolsterten Stühlen, nebeneinander, die Augen emporgerichtet zum Fenster, über dem noch die Dämmerung lag. Seine Hände mögen über die Hebel und Druckknöpfe gewandert sein – Aktivierung der Energie, Anlauf der Maschinen... Und dann Start! Das Raumschiff hebt vom Boden ab, durchbricht das Dach aus Stein, das es Jahrtausende hindurch beschützt hat, schüttelt das Mauerwerk ab, steigt empor, zuerst langsam, dann schneller...

Es gab kein Rattern und Dröhnen, kein Feuerwerk wie bei unseren eigenen Raketen. Lediglich eine helle Vibration, ein dumpfer Knall – vielleicht das Durchbrechen der Schallgrenze – dann nichts mehr. Freilich – wir alle haben es gehört. Wir liefen hinaus, unsere Gesichter folgten dem leisen Singen, das von weit oben kam. Wir sahen nur noch ein dunkles Pünktchen, das auf einem Strahlenkranz reitend im Himmel verschwand.

Das Schiff ist nie wiedergekommen. Die Soldaten, die Wissenschaftler, die Leute vom Geheimdienst, die Journalisten und Politiker... sie fanden nichts als das Trümmerwerk einer Pyramide. Nur wenigen fielen verkohlte Stellen auf, glasartig geschmolzenes Gestein, weißer Staub auf trockenen Blättern.

Ich glaube nicht, daß die Rakete wieder auf die Erde zurückkehrt, daß ich die beiden wiedersehe. Vielleicht sind sie auf einem Planeten mit primitiver Bevölkerung gelandet, der sie die Grundlagen von Ackerbau und Viehzucht, Werkzeuggebrauch und Medizin beibringen. Und vielleicht ist das Raumschiff längst wieder unter einer Pyramide verborgen.

Mein Freund Thales

Steifbeinig geht er voran, in aufrechter Haltung – unberührt von den Flammen, die um ihn herum lodern. Wir beobachten ihn durch eine Rauchglasscheibe hindurch, ungeschützt könnte die menschliche Netzhaut die blendende Helligkeit nicht ertragen.

Wie oft habe ich mich darüber lustig gemacht, wenn sich Thales unbeholfen über das rauhe Gelände bewegte, hin und wieder ins Schwanken kam und Mühe hatte, mit Hilfe seines Kreiselkompasses die senkrechte Lage wiederzufinden. Es war eine jener wenigen Situationen, bei denen ich ihm überlegen war. Doch jetzt kommt es mir nicht mehr lächerlich vor, und mit den andern verfolge ich die Rettungsaktion mit Hoffen und Bangen. Immer wieder blicke ich auf die Uhr... Wird die Zeit reichen? Zehn Minuten haben sie ihm gegeben, zehn Minuten, in denen er der Hitze widerstehen kann... Fünf davon sind schon vergangen, und er befindet sich noch immer weit genug von der havarierten Fähre entfernt.

War es ein Schaltdefekt oder ein Navigationsfehler? Im Moment ist uns die Ursache des Unglücks gleichgültig. Die Fähre hat das feste Land verfehlt, ist in den Lavamassen niedergegangen, dreihundert Meter vom festen Boden entfernt. Und Thales ist der einzige, der noch helfen kann. Er zieht ein dünnes, aber festes feuersicheres Seil hinter sich her, an dem wir die Fähre herausziehen wollen. Er schleppt den Haken, den er in die Öse einhängen will.

Wie sich meine Einstellung zu ihm gewandelt hat! Seinerzeit habe ich ihn gehaßt. Sie hatten mir einen Gefährten versprochen – damals, als ich nahe daran war, in der Einsamkeit der Beobachtungsstation zu verzweifeln. Doch dann gab es Sparmaßnahmen, aus irgendwelchen politischen Gründen galt die Planetenforschung plötzlich nicht mehr als wichtig, und so schickten sie mir Thales.

Damals war er das Produkt der modernsten Entwicklung in der Robotronik. Er eignete sich für alle Arten handwerklicher Arbeit, ließ sich aber auch für Beobachtungen und Messungen einsetzen. Er konnte menschliche Sprache verstehen und Fragen beantworten. Er besaß sogar ein psychologisches Programm – mit dem man offenbar meinen Wünschen nach einem Partner entgegenkommen wollte; in Wirklichkeit aber brachte es mich zur Verzweiflung.

Wenn draußen, unter dem ständig schwarzen Himmel, die Eruptionen tobten, der Abglanz der Glut als Flackerschein an den Dampfwolken zurückgeworfen wurde, ein ständiges Donnern und Grollen in der Luft hing... dann begrüßte er mich: »Schöner Tag heute!« Und wenn ich, durch einen besonders schweren Ausbruch aus dem Schlummer gerissen auffuhr, dann sagte er: »Ich hoffe, wohl geruht zu haben!« Es kam vor, daß ich ihm daraufhin einen Fußtritt verpaßte, aber er ertrug es mit stoischer Ruhe. Und dann beschlich mich das Gefühl, er könnte weitaus intelligenter sein als ich und sich nur deshalb verstellen, um mein Selbstbewußtsein zu schonen. Das war natürlich Unsinn, andererseits aber bin ich sicher, daß er mich beim Schachspielen oft genug absichtlich gewinnen ließ. Vielleicht hatten sich die Robotroniker doch etwas dabei gedacht, daß sie ihn nach einem alten, griechischen Weisen benannt hatten.

Allmählich gewöhnte ich mich an ihn. Wenn er auch kein Mensch war, so war er doch das einzige Stück in meiner Umgebung, das ansprechbar war, das Anteilnahme zeigte. Obwohl ich mich darüber schämte, benützte ich schließlich auch das psychologische Programm, und so kam es zu endlosen Unterhaltungen, bei denen ich meine Probleme und Gefühle offenlegte und doch nur nichtssagende Antworten bekam. Das wurde mir aber meistens erst nachher klar: Während der Gespräche schien es, als fände ich Verständnis und Sympathie.

»... es nützt dir nichts, wenn du ungeduldig bist. Erinnere dich daran, wie wichtig deine Arbeit ist...«

»... dafür erlebst du auch etwas, wofür dich andere beneiden...«

»... noch die Hälfte der Zeit vor dir? Denk lieber daran, daß du schon die Hälfte *hinter* dir hast!«

Als dann die Station ausgebaut wurde und sich ständig sechs Personen hier befanden, hörten diese Unterhaltungen natürlich auf, und der Roboter wanderte dorthin, wo er hingehörte: in den Werkzeugraum. Später allerdings holte ich ihn wieder hervor, weil er der einzige war, der vernünftig Schachspielen konnte. Und hin und wieder sprach ich auch wieder mit ihm; mir kam der Verdacht, daß das, worüber ich mich mit den andern unterhielt, auch nicht vernünftiger war als das, was mir Thales zu sagen hatte.

Mit den neuen Kollegen waren auch neue Roboter gekommen, Resultate der neuesten Entwicklung, mit erstaunlichen Fähigkeiten. Sie reparierten komplizierte Schaltungen, entwarfen Computerprogramme und konnten viele Aufgaben eigenverantwortlich lösen. Sie bewegten sich rasch und geschmeidig, meinem schwerfälligen Thales gegenüber wirkten sie nobel und elegant. Vielleicht bildete ich es mir nur ein, doch hatte ich den Eindruck, als würden sie Thales ein wenig überheblich behandeln, manchmal erteilten sie ihm Befehle, die er nicht lösen konnte, und dann schoben sie ihn beiseite, taten die Arbeit selbst, während er dabeistand und zusah, unbewegt – und doch war mir so, als ob er darunter litt.

Das alles geht mir durch den Kopf, während ich durch die Scheibe starre, während sich Thales immer weiter von uns fortbewegt. Es hat keine Diskussion darüber gegeben – von vornherein stand fest, daß er der einzige der Roboter war, dem man diese Aufgabe anvertrauen konnte, und zwar gerade wegen seiner massiven, für die heutige Zeit unmodernen Bauweise. Der Ingenieur vom Dienst erwähnte auch, daß Thales schließlich nichts mehr wert war – veraltet, nicht präzise genug, nicht schnell genug für die heutigen Anforderungen... Einen Moment spürte ich Zorn und Wut in mir aufsteigen, und fast hätte ich heftig widersprochen... doch dann sah ich ein, daß jede Diskussion überflüssig war, daß die Menschen in der Fähre um jeden Preis gerettet werden mußten – daß Thales eine letzte Aufgabe bekam.

Jetzt ist er an der Fähre angelangt, gerade noch zur rechten Zeit. Ihre Stelzbeine sind zu Stummeln abgeschmolzen, das Gehäuse steht schon inmitten der Flammen. Der Isolierstoff der Wände hält einiges aus, und auch das Kühlsystem sollte der Hitze noch widerstehen. Trotzdem ist es höchste Zeit!

Ich sehe, daß Thales schwankt, und einen Moment lang ergreift mich die Angst, der Versuch könnte im letzten Moment noch scheitern. Doch dann sehe ich, wie er den Arm hebt – der Haken ist befestigt, das Seil strafft sich, die Fähre setzt sich in Bewegung, fährt durch die zähflüssige Glut wie ein Floß. Ein paar Minuten später befindet sie sich auf festem Land, der Deckel öffnet sich, drei Gestalten in unförmigen Raumanzügen taumeln heraus.

Jetzt erst erinnere ich mich wieder an Thales. Ich laufe zur Glasscheibe, blicke hinaus in die Glut: Da steht er noch – jetzt ein glühendes Gebilde, das in sich zusammensinkt. Mir ist, als hätte ich einen Freund verloren.

Planet des Lichts

Vielleicht ist der Kontakt mit fremden Intelligenzen das einzige Abenteuer, das wir noch zu bestehen (und zu überstehen!) haben. Und wenn heute, im Zeitalter der interstellaren Raumfahrt, auch keine aufregenden technischen Neuigkeiten mehr zu erwarten sind, so ist es doch immer wieder faszinierend, die vielfachen Wege zu erkennen, die die Natur zur Bildung von hochentwickeltem Leben einschlägt.

Normalerweise liefen die ersten Kontakte über Funk. Das Projekt OZMA – wie lange ist das schon her! Und doch: Es war die richtige Methode. Wir mußten nur lernen, aus dem kosmischen Rauschen die Botschaft herauszulesen.

Bei diesem Planeten ist vieles anders. Keine Funksignale, und keine Antwort auf unsere Kontaktversuche in verschiedensten Wellenlängenbereichen. Und doch war die Konstellation vielversprechend, diese Sonne, die der unseren ähnelt, dieser Planet, genau in der Übergangsregion zwischen tödlicher Kälte und ebenso tödlicher Strahlung. So schien es wert, der Situation nachzugehen, und die unbemannten Sonden, die wir landen ließen, bestätigten es: Hier mußte sich eine hochentwickelte Zivilisation befinden. Wir hatten Bilder bekommen von großzügig angelegten Städten, Beweise für technische Energieumsetzung, für Kommunikation, für Verkehr. Aber es waren eben nur Indizien, keine direkte Nachricht, keine Möglichkeit, den Kontakt vorsichtig aufzunehmen, die Ausdrucksmittel zu analysieren, Friedfertigkeit zu bekunden... Man kann doch nicht so ohne weiteres niedergehen, aus dem Raumschiff steigen – »Hoppla, wir sind da«! Bisher hatte es stets eine lange, mühsame Vorbereitungsphase gegeben!

Und nun kreisten wir schon wochenlang auf einer »erdfernen« Bahn, bemühten uns immer wieder um Kontakt – was ebenso vergeblich blieb wie früher, als wir es noch aus der Ferne versuchten. Wir waren ratlos – so sehr hatten wir mit Erfolg gerechnet. Dabei waren wir dem Ziel so nahe: Gelegentlich öffnete sich dort unten die dicke Wolkenschicht, und dann hatten wir schon einige Male einen Blick auf ein Meer von Lichtern werfen können, das Bild, das auch unsere Städte boten, wenn man sich ihnen aus dem Weltraum näherte.

Allmählich wurde das Warten unerträglich. Besonders die Jungen unter uns, Torpe und Will, wurden allmählich ungeduldig. Ach, was rede ich da – ich bin erheblich älter als sie, aber auch mir ging es nicht besser. Und das war der Grund dafür, daß ich den Vorschlag, den sie machten, billigte: einen Landungsversuch mit der Raumfähre. Was sollte dabei auch schon für Gefahr bestehen? Natürlich mußten wir mit unvorhersehbaren Zwischenfällen rechnen, doch schließlich hatten wir alle Werkzeuge an der Hand, die man sich wünschen kann – vom Werkzeugrobot bis zum Laser.

Ich selbst übernahm das Kommando, wahrscheinlich aus einer unterbewußten Befürchtung heraus, unser Unternehmen könnte doch gefährlicher sein, als es schien, und da konnte ich meine Freunde und Mitarbeiter schließlich nicht allein ins Ungewisse schicken.

Alles schien gutzugehen. Unser Ziel war eine flache Bergkuppe in der Nähe einer jener Lichtansammlungen, die wir für Städte hielten. Natürlich hatte sich die Lücke in der Wolkenschicht, die uns den Einblick gewährt hatte, längst wieder geschlossen, doch war unsere Navigation präzise genug, um uns auch im Blindflug genau in Position zu bringen.

Und so lösten wir uns vom Mutterschiff, sahen es noch kurz über uns schweben, die der Sonne zugewandte Seite als grelle Kontur, und ließen uns dann fallen.

Immer näher kamen wir den grauvioletten Wolken. Was von weit oben als stille, diffuse Masse geschienen war, zeigte sich nun von überraschender Dynamik – in wenigen Sekunden öffneten sich Schluchten, türmten sich Berge auf, und dann tauchten wir in die Schwaden ein, es wurde dunkel, jedenfalls im Vergleich mit den sonnendurchfluteten oberen Regionen.

Die Wolkenschicht reichte tief hinunter, gerade daß die Hochfläche, auf der wir landeten, noch frei war.

Wir setzten nicht so sanft auf, wie es eigentlich selbstverständlich war, und hätten in diesem Augenblick eigentlich schon beunruhigt sein müssen. Doch jetzt überwältigte uns der Anblick der Stadt! Sie mochte noch zwanzig oder dreißig Kilometer weit von uns entfernt sein, doch die Sicht vom leicht überhöhten Standpunkt war doch ein anderer als jener von oben: eine Skyline, die jene unserer größten Städte übertraf, eine kühne Architektur, technisch vollkommen und fremdartig zugleich.

»Was jetzt?« Natürlich begann Will, der Chemiker, gleich mit seinen Analysen, während wir uns umblickten – es hätte immerhin etwas Lebendiges in der Nähe sein können... Doch offensichtlich waren wir in ödem, unbewohntem Gebiet niedergegangen – wie wir es ja auch beabsichtigt hatten.

Ein Ruf von Will trieb uns vom Fenster weg. »Sauerstoff, Stickstoff«, sagte er, »aber doch nicht atembar – viel zu viel Ozon!« Also waren wir auf unsere Raumanzüge angewiesen, wenn wir ins Freie treten wollten.

Torpe und ich beratschlagten unsere nächsten Schritte, doch wieder war es Will, der uns störte. Diesmal klang gewisse Aufregung aus seiner Stimme heraus, als er auf Fehlfunktionen seiner Meßinstrumente hinwies. Klar, daß wir sofort unsere Checkliste durchgingen – mit einem niederschmetternden Ergebnis: Eine ganze Reihe von Instrumenten funktionierte nicht, darunter leider auch die Sensoren, die wir für den Start zum Rückflug brauchten. Es dauerte nicht einmal so lang, bis wir auf die Ursache kamen: Die Atmosphäre dieses Planeten war so stark ionisiert, daß alle ihr ausgesetzten elektronisch funktionierenden Teile ausfielen. Somit gab es auch keine Möglichkeit, unseren im Mutterschiff gebliebenen Kollegen Nachricht zu geben; selbst jene Geräte, die auf vom Ozon nicht beeinflußten Wellenlängen operierten, waren ausgefallen.

War das der Grund dafür, daß unsere Kontaktversuche über Funk ergebnislos geblieben waren? Diese Erklärung lag nahe, doch was sollte sie uns in unserer peinlichen Lage schon nützen? Und doch... Vielleicht benutzten sie keine Radiowellen, vielleicht hatte die Beschaffenheit ihres Milieus diesen Zweig technischer Entwicklung gar nicht zugelassen? Andererseits: Sie kannten Licht! – die Beleuchtung ihrer Stadt war Zeugnis dafür.

So weit waren wir in unserer Diskussion gekommen, und die Konsequenz zogen wir fast zur selben Zeit: Das einzige Mittel, das Rettung versprach, war der Laser! Die Elektronik befand sich im Inneren, wir konnten den Strahl durch das Fenster hinaus lenken. Sollten wir versuchen, auf diese Weise mit dem Mutterschiff Verbindung aufzunehmen (wobei wir auf eine Lücke in der Wolkenschicht warten mußten)? Oder sollten wir einen letzten Versuch zum Kontakt mit der unbekannten Zivilisation machen?

Wir zögerten lang, zermarterten uns den Kopf nach einem anderen Ausweg... Schließlich stimmten wir ab, und waren uns alle drei einig. Wir installierten den Laser, richteten ihn auf ein turmartiges Gebäude imitten der Stadt und gaben unser Zeichen: S.O.S. S.O.S. ... Im Prinzip war es ja gleichgültig, welcher Symbole wir uns bedienten.

Es war wirklich ein Abenteuer gewesen, wie man es wohl nur noch selten erlebt. Und wir hatten es bestanden! Die Wesen, die uns gerettet hatten, waren alles andere als menschenähnlich: metallisch braune Haut, runzelig, lederartig, die rundlichen Körper unter silbrigen Hüllen verborgen, die Köpfe kaum vom Körper abgesetzt, die Augen groß, nach den Seiten gerichtet. Sie waren nicht größer als Kinder. Wenn wir uns auch nicht verständigen konnten, so verstanden sie doch unser Problem. Und sie waren es auch, die uns mit einem Stratosphärenschiff so weit in die Höhe brachten, daß uns die zweite Fähre des Raumschiffs aufnehmen konnte.

Wie es schon unsere Sonden angedeutet hatten, verfügten sie über ein Kommunikationssystem, das dem unseren durchaus ähnlich war, einerseits auf einem Leitungsnetz beruhend, andererseits Nachrichtenaustausch durch die Luft. Aber es waren eben keine elektrischen Leitungen, sondern Lichtleitfasern, und es war kein Funkverkehr, sondern Laserkommunikation. Eine Kultur, deren Technik auf dem Licht beruht! Wir haben doch noch eine Menge Neues zu lernen.

Das letzte, was wir vom Planeten sahen, war eine Säule aus Licht, die – bis an die Grenze der Dunstschicht reichend – durch die Wolken brach. Der Strahl eines Riesenlasers: der letzte Gruß an uns.

Zeitreisen lohnen sich nicht

»Ihr seid doch alle Gauner«, sagte Jefferson Daely, der mit seinem Freund Abram Blueman in der Kneipe saß und schon seinen 10. Whisky gekippt hatte.

»Und warum das?« fragte Abram und lächelte fein. Dieses Lied kannte er gut, und es belustigte ihn immer wieder. »Geld durch Arbeiten, das ist die eine Möglichkeit«, sagte er. »Geld durch Denken – das ist die andere. Ein bißchen Köpfchen gehört allerdings dazu.«

Normalerweise pflegte ihm Jeff nun alle möglichen Argumente an den Kopf zu werfen, woran ihn der Whisky kaum behinderte. Diesmal aber reagierte er anders. »Und du meinst, ihr Halsabschneider von der Bank seid die einzigen Leute mit Verstand – he?«

»Aber nein«, erwiderte Abram, »auch Pferde haben große Köpfe.«

Jeff schien eine Weile nachzudenken. Umständlich holte er eine Zigarre aus dem Etui, entzündete sie, blies stinkende Rauchwolken in die Luft dieser Landschaft, die sich seit der Besiedelung durch die Weißen kaum verändert hatte. Der Fortschritt äußerte sich anderswo – in den automatischen Fabriken, in den Fusionskraftwerken, in der Weltraumfahrt. Nicht zuletzt in der Vergnügungsindustrie, die jedes Jahr neue Moden aufkommen ließ.

»Ist es wahr«, sagte Jeff paffend, »daß ein paar Dollar, vor 200 Jahren auf eurer Bank gewinnbringend angelegt, heute zu einem Vermögen geworden wären?«

Abram nickte. Er klappte seinen Taschenrechner auf und tippte einige Zahlen ein. »10 Dollar, 5 % Zinsen, 200 Jahre... das macht genau 172926 Dollar.«

»Die würdet ihr auch auszahlen?«

»Aber gewiß«, bestätigte Abram. »Wenn alles rechtmäßig zugegangen ist – dafür stehe ich ein.«

***

»Seit wann interessieren Sie sich für Zeitreisen«, fragte der Leiter des Touristenbüros. »Wollen Sie etwas für Ihre Bildung tun?«

»Ich pfeif' auf die Bildung«, knurrte Jeff. »Geben Sie mir nun ein Ticket oder nicht?«

»Aber natürlich, Mr. Daely! Wohin soll es gehen? Ins alte Rom? Ins Paris der Renaissance? Oder in die verrückten 90er Jahre?«

Jeff zog eine angewiderte Miene. »Das alles kann mir gestohlen bleiben. Ich möchte wissen, wie es hier ausgesehen hat, verstehen Sie! Hier! Und zwar genau vor 200 Jahren.«

Der Mann am Computer ließ sich ein Menü ausgeben, eine Liste der Orte und Zeiten. »Da haben Sie Glück – ist nicht einmal so teuer, die Nachfrage ist gering.« Er steckte eine Magnetkarte in den Schlitz des Rechners, wartete kurz, zog sie wieder heraus... dann zögerte er. »Was haben Sie vor, Mr. Daely?« fragte er ernst. »Ich muß Sie aufmerksam machen, daß es strengstens verboten ist, in der Vergangenheit irgendwelche Änderungen vorzunehmen. Sie verstehen doch – wegen der Auswirkungen in der Gegenwart. Anschauen können Sie sich, was Sie wollen, mit den Leuten reden, sich vergnügen – aber lassen Sie sich ja kein krummes Ding einfallen.«

Jeff blickte ihn einige Sekunden ärgerlich an. Dann sagte er: »Geben Sie mir nun den Wisch oder nicht?« Er riß ihm die Karte aus der Hand, wartete, bis 500 Dollar von seiner Scheckkarte abgebucht waren und verschwand dann stampfend aus dem Büro.

***

Die Gruppe der Zeitreisenden war klein – die meisten Touristen zogen es vor, aufregendere Schauplätze zu besuchen. Er kannte niemand, die meisten stammten aus anderen Zeiten, wahrscheinlich aus der Zukunft – denn die Zeitreise wurde erst vor 20 Jahren erfunden.

Auch der Reiseleiter schien keine Leuchte zu sein. »Soll ich Ihnen etwas zeigen?« fragte er. »Vielleicht den Saloon? Oder den Indianermarkt?« Er schüttelte sich, als wäre ihm sein Geschäft zuwider.

»Kann man sich auch so ein wenig umsehen?« erkundigte sich Jefferson Daely.

»Schauen Sie sich um, Mister«, sagte der schmächtige Mann, dem man die Verantwortung für die Reisenden übertragen hatte. »Schauen Sie sich um, aber vergessen Sie nicht, daß wir pünktlich um sechs wieder abreisen.« Er deutete auf das silberglänzende Gefährt, das er in einer Mulde versteckt abgestellt hatte. »Und begeben Sie sich nicht mutwillig in Gefahr«, setzte er hinzu, »Sie kennen ja die Versicherungen!«

Während das Rudel der Touristen den Weg zum Indianercamp einschlug, ging Jeff zielsicher auf die Stadt zu... auf das Dorf, wie er sich berichtigen mußte. Die Landschaft war gleich geblieben, und er kannte jeden Hügel, jedes Tal, aber die paar Häuser, die sich dort in der Mulde zusammendrängten, sahen doch recht armselig aus – im Vergleich zu den schmucken Metallbungalows im Stil des 22. Jahrhunderts.

Eine Viertelstunde später betrat er die Holzhütte, auf der die Buchstaben WEST-RIVER-BANK prangten. Er trat an einen Schalter, eigentlich nur ein Verschlag. Die Geräte, die dort herumstanden, sahen reichlich seltsam aus – Tintenfässer, Stempel, dazu Stöße von Papier.

»Ich würde gern ein paar Dollar anlegen«, sagte er. »Wieviel Prozent geben Sie?«

»Vier«, sagte der altmodisch gekleidete Mann am Pult.

»Sechs«, sagte Jefferson Daely. »Sie halten mich wohl für einen Dummkopf, nur weil Sie mich nicht kennen!«

»Na schön, dann fünf«, antwortete der Mann, hinter dessen großem Bart sich so etwas wie Respekt abzeichnete.

»Da gibt es nur ein kleines Problem«, sagte Jeff. »Ich habe im Moment kein Bargeld bei mir, doch ist es hier wohl üblich, mit Gold zu bezahlen. Dieser Ring ist seine 100 Dollar wert.«

Der Mann mit dem Bart nahm den Ring, drehte ihn zwischen den Fingern. »Blech«, sagte er, »dafür kriegen Sie keine 50 Cent.«

»50 Dollar«, sagte Jeff.

»Einen Dollar«, sagte der Mann.

Nach einer Minute hatten sie sich geeinigt: 10 Dollar!

Jeff nahm ein mit Tinte beschriebenes Papier an sich, las es verständnislos, faltete es sorgfältig zusammen und steckte es ein. Ohne zu grüßen, ging er hinaus.

***

Enorm, wie sich diese Bank gemausert hatte, dachte Jeff. Na, immerhin hatte sie 200 Jahre dafür gebraucht.

Der Schalterraum blinkte vor Glas und Chrom. Hinter dem Schalter standen die Computer.

Jeff verlangte den Direktor zu sprechen, und als Abram erschien, hielt er ihm das Papier vor – auf dem die Aufschrift WESTRIVER-BANK eingeprägt war.

»Sieh an«, sagte Abram, nachdem er das Papier geprüft hatte. »Dacht ich mir's doch, daß du irgend etwas aus dem Ärmel zaubern würdest!«

»10 Dollar, vor 200 Jahren eingelegt – das macht mit Zins und Zinseszins 172926 Dollar. Ich möchte sie abheben. Das geht doch in Ordnung – oder nicht?« Er konnte eine Spur von Mißtrauen nicht verbergen. Die Zeitreise hatte ihn 500 Dollar gekostet.

»Das Papier ist echt«, sagte Abram Blueman. »Es ist von Ephraim Blueman unterschrieben, ein Vorfahre von mir.« Er nickte, schien ergriffen. »Ich kenne diese Schriftzüge, es sind noch Notizen von ihm da.«

»Was für Notizen?« fragte Jeff mißtrauisch.

»Diese Summe, sie wurde damals gegen einen Ring ausbezahlt«, erklärte Abram. »Doch es bestehen Zweifel an den Eigentumsverhältnissen.«

»Soll das ein Trick sein?« Jeff schlug mit der Faust auf die Glasplatte, daß es klirrte. »Willst du mir das Geld verweigern?«

Abram versuchte Jeff den Arm beruhigend auf die Schulter zu legen, doch der wich zurück. »Lassen wir doch das Versteckspiel«, sagte Abram. »Ich weiß doch, was los ist. Du bist 200 Jahre in die Vergangenheit gefahren und hast 10 Dollar eingezahlt.«

»Alles legal!« rief Jeff. »Ich habe nichts getan, was die Vergangenheit verändert. 10 Dollar eingelegt, mit gutem Gold bezahlt. Du selbst kennst meinen Ring – den habe ich dafür hergegeben.«

Jetzt lächelte Abram überlegen. »Da liegt eben der Haken. Rekapitulieren wir doch einmal den Vorgang. Vor 200 Jahren ging der Ring in den Besitz meiner Familie über, dafür hast du diesen Schein bekommen. Soweit in Ordnung! 200 Jahre lang hat das Geld gearbeitet, der Wert ist auf 172926 Dollar angewachsen. Soweit in Ordnung! Nun kommst du auf die Idee, dir dieses Geld anzueignen. Du denkst dir den Trick mit der Einzahlung aus. Da man vor 200 Jahren noch keine magnetischen Schecks kannte, mußtest du auf andere Art bezahlen, beispielsweise mit Gold. Soweit in Ordnung! Nun kommt die Sache mit dem Ring. Der Teufel weiß, woher du ihn hattest, denn – wie wir beide wissen – ist er ja vor 200 Jahren in den Besitz unserer Familie übergegangen. Somit gehört er nicht dir, und wenn du ihn damals gegen diese Bescheinigung eingetauscht hast, dann war das ein Schwindel. Soweit in Ordnung… oder nicht?«

Auf Jeffs Gesicht spiegelte sich Verwunderung, Unverständnis, Wut. Was hatte Abram da bewiesen? – der Ring gehörte nicht ihm … da er ihn doch vor 200 Jahren weggegeben hatte…

»Das heißt also … kein Geld!« stammelte er.

Abram lächelte fein und nickte: »… kein Geld!«

Jefferson Daely dachte eine Weile nach. Sein Plan war so gut gewesen – worin lag nur der Fehler? Nun waren die 500 Dollar weg, und der Ring…

»Und mein Ring…?« flüsterte er.

»Schon seit 200 Jahren im Besitz unserer Familie«, sagte Abram. Er hob den Arm, streckte die Hand aus: Auf seinem Finger blinkte der Ring.

Lächelnd blickte er Jeff nach, der wortlos den Raum verließ.

Sheva wird kommen

Er kannte beides – das Steinzeitalter und die moderne Zivilisation. Das machte seine Entscheidung so schwer. Dann aber wurde es ihm klar, daß es nicht auf das Ziel ankommt, sondern auf die Hoffnung.

Heute wußte er, daß die Glaskugel, aus der der Schamane seine Zukunft gelesen hatte, ein Computer gewesen war, das feine Netzwerk, das man darin erkennen konnte, eine Schaltung und der matte Belag an der Unterseite ein Sensor für die elektromagnetischen Schwingungen der Gehirnwellen. Damals war es Zauberei gewesen, und Zauberei spielte eine wichtige Rolle bei den Aufgaben, die den Bewohnern des kleinen Dorfes zugeteilt wurden.

Die Kristallkugel stammte vom Himmel. In einer klaren Nacht, so erzählt die Sage, löste sich ein Stern aus seiner Fassung und fiel zur Erde herab. Stundenlang lag rötliches Licht über der Absturzstelle, weit draußen, in den Wäldern. Am nächsten Tag brachen die Bewohner des Dorfes auf, streiften stundenlang durch die Wildnis, und schließlich fanden sie eine kreisrunde Lichtung, in der nur noch verkohlte Baumstümpfe standen, alles andere war abgebrannt. Weitverstreut lagen Trümmer herum, zerbrochene Gegenstände aus einem glänzenden Stoff, zusammengeschmolzene glasige Massen. Nur ganz weniges von dem, was sie da aufsammelten, hatte den Absturz überstanden, erschien unversehrt, doch niemand wußte, wofür es brauchbar war. Der Schamane gebot, eine Hütte zu bauen. Da hinein stellten sie einen Schrein, und dort wurden seither die Dinge, die vom Himmel gekommen waren, aufbewahrt und verehrt. Die Lichtung aber, auf der bis heute keine Vegetation nachgewachsen war, galt von nun an als Heiligtum.

Erst später wurde der Zweck der Glaskugel erkannt: In einem Augenblick der Erleuchtung hatte sie der Schamane einem vierjährigen Kind bei der Taufe auf die Stirn gelegt, und da hatte sie sich zuerst getrübt, dann waren Bilder erschienen. Einige waren ganz deutlich, man konnte Menschen erkennen, die sich bewegten, Gesichter, groß, mit bewegten Lippen, eine Landschaft aus der Vogelschau. Seitdem war die Berührung der Stirn eines Täuflings mit der Kugel zum Ritual geworden, die Bilder – es waren immer andere – erschienen prompt, der Schamane benützte sie für seine

Weissagungen. Er verstand es, das Mienenspiel der Gesichter zu deuten, von den stumm bewegten Lippen zu lesen.

Bis zur Taufe war Cari ein Kind gewesen wie jedes andere, lebhaft, hungrig, schmutzüberkrustet. Dann aber änderte sich sein Leben – man brachte ihm Leckerbissen und Geschenke, der Schamane selbst übernahm seine Erziehung. Denn im Kristall hatte sich etwas Ungewöhnliches, Außerordentliches gezeigt. Eine ganze Reihe von Bildern war aufgetaucht und wieder verschwunden, darunter immer wieder jenes eines uralten Mannes in einem silbernen Anzug, der segnend die Arme ausbreitete. Um ihn herum lag strahlender Glanz – viel heller als das Licht der Flammen brennenden Holzes. Cari, so deutete es der Schamane, würde in die Welt hinausgehen, um Sheva, den Befreier, zu suchen. Den Befreier, den sie bitter nötig hatten. Denn der Wald gab längst nicht mehr genügend Nahrung ab, um das Dorf zu ernähren, die Quelle spendete oft nur trübes Wasser, das ihre Bäuche blähte, die Krankheiten wurden immer schlimmer. Schon Kinder litten an geschwollenen Augen und erblindeten, ehe sie die Reife erlangten, die Erwachsenen wurden von Ausschlägen und Beulen heimgesucht, und wer das fünfundzwanzigste Jahr erreichte, verlor bald seine Zähne und mußte mit vorgekautem Brot ernährt werden. Dann kam die Insektenplage, die Mörderbienen und Wespen, die Spinnen und Skorpione, dann kam die Bedrohung durch Schlangen und wilde Tiere – am furchterregendsten der gelbe Panther, der von Zeit zu Zeit ins Dorf eindrang, einen Erwachsenen zerfleischte oder ein Kind davontrug. So warteten sie auf den Befreier, der ihnen sagen würde, wie sie bessere Waffen bauen könnten, um sich gegen die wilden Tiere zu wehren, festere Hütten, um dem Panther zu trotzen, wie sie mehr Nahrung heranschaffen und wie sie sich gegen Krankheiten wehren sollten. Und nun war es die Aufgabe von Cari, Sheva, den angekündigten Befreier, herbeizubringen. So war es klar, daß er von allen Dorfbewohnern verehrt und verwöhnt wurde. An seinem sechzehnten Geburtstag, dem Tag der Mannbarkeit, erhielt er keine Frau wie seine Altersgenossen, keine Hütte, um einige Jahre darin zu leben, ehe er vergreiste und verfiel, sondern er wurde hinausgeschickt in die Welt, von der sie sich bisher abgeschlossen hatten und von der sie nichts wußten – so gut wie nichts.

Es war fast ein Wunder, daß Cari in dieser Welt überlebte, daß er Menschen fand, die ihn aufnahmen, daß er die Chance bekam zu lernen. Er war anpassungsfähig und anspruchslos, aufmerksam und offen – in Monaten übersprang er Jahrhunderte, in einigen Jahren holte er den Vorsprung ein, den die Zivilisation seiner Dorfgemeinschaft gegenüber voraushatte, wenn auch nur bis zu einer Grenze, die er nicht überschreiten konnte: Nie fügte er sich völlig ein, stets hielt er Abstand, und auch die Art, wie er das verstand, was da um ihn herum vorging, war distanziert; wenn er auch Zusammenhänge überblicken konnte, so vermochte er doch den dahinterliegenden Sinn nicht zu begreifen. Er sah, daß es den Menschen gutging, unbeschreiblich gut – und daß sie mit ihrem Wohlstand nichts anzufangen wußten. Er blieb der Sproß eines winzigen, verlorenen Steinzeitdorfes – wenn es auch sehr wenig war, was er dort erfahren hatte, so erschien es ihm doch klarer und wahrer, und er gab nichts davon preis. Niemals aber vergaß er seine Aufgabe: Sheva zu finden. Aber es schien schwerer zu sein, als er gehofft hatte, es fügte sich nicht von selbst, als vorbestimmtes Schicksal im Sinne einer Prophezeiung.

Cari lebte schon lange in der zivilisierten Welt. Er war mehr als doppelt so alt wie die Männer seines Dorfes am Ende ihres Lebens. Und er war weise geworden. Er wußte, daß die Erde keine Plattform ist, die im Wasser schwimmt, daß die Sterne keine Edelsteine sind, am Himmel aufgehängt. Er kannte Autos und Flugzeuge, Radio und Telefon, Laserstrahlen und Raumfahrzeuge, Automaten und Computer. Er kannte die Methoden der modernen Landwirtschaft und die Mittel der modernen Hygiene. Er kannte Medikamente und Gifte, Werkzeuge und Waffen. Er wußte, daß alles das in einem großen Zusammenhang damit stand, wie die Menschen lebten, wie sie sich entwickelt hatten, und er konnte alles sachlich beurteilen. Ganz unabhängig davon aber glaubte er fest und unerschütterlich an seine Aufgabe, und je älter er wurde, um so mehr zweifelte er an seinem Erfolg.

Als er sechzig Jahre alt war, älter als es sich einer der Einwohner seines Dorfes hätte vorstellen können, gestand er sich ein, daß er versagt hatte. Er war sich auch im klaren darüber, warum – weil es in dieser Welt keine Weissagungen und keine Wunder gab und seine Aufgabe nicht lösbar war. Aber sie hatte seinem Leben den Sinn gegeben, war ihm Verpflichtung gewesen, an die er sich noch immer gebunden fühlte. Ob er seine Pflicht erfüllt hatte oder nicht – er mußte in sein Dorf zurückkehren und sich dem Urteil der Ältesten beugen.

Er benutzte ein Flugzeug, dann einen Bus und schließlich einen Geländewagen mit Vierradantrieb. Als er auch damit nicht weiterkam, ließ er das Auto stehen und ging zu Fuß weiter. Er trug einen witterungsbeständigen Arbeitsanzug aus Astronautenfolie und – anstelle der Machete – einen mit Minibatterien betriebenen Laser. Alle anderen Attribute der Zivilisation hatte er zurückgelassen. Er bewegte sich durch den Urwald, als wäre er nicht fort gewesen, und er fand den Weg mit dem Instinkt des Naturmenschen, der er auch jetzt noch war.

Und dann tauchte er aus dem Wald heraus und sah sein Dorf vor sich liegen. Einige Hütten mit Bast überzogen, rohgetretene Wege. Einige Ziegen, an der ärmlichen Weide angepflockt, ein paar Frauen, die mit Steinen Körner mahlten, ein paar Männer beim Ausweiden eines getöteten Tiers.

Es war sein Dorf, und es sah so aus, wie er es in Erinnerung gehabt hatte. Es waren die Menschen seines Stammes, und große Trauer erfaßte ihn, weil sie ihre ganze Hoffnung auf ihn gesetzt hatten und er sie enttäuschen mußte. Einen Augenblick lang spürte er den Drang umzukehren, doch dann ging er weiter.

Unbemerkt gelangte er bis zum Dorfrand – da wurden die ersten Menschen auf ihn aufmerksam. Einige liefen davon, andere schlossen sich ihm an, folgten ihm. Ein Raunen ging durch das Dorf, immer mehr waren es, die ihm folgten, und schließlich war es eine ganze Prozession auf dem Weg zum Dorfplatz, und dazwischen erscholl der Ruf »Sheva ist da!«, zuerst leise und dann immer lauter »Sheva ist da!«. Zuerst war er verwundert, wollte zu einer Erklärung ansetzen, dann wurde er gewahr, wie sein Erscheinen wirken mußte, sein silberner Anzug, seine Ausrüstung, sein zerfälteltes Gesicht, das älter war als alle die Gesichter der Menschen rundherum. Er brauchte nur kurze Zeit, um zu überlegen, um sich klar zu werden, welche Bedeutung es hatte. Dann nahm er die Aufgabe an. Er hob die Hände und segnete sie.

Phantastische Bibliothek
in den suhrkamp taschenbüchern
Eine Auswahl

Aldiss, Brian W.: Der unmögliche Stern. Science-fiction-Geschichten. Aus dem Englischen von Rudolf Hermstein. st 834

Ballard, J. G.: Das Katastrophengebiet. Science-fiction-Erzählungen. Aus dem Englischen von Alfred Scholz und Rudolf Hermstein. st 924

– Der tote Astronaut. Science-fiction-Erzählungen. Aus dem Englischen von Michael Walter. st 940

– Billennium. Science-fiction-Erzählungen. Aus dem Englischen von Alfred Scholz und Michael Walter. st 896

– Hallo Amerika! Science-fiction-Roman. Aus dem Englischen von Rudolf Hermstein. st 895

– Der ewige Tag und andere Science-fiction-Erzählungen. st 727

Becher, Martin Roda: An den Grenzen des Staunens. Aufsätze zur phantastischen Literatur. st 915

Bioy Casares, Adolfo: Morels Erfindung. Phantastischer Roman. Aus dem Spanischen von Karl August Horst. Mit einem Nachwort von Jorge Louis Borges. st 939

– Die fremde Dienerin. Phantastische Erzählungen. Aus dem Spanischen von Joachim A. Frank. st 962

Blackwood, Algernon: Besuch von Drüben. Gruselgeschichten. Deutsch von F. Polakovics. st 411

– Das leere Haus. Phantastische Geschichten. Deutsch von F. Polakovics. st 30

Blick vom anderen Ufer. Europäische Science-fiction. Hg. F. Rottensteiner. st 359

Braun, Johanna u. Günter: Conviva Ludibundus. Utopischer Roman. st 748

– Der Irrtum des Großen Zauberers. Phantastischer Roman. st 807

– Das kugeltranszendentale Vorhaben. Phantastischer Roman. st 948

Bulwer-Lytton, Edward: Das kommende Geschlecht. Roman. st 609

Dick, Philip K.: UBIK. Science-fiction-Roman. Deutsch von Renate Laux. st 440

Erckmann-Chatrian. Das Eulenohr und andere phantastische Erzählungen. Herausgegeben von Kalju Kirde. Aus dem Französischen von Hilde Linnert. st 989

Franke, Herbert W.: Transpluto. Science-fiction-Roman. st 841

– Einsteins Erben. Erzählungen. st 603

– Sirius Transit. Roman. st 535

52/1/8.84

52/2/8.84

Phantastische Bibliothek
in den suhrkamp taschenbüchern
Eine Auswahl

Ray, Jean: Die Gasse der Finsternis. Phantastische Erzählungen. Aus dem Französischen v. W. Thaler. st 1034

Schattschneider, Peter: Zeitstopp. Science-fiction-Geschichten. st 819

Smith, C. A.: Saat aus dem Grabe. Phantastische Geschichten. Aus dem Amerikanischen von Friedrich Polakovics. st 765

Strugatzki, Arkadi und Boris: Montag beginnt am Samstag. Aus dem Russischen von Hermann Buchner. st 780

– Picknick am Wegesrand. Aus dem Russischen von A. Möckel. st 670

– Die Schnecke am Hang. Deutsch von H. Földeak. Nachwort D. Suvin. st 434

Szilard, Leo: Die Stimme der Delphine. Utopische Science-fiction-Erzählungen. Mit einem Vorwort von Carl Friedrich von Weizsäcker. st 703

Weisser, Michael: DIGIT. Science-fiction-Roman. st 873

– SYN-CODE-7. Science-fiction-Roman. st 764

Die andere Zukunft. Phantastische Erzählungen aus der DDR. Herausgegeben von Franz Rottensteiner. st 757

Zulawski, Jerzy: Auf dem Silbermond. Science-fiction-Roman. Aus dem Polnischen von Edda Werfel. Mit einem Vorwort von Stanisław Lem. st 865

– Der Sieger. Ein klassischer Science-fiction-Roman. Aus dem Polnischen von Edda Werfel. st 916

– Die alte Erde. Science-fiction-Roman. Aus dem Polnischen von Edda Werfel. st 968

52/3/8.84